सौ उत्कृष्ट आविष्कारों
की
रोचक गाथा

सौ उत्कृष्ट आविष्कारों की रोचक गाथा

अशोक जाह्नवी प्रसाद
सविता रानी सिंह

चित्रकार : नित्या सिंह

वाणी प्रकाशन

प्रकाशन के उत्कृष्टतम 63 वर्ष

vaniprakashan.com

सजिल्द पहला संस्करण : 2026

वाणी प्रकाशन

4695, 21-ए, दरियागंज, नयी दिल्ली-110 002

फ़ोन : + 91 11 23273167, 23275710

शाखाएँ

अशोक राजपथ, पटना-800 004, बिहार

कॉफ़ी हाउस कैम्पस, महात्मा गांधी मार्ग, प्रयागराज-211 001, उत्तर प्रदेश

महात्मा गांधी अन्तरराष्ट्रीय हिन्दी विश्वविद्यालय, वर्धा-442 001, महाराष्ट्र

sales@vaniprakashan.in

vaniprakashan@gmail.com

Sau Utkrisht Aavishkaron Ki Rochak Gatha

by Ashok Jahnavi Prasad, Savita Rani Singh

ISBN : 978-93-7348-811-0

Science

मूल्य : ₹ 695

आर. टेक ऑफ़सेट, दिल्ली-110 032 में मुद्रित

वाणी प्रकाशन का लोगो मक़बूल फ़िदा हुसैन की कूची से

समर्पण

समस्त ज्ञान पिपासुओं को
सस्नेह समर्पित

अपनी बात

'सौ उत्कृष्ट आविष्कारों की रोचक गाथा' पुस्तक में सौ खोजों के इतिहास की कथा को लिपिबद्ध किया गया है। इन आविष्कारों ने हमें गति प्रदान की है और ज़िन्दगी को आरामदायक बना दिया है। जीवन उल्लसित, उमंगित, ऊर्जित, मनोरंजक और रंगीन बन गया है। आविष्कार और नवाचार एक-सा लगता है, परन्तु समानार्थी दिखने वाले इन शब्दों में बारीक अन्तर है। किसी कार्य को सहजतापूर्वक करने के लिए नवीन तरीक़े को अपनाना नवाचार कहलाता है–

नव + आचार = नवाचार

स्थापित मानदण्डों को नये ढंग से आचरण में लाना नवाचार है, एक नवीनता, एक ताज़गी, एक उससे भी नया तरीक़ा इनोवेशन है, परन्तु पाठकों की सुविधा के लिए नवाचार के स्थान पर आविष्कार या खोज शब्दों का ही उपयोग किया गया है।

प्रश्न उठता है कि पुराने पन्नों को पलटने की क्या आवश्यकता है? क्यों? कैसे? कब? उत्पन्न हुआ? विकसित हुआ? जो हमारे जीवन को सुन्दर और सरल बना देता है।

आवश्यकता है, क्योंकि जब प्रारम्भ से किसी उपयोगी वस्तु के खोज और विकास की कहानी को पढ़ते या सुनते हैं, तो पाठक या श्रोता स्वयं को खोजी का सहयोगी समझ/सोच सकता है, मैं होता तो ऐसा करता, ये भाव ही रोमांच उत्पन्न करता है। लुभावने या दुरूह यन्त्रों के आविष्कारक भी हमारी तरह आम आदमी ही हैं, कहीं वो डिग्रीधारी नहीं, तो कोई विषय से सम्बन्धित भी नहीं था। अगर था, तो सिर्फ़ वैज्ञानिक दृष्टिकोण, खुला मस्तिष्क, खुले आँख-कान, कुछ कर गुज़रने की तमन्ना, जुनून, जोश।

आपके हाथों में यह पुस्तक पहुँचाने का उद्‌देश्य भी यही है, कि आपके अन्दर भी आविष्कार है, नये ढंग से आप भी सोच सकते हैं, आप में अपार सम्भावनाएँ हैं, ख़ुद को हिलाइए, जगाइए, स्व में सुनामी लाइए, सम्भवत: अगली बार कोई लेखक ऐसी पुस्तक लिखे तो उसमें आपका भी आविष्कार संकलित हो।

आभार

1. अनन्त असीम ऊर्जा को, जो शून्य भी है और सम्पूर्ण भी है।
2. जननी जनक को जिनसे हमारा वजूद है।
3. उन समस्त अंग्रेज़ों को जिन्होंने हमारे प्रश्नों का उत्तर देकर हमें जिज्ञासु बनाया।
4. समस्त इष्ट मित्रों को जिनकी संगति ने हमें समृद्ध बनाया।
5. समस्त गुरूवृन्द को जिनकी कृपा से हम यहाँ तक पहुँचे हैं।
6. उन समस्त विद्वत लेखकों को जिनकी पुस्तकों को पढ़कर हम सन्तृप्त हुए।
7. उन बच्चों और विद्यार्थियों को जिनके प्रश्नों की लड़ी ने हमें विभिन्न आयामों से सोचने के लिए जागरूक किया।
8. समस्त संचार माध्यम को जो हमें अद्यतन करता है।
9. उन समस्त जिज्ञासु पाठकों को जिनके हाथ में यह पुस्तक है।

चित्रकार की कूची से

मनुष्य सदा से विचारों और ज्ञान की खोज में जिज्ञासु रहा है। इस पुस्तक के लेखक द्वय गहन चिन्तक, मर्मस्पर्शी दृष्टिकोण और सादगी व प्रेम के गुणों से समृद्ध हैं। जब आत्मविश्वास, सादगी और प्रेम की त्रिवेणी की बात आती है, तो इन्हीं दोनों व्यक्तियों का स्मरण होता है। मुझे उनके साथ कार्य करने का सौभाग्य प्राप्त हुआ–इसके लिए मैं हृदय से उनकी आभारी हूँ।

प्रोफेसर अशोक जाह्नवी प्रसाद ने अपने विचारों को जिस सहजता और गहराई से अपनी एक पुस्तक (Popular Triumphs of Human Innovation in Everyday Life) में प्रस्तुत किया है, वह सीधे पाठकों के अन्तर्मन को छूता है। सहलेखिका डॉ. सविता रानी सिंह ने मूल लेख की आत्मा को पूरी संवेदनशीलता के साथ आत्मसात कर उसे एक नये रंग और स्वरूप में पाठकों तक पहुँचाने का सशक्त प्रयास किया है। मैंने उनकी इस यात्रा में अपने चित्रों के माध्यम से योगदान देने की कोशिश की है–ताकि विचारों की सजीवता और स्पष्टता, चित्रों के माध्यम से और भी गहराई से अनुभव किया जा सके।

चित्रकार की कूची केवल रंग भरने का माध्यम नहीं होती; वह आत्मा की गहराइयों से संवाद करती है। हर रेखा, हर रंग, केवल दृश्य न होकर एक विचार बन जाता है–एक कहानी कहता है, एक युग का दस्तावेज़ बनता है। मेरी कोशिश रही कि इन चित्रों में आविष्कारों की भावना, जिज्ञासा और रचनात्मकता पूरी तरह उभरकर सामने आये।

इस पुस्तक के लिए चित्र बनाना मेरे लिए एक ख़ूबसूरत सफर रहा। आम जीवन में हम जिन वस्तुओं का सहजता से उपयोग करते हैं, उनके आविष्कार की यात्रा जानना अत्यन्त रोचक अनुभव था। और जब उन विचारों को दृश्य रूप देने का अवसर मिला, तो यह सफर और भी आनन्ददायक बन गया। आशा है कि ये चित्र आपकी आविष्कारों की यात्रा को और भी अधिक आनन्दमय बनायेंगे।

मैं विशेष रूप से "गूगल बाबा" की आभारी हूँ, जिनकी मदद से मुझे इन चित्रों के लिए प्रेरणा और सन्दर्भ प्राप्त हुए। ये सभी चित्र डिजिटल माध्यम से, गूगल फ़ोटो के आधार पर प्रेरित और निर्मित हैं। मेरा प्रयास यही रहा है कि हर चित्र के माध्यम से आविष्कारक की भावना और चिन्तन स्पष्ट रूप से आप तक पहुँचे। इन चित्रों को बनाकर मुझे स्वयं भी सन्तोष और गर्व की अनुभूति हुई है।

यदि चित्रों में कहीं कोई त्रुटि रह गयी हो, तो मैं क्षमाप्रार्थी हूँ और आपके सुझावों का सदैव स्वागत रहेगा। कृपया अपने सुझाव, टिप्पणी या कलात्मक आवश्यकता के लिए मुझसे सम्पर्क करें: artisticmenitya@gmail.com, 6388320526.

-नित्या सिंह

अनुक्रम

5000 ई. पू. से 50 ई. पू.
तक के अविष्कार

दन्त मंजन

लगभग पाँच हज़ार ई. पू. मिस्र वासी टूथब्रश की खोज के काफ़ी पहले दाँतों को साफ़ करने के लिए एक पेस्ट का उपयोग करते थे। इस दन्त क्रीम का स्वाद सम्भवत: बहुत भयावह था, क्योंकि इसमें बैलों के खुर के राख, लोबान, जले हुए अंडों के छिलके, झाँवाँ का पाउडर और पानी था। लम्बे समय के उपरान्त चौथी शताब्दी में मिस्र के भोजपत्रों पर एक और सूत्र लिखा था जिसमें पिसा हुआ सेंधा नमक, मिंट, आइरिस, और कालीमिर्च था। प्राचीन ग्रीक और रोम निवासी जिस टूथ पेस्ट का उपयोग करते थे, उसे दरदरा बनाने के लिए पिसी हड्डी और सीप का खोल मिलाते थे। रोमवासी साँस की बदबू को रोकने के लिए ख़ुशबूदार बनाने के लिए कुछ मसाला भी मिलाते थे। प्राचीन चीनी विभिन्न प्रकार के पदार्थ जिसमें जिन्सेंग, हर्बल पुदीना, नमक और यहाँ तक की गनपाउडर भी मिलाते थे। नौवीं शताब्दी में पर्शिया के बहुज्ञ अमीर ने एक तरह का टूथपेस्ट खोजा जिसे उन्होंने पूरे इस्लामिक स्पेन में लोकप्रिय बनाया। माना जाता था कि वो अपने असर और स्वाद दोनों में रुचिकर था परन्तु उसके सही घटकों का ज्ञान नहीं है।

टूथपेस्ट और पाउडर उन्नीसवीं शताब्दी में ब्रिटेन तथा अन्य देशों में सामान्य उपयोग में आया। अधिकतर आज भी घरों में चाक ईंटों के चूर्ण और नमक सामग्री से बनाया जाता है। 1900 ई. तक हाइड्रोजन पैरॉक्साइड और बेकिंग सोडा को मिलाकर एक

पेस्ट बनाया गया था, जिसे टूथब्रश के साथ उपयोग करने का सुझाव दिया गया था। उन्नीसवीं शताब्दी में पहले से सारे तत्त्वों को मिश्रित करके टूथपेस्ट का व्यापार पहली बार हुआ लेकिन टूथपाउडर द्वितीय विश्वयुद्ध तक अधिक लोकप्रिय बना हुआ था। उन्नीसवीं शताब्दी के अन्य आविष्कार में ग्लिसरीन को स्वाद के लिए और स्ट्रोनशियम को दाँतों की मज़बूती के लिए मिलाया गया था। 1873 ई. में वि लियम कोलगेट द्वारा कोलगेट एंड कम्पनी की स्थापना की गयी तथा 1806 ई. से पहले टूथपेस्ट का भारी मात्रा में उत्पादन जार में प्रारम्भ हुआ। 1892 ई. में न्यू लन्दन, कनेक्टिकट के डॉक्टर वॉशिंगटन डब्लू शेफ़ील्ड ने पहला खुलने और बन्द होनेवाले ट्यूब का उत्पादन किया और उसे डॉक्टर शेफ़ील्ड्स क्रीम डेंटिफ्रिस के नाम से बेचा। उनके बेटे ने जब पेरिस में पेंटर्स को ट्यूब से पेंट दबा कर निकालते हुए देखा तो उसके बाद उनको भी ऐसा ही करने का विचार आया। दबा कर निकालने वाला टूथपेस्ट ट्यूब लेड से बना होता था, जो घुलकर पेस्ट में बह जाता था जिससे कभी-कभी लेड विषाक्तता हो जाता था, साथ ही यह भी सत्य था कि द्वितीय विश्व युद्ध के दौरान लेड की कमी हो गयी थी, तब, ऐल्यूमिनियम पेपर और प्लास्टिक से बने लैमिनेटेड ट्यूब ने 1940 ई. तक उसका स्थान ले लिया, आज तो पूरी तरह प्लास्टिक का ट्यूब ही चलता है।

कैविटी (खोड़ीला) से सुरक्षा के लिए 1890 ई. में टूथपेस्ट में पहली बार फ़्लोराइड मिलाया गया। 1955 ई. में पहला चिकित्सकीय दृष्टि से साबित किया हुआ फ़्लोरायड युक्त टूथपेस्ट प्राक्टर एंड गैम्बल ने शुरू किया। दो विभिन्न रंगों के साथ धारीदार टूथपेस्ट न्यूयॉर्क में रहने वाले लीओनॉर्ड मर्राफ़्फ़ीनो ने 1955 ई. में खोजा और प्रारम्भिक 1960 ई. में यूनिलीवर ने धारीदार टूथपेस्ट का सर्वप्रथम व्यापार किया।

फ़्लिप-फ़्लॉप (हवाई चप्पल/उलट पलट)

फ़्लिप फ़्लॉप को जापान में ज़ोरी, ऑस्ट्रेलिया में थोंग्स, न्यूज़ीलैंड में जनडल्स, भारत और पाकिस्तान में हवाई चप्पल कहते हैं।

सम्पूर्ण विश्व में इसके बहुत से नाम हैं। इसे पहन कर चलने पर एक ध्वनि निकलती है, फ़्लिप-फ़्लॉप, फ़्लिप-फ़्लॉप और इसीलिए इसका यही नाम पड़ गया।

थोंग सैंडल्स हज़ारों साल से पहने जा रहे हैं। 4000 ई. पूर्व मिस्र के प्राचीन भित्तिचित्रों में इसके चित्र पाये गये हैं। लगभग 1500 ई. पूर्व प्राचीनतम उदाहरण भोज पत्रों से बना जो आज भी अस्तित्व में है और ब्रिटिश म्यूज़ियम में रखा है। प्रारम्भिक हवाई चप्पल अनेक प्रकार के पदार्थों से बनते थे। जैसे मिस्र में पपिरस और पाम के पत्तों से, केनिया में कच्चे चमड़े से, भारत में लकड़ी से, चीन और जापान में चावल के भूसे से, दक्षिणी अमेरिका में रेशे वाले पत्ते से और मेक्सिको में युक्का पौधे से बनाये जाते थे। विभिन्न सभ्यता में हवाई चप्पल की रचना में पाँव की पट्टियों का स्थान अलग-अलग था। प्राचीन मिस्र में पैर की पहली और दूसरी उँगली के बीच रहता था, रोम के लोग दूसरी और तीसरी उँगली के बीच पसन्द करते थे, जबकि मिसोपोटनीयंस तीसरी और चौथी उँगली के बीच पट्टिका को स्थान दिये। जापान के लोग तो हियन काल (794-1185 एडी) से ही ज़ोरी सैंडल पहन रहे हैं। यूएस में आधुनिक हवाई चप्पल तब शुरू हुआ जब द्वितीय विश्व युद्ध के बाद सैनिक जापान से वापस लौटते समय स्मृतिचिह्न के रूप लाये थे। 1950 ई. के दौरान वास्तव में

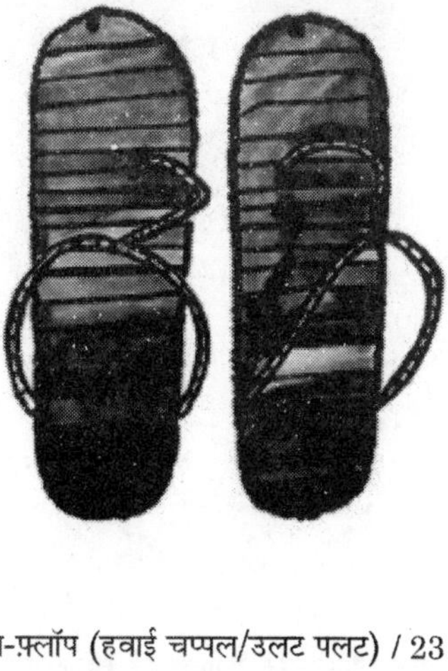

ये बहुत लोकप्रिय थे। इन्हें बनाना इतना सरल था कि युद्ध के उपरान्त आर्थिक मन्दी से उबरने के लिए अनेक कम्पनियों ने पहला उत्पाद इसे ही बनाया। मित्सबिशि, ने इनमें से कई व्यवसायियों को ख़रीद कर, फ़्लिप-फ़्लॉप का प्रारम्भिक बड़ा निर्यातक बन गया। पहले के अधिकतर चप्पलों का सोल रबर का होता था जो इतना ख़राब होता था, कि उससे छाले पड़ जाते थे, तथा वो बहुत कम समय चलता था। अन्त में जापान की कम्पनियों ने चप्पलों के उत्पाद को ताइवान, कोरिया, और फिर कम दाम पर चीन को भी निर्यात किया।

आज हवाई चप्पल, जीन्स की तरह, सस्ता होने के कारण कार्यकर्ता वर्ग के, प्रतिदिन पहनने के लिए उपयुक्त हो गया और कभी-कभी तो उच्च फ़ैशन में रहा। कुछ का मूल्य मात्र $ 1 था, जबकि अन्य स्फटिक जड़ा चप्पल का मूल्य $ 150 या उससे भी अधिक था। 2011 ई. में बराक ओबामा पहले अमेरिका के राष्ट्रपति बने जो हवाई में छुट्टियाँ मनाते समय हवाई चप्पल पहनकर फ़ोटो खिंचवाये थे। दलाई लामा भी हवाई चप्पल पसन्द करते हैं और अक्सर औपचारिक अवसरों पर उसे पहनते हैं।

क्या आप जानते हैं?

एक सरल रचना की हवाई चप्पल बहुत से पैर के निचले हिस्से तथा पैर के चोटों के लिए ज़िम्मेदार है। 2010 ई. में यूके में क़रीब-क़रीब दो लाख लोग हवाई चप्पल से सम्बन्धित चोटों के साथ अस्पताल गये थे। ब्रिटिश नेशनल हेल्थ सर्विस के अनुसार इन चोटों को ठीक करने में £ 40 मिलियन ख़र्च हुआ था।

प्लाईवुड

पॉपुलर साइंस में 1948 ई. में प्लाईवुड के बारे में वर्णित है, कि यह लकड़ी और गोंद की परतदार केक के समान है, जिसकी मोटाई 3 मिमी से कम, सस्ते लकड़ी की परत को गोंद से इस प्रकार जोड़ते हैं कि निकटतम परत के रेशे एक-दूसरे के लम्बवत रहते हैं। प्लाईवुड के रेशों के क्रॉस स्थिति में रखने पर वो अधिक मज़बूत और टिकाऊ हो जाता है। मिस्र ने लगभग 3500 ई. पूर्व एक तरह के प्लाईवुड का आविष्कार किया था। गुणवत्ता वाली महँगी लकड़ी की कमी महसूस होने पर, महँगी लकड़ी के पतले परत को सस्ती लकड़ी की पट्टिका के ऊपर चिपका कर काम चलाने लगे। 1000 ई. तक चीन में लकड़ी के छीलन को गोंद में मिलाकर फ़र्नीचर बनाते थे। 17वीं और 18वीं शताब्दी में, अंग्रेज़, फ्रेंच, और रशियन भी प्लाईवुड के सामान्य सिद्धान्त को समझ गये थे। प्रारम्भिक प्लाईवुड को आमतौर पर विशेष तरीक़े से सजावटी दृढ़ लकड़ियों से बनाते थे, जिसका उपयोग घरेलू फ़र्नीचर बनाने में होता था। न्यूयॉर्क सिटी के जोन के मायो को आधुनिक प्लाईवुड के लिए पहला पेटेंट प्राप्त हुआ। मायो क्रॉस ग्रेनिंग (लकड़ी की दो पतली पट्टिकाओं के रेशे को लम्बवत रखना) के महत्त्व को समझता था परन्तु कभी अपनी खोज का व्यवसायीकरण नहीं किया।

1905 ई. में, पोर्टलैंड की एक उत्पादन कम्पनी ने, पोर्टलैंड में ही छोटा-सा लकड़ी के बॉक्स बनाने का कारख़ाना खोला, जिसमें ओरेगन ने भाँति-भाँति

के स्थानीय मृदु लकड़ियाँ, जैसे डग्लस फ़र से, प्लाइवुड निर्मित करना शुरू कर दिया। उस वर्ष पोर्टलैंड के वर्ल्ड फ़ेयर में इनकी बनाये अनेक पट्टियाँ प्रदर्शन के लिए रखी गये, जिसमें गोंद लगाने के लिए पेंट ब्रश का, और दबाने के लिए घरेलू जैक का उपयोग किया गया था। वहीं इसमें बहुतों ने रुचि दिखाई, और इस तरह एक उद्योग का जन्म हो गया। लगभग 1919 ई. तक प्लाईवुड को लोग, स्केल बोर्ड, पेस्टेड बोर्ड या निर्मित लकड़ी के नाम से जानते थे।

जलरोधी गोंद की अनुपलब्धता के कारण लम्बे समय तक इसका उपयोग घर के बाहरी भाग में नहीं होता था। 1934 ई. में अबर्डिन, वाशिंगटन में, हार्बर प्लाईवुड कॉर्पोरेशन के डॉक्टर जेम्स नेविन, एक रसायनशास्त्री ने पूर्णरूपेण जलरोधी गोंद को विकसित किया। 1930 ई. के उत्तरार्द्ध में प्लाईवुड का बहुतायत में व्यापार हुआ, और इसे भवन निर्माण के लिए एक मज़बूत और टिकाऊ पदार्थ माना गया। द्वितीय विश्व युद्ध के समय इसका तरह-तरह से उपयोग होने लगा, जैसे–क्रेट (सामान ले जाने के लिए पेटी), झोपड़ी, बैरक, टोरपिडो नाव (युद्ध में उपयोग होने वाली छोटी तेज़ नाव), ग्लाइडर, और जीवन रक्षा नाव आदि। तभी से आज तक यह उद्योग बढ़ता ही रहा। भारत में 1982 ई. में किटप्लाई इंडस्ट्री लिमिटेड, जलरोधी प्लाईवुड के लिए अग्रणी था। इसलिए आज यह पदार्थ अक्सर सामान्य रूप से किटप्लाई के ही नाम से जाना जाता है। भारत में इसके पूर्व लगभग 1906 ई. से ही प्लाईवुड का आयात शुरू हो गया था। 1923-1924 ई. में, आसाम में प्लाईवुड के दो कारख़ाने शुरू हुए, जिसका मुख्य उद्देश्य चाय की पत्तियों को रखने के लिए पेटियाँ बनाना था। द्वितीय विश्व युद्ध के दौरान यह उद्योग तेज़ी से तरक़्क़ी किया, आज भारतीय लकड़ियों का उपयोग कर प्लाईवुड बनाने के कारख़ाने देश भर में जगह-जगह स्थित हैं।

शेविंग क्रीम

लगभग 3000 ई.पू. सुमेरिया में शेविंग क्रीम के प्राचीनतम रूप का उल्लेख मिला था। जन्तुवसा और लकड़ी के क्षार के मिश्रण को शेविंग के पहले दाढ़ी पर लगाते थे ठीक उसी प्रकार जैसे जानवर की त्वचा पर से फ़र को निकालने के पहले लगाया जाता था। संस्कृतियों में सर्वप्रथम प्राचीन मिस्त्र की सभ्यता ने हजामत को गम्भीरता से लिया, वो जन्तुवसा या तेल को चिकनाई के रूप में, और पीतल की रेज़र को शेविंग के लिए उपयोग में लाते थे। मिस्त्र और रोम के नाई अक्सर जन्तुवसा या साबुन का उपयोग लोहे का रेज़र चलाते समय करते थे। 1700 ई. तक शेविंग या शेविंग साबुन का विकास बहुत कम हुआ था। 1800 ई. में केवल शेविंग के लिए उपयोग में आने वाले, ज़्यादा झाग देने वाले साबुन, विशेष उत्पाद के रूप में उभरे। ऐसे शेविंग साबुन इस ढंग से बनाये जाते थे, कि वो सामान्य साबुन से कड़े हों, लम्बे समय तक चलने वाले हों, और झाग ज़्यादा देर तक टिकने वाले हों। तक़रीबन 1840 ई. में न्यूयॉर्क के व्रूम और फ़ाउलर ने जब झागदार संघनित साबुन बेचना शुरू किया तब जाकर पहला शेविंग सोप प्रकट हुआ। इसका नाम उन्होंने वालनट आयल मिल्लिट्री शेविंग सोप रखा। अमेरिका के वनस्पतिविद् और जॉर्ज वाशिंगटन क्रेवर खोजी ने एक क्रीम बनाया जो आसानी से सँजोया जा सकता था तथा बढ़िया झाग देता था जिससे रेज़र आराम से त्वचा के ऊपर सरक जाता था। कुछ उत्पादक जैसे The Art of Shaving, Crabtree and Evelyn, और Geo. F. Trumper के पास आज भी पारम्परिक शेविंग सोप उपलब्ध है। 1919 ई. में एमआईटी के पूर्व प्रोफ़ेसर फ्रेंकशीलड्स ने पहला शेविंग क्रीम बरबसोल विकसित किया। इस नये उत्पाद ने पुरुषों के सामने, ब्रश का उपयोग सोप को झाग में लाने के लिए एक विकल्प प्रस्तुत किया। बरबसोल मूलत: गाढ़ा लोशन था, जिसकी रचना उनके जैसे कड़ी दाढ़ी और संवेदनशील त्वचा वाले पुरुषों हेतु सुविधाजनक शेविंग के

लिए था। लेटिन में बरबा का अर्थ है दाढ़ी और सोलूशन मतलब घोल, बरबसोल इन्हीं दो शब्दों के मेल से बना है। बरबसोल लगातार शेविंग उत्पाद के उत्तम ब्रांड में से एक बना रहा विशेषकर यूएस में। अमेरिका की बर्मा विटा कम्पनी द्वारा 1925 ई. में एक और बिना ब्रश वाला पहले झाग देने वाला शेविंग क्रीम लाया गया। यह अपनी सुविधा और अमेरिका के प्रसिद्ध राजमार्गों पर पंक्तिबद्ध, तुकबन्दी वाले बिलबोर्ड पर विज्ञापन के कारण जल्दी ही लोकप्रियता हासिल कर लिया। भारत में शेविंग क्रीम का सर्वाधिक लोकप्रिय ब्रांड गोदरेज है। गोदरेज का अपना पहला शेविंग उत्पाद शेविंग स्टिक था, जो 1932 ई. में शुरू हुआ था। द्वितीय विश्व युद्ध ने पहले प्रेशर वाले स्प्रे केन के खोज का योगदान दिया। 1949 ई. में न्यूयॉर्क स्थित अमेरिकन पर्सनल केयर कम्पनी में कार्टर वैलेस द्वारा पहला प्रेशर वाला शेविंग क्रीम राइज शुरू किया गया। ऐरोसोल शेविंग क्रीम ने शेविंग बाज़ार का लगभग पाँचवाँ हिस्सा अपने क़ब्ज़े में कर लिया और 1960 ई. तक दबदबा बना रहा।

नक़ली दाँत

पुरातत्त्ववेत्ताओं द्वारा नक़ली दाँत का प्राचीनतम सबूत मेक्सिको में पाया गया। 2500 ई.पू. की तारीख़ का एक कंकाल पाया गया जिसके आगे का दाँत घिसा हुआ था, सम्भवत: वहाँ लोमड़ी के दाँत से बना नक़ली दाँत लगाने हेतु स्थान बनाया गया था। लगभग 700 ई. पू. उत्तरी इटली में एट्रुस्केन्स ने आदमियों और जानवरों का दाँत सोने की तार या पट्टी से बाँध कर नक़ली दाँत बनाये। इसका क्षरण जल्दी होता था परन्तु ये बनाना सरल था। 18वीं शती तक इसमें बहुत थोड़ा-सा सुधार हुआ। नक़ली दाँत लगवाने का सामान्य प्रचलन नहीं था और टूटा दाँत यहाँ तक कि अमीरों में भी आदर्श माना जाता था इंग्लैंड की महारानी एलिज़ाबेथ प्रथम दाँतों के बीच ख़ाली जगह में सफ़ेद कपड़ा रखती थीं ताकि आम जनता में अच्छी दिखें। पीछे की तारीख़ में वापस जायें तो 16वीं शती में जापान में सबसे पुराना पूर्ण नक़ली दाँत लकड़ी का बना हुआ था। 18वीं शती के दौरान, यूरोपियन दन्तचिकित्सक वालरस, हाथी और दरियाई घोड़ा के दाँतों का उपयोग कर नक़ली दाँत की प्लेट बनाते थे जिसमें दाँतों को जोड़ा जा सकता था। परन्तु लार में स्थित अम्ल द्वारा उस पर जो क्रिया होती थी वो स्वाद में भयंकर थी और जल्दी ही सड़ा देती थी। इसके अलावा प्रारम्भिक नक़ली दाँतों को खाने से पहले निकालना पड़ता था क्योंकि वो चबाने के हिसाब से सुरक्षित नहीं थे। यूएस के प्रथम राष्ट्रपति जॉर्ज वाशिंगटन का नक़ली दाँत दरियाई घोड़ा के दाँत को खोद कर उसमें आदमी, घोड़ा और गधे के दाँत को फ़िट करके बनाया

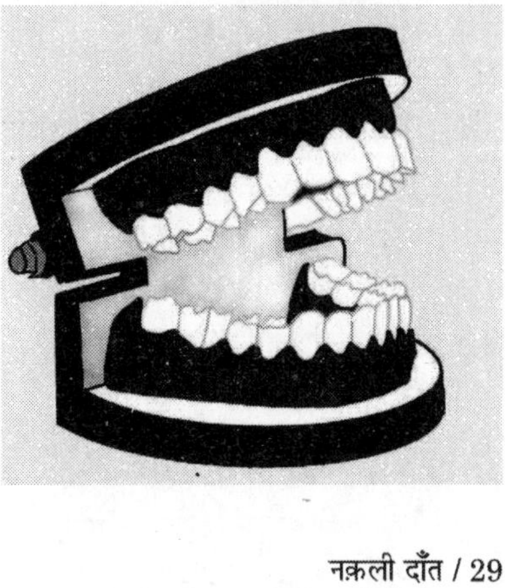

गया था। हालाँकि ये बहुत कष्टप्रद और उनके मुख को विकृत करने वाला था। इसी कारण से उनका दूसरा उद्घाटन सम्बोधन आज तक के यूएस के प्रेसिडेंट का सबसे छोटा मात्र 90 मिनट का सम्बोधन था। युद्ध के समय, लोगों की मृत्यु के उपरान्त, आसानी से उपलब्ध उनके दाँतो का उपयोग कर नक़ली दाँत बनाये गये जो लोकप्रिय हुए। उदाहरण के तौर पर वाटरलू के युद्ध के बाद युद्ध के मैदान से सैनिकों की लाशों से दाँत निकालने के कारण, वाटरलू में दाँत का भरमार हो गया। अमेरिका के गृहयुद्ध के बाद ऐसे दाँतों को पीपों में भरकर वापस यूरोप भेजा गया था। दाँतों को मृत्युदण्ड दिये गये अपराधी, क़ब्र चोरों द्वारा चुराया गया या ग़रीबों से ख़रीद कर भी निकाला जाता था। लगभग 1770 ई. में एक फ्रेंच दवा बेचने वाले Alexis Duchateau ने पहला पोर्शलीन का नक़ली दाँत बनाया। अनेक विफलता के बाद उसने एक व्यावहारिक रचना बनायी जो बहुत ही लोकप्रिय हुई। हालाँकि उनकी इच्छा थी कि उसे चिकना करें कि वो ख़ूब सफ़ेद दिखे ताकि लोकप्रियता बढ़ाई जा सके। उनके पूर्व सहायक Nicholas De Chemant को 1791 ई. में नक़ली दाँत का पहला पेटेंट मिला। 1820 ई. में लन्दन के Claudius Ash ने पोर्शलीन नक़ली दाँत में सुधार कर उसे 18 केरेट के सोने की प्लेट पर जोड़ा। 1850 ई. से वलकनाइट एक तरह के कड़े रबर को सोने के स्थान पर उपयोग किया जिससे काफ़ी हद तक मूल्य घट गया। 20वीं शती के प्रारम्भ में नक़ली दाँत एक्रेलिक रेसिन और प्लास्टिक से बनाते थे। आज वो नये मिश्रधातु और प्लास्टिक का पूरा फ़ायदा उठा रहे हैं।

इंच पटरी/प्रमापक

प्रमापक/ पैमाना इसे हम रेखीय माप या पटरी के नाम से भी जानते हैं। यह यन्त्र या न्त्रिक चित्र, रेखा चित्र, अभियान्त्रिकी, वास्तुकला (भवन निर्माण), छपाई में सीधी रेखा खींचना, दूरी नापना और सटीक कटाई करने के काम आता है। प्राचीनकाल से ही होमोसेपियंस इसका उपयोग करते आ रहे हैं। अधिकतर प्राचीन पैमाना लकड़ी का बना होता था। पुरातत्त्ववेत्ताओं ने 1500 ई.पू. के पहले भी सिन्धु घाटी की सभ्यता में हाथी दाँत के मापक पाये हैं। एक ऐसा ही मापक लोथल की खुदाई में पाया गया जिसकी तिथि 2400 ई. पू. आँकी गयी है। यह माना गया है कि यह पटरी 1.32 इंच की इकाई में विभाजित की गयी है, आश्चर्यजनक शुद्धता के साथ इसका दशमलव के उपखण्डों में विभाजन किया गया है जिसका अल्पत्मांक 0.005 इंच है। उस पूरे क्षेत्र में उपलब्ध प्राचीन ईंटों की विमा इसी इकाई से मेल खाता है। 1851 ई. में जर्मनी के उद्यमी Anton Ullrich को फ़ोल्डिंग पैमाना खोजने का श्रेय जाता है। 1857 ई. में उन्होंने कमानी चालित कब्जा का अपनी खोज में उपयोग किया और पेटेंट प्राप्त किया। जिस कम्पनी की स्थापना उन्होंने किया वो आज भी विद्यमान है। यह बहुत सारे नापने वाले उपकरणों का उत्पाद Stabila व्यापारिक नाम के तहत करती है। परन्तु इंच पटरी सदा लकड़ी या हाथी दाँत की ही नहीं बनती यह प्लास्टिक या धातु से भी बनती है। जब से प्लास्टिक की खोज हुई प्रमुख रूप से इसी पदार्थ का मापक बनने लगा क्योंकि इसे चिह्नों के साथ ढालने में, धातु पर खोदने की अपेक्षा अधिक आसान था। आजकल धातु के मापक कार्यशाला में, या

लकड़ी के मापक में जड़ कर सीमित हो गये हैं इनका उपयोग किनारों को सुरक्षित रखने के लिए और सीधी रेखा में काटने के लिए होता है। डेस्क मापक मुख्यत: सीधी रेखा खींचने में, दूरी नापने में, एक सीधी रेखा के साथ काटने में गाइड का काम करता है। इस तरह के मापक के अन्तिम किनारों पर अंकन होता है, जबकि दूसरी ओर रेखीय मापक का उपयोग छपाई उद्योग में, छपाई के अक्षरों के आकार के चुनाव में (अगेट-5.5 पॉइंट), टाइप करने में (पिका- इकाई), बिन्दु और इंच जैसे इकाइयों में नापने के काम आता है। इसके अतिरिक्त कुछ मापक विभिन्न बिन्दुओं के आकार के अंकित रेखाओं के बीच की दूरी के नमूने से अलग-अलग माप बताते हैं। अन्य मापक यन्त्रों में बढ़ई द्वारा उपयोग में लाया जाने वाला मोड़ने वाला, धातु के बने लम्बे टेप, इन्हें फ़ोल्ड करके या कुंडली की तरह गोल-गोल घुमा कर वहन करने योग्य बनाया जाता है। दर्ज़ी मास्टर का, कपड़े का लचीला टेप, लम्बाई नापने का यन्त्र, जिस पर अंकन सेंटीमीटर और इंच में होता है। इसका उपयोग सीधा लम्बा नाप के साथ-साथ ठोस वस्तु के चारों ओर घुमाकर जैसे आदमी के कमर को नापने के लिए भी करते हैं। संकुचन मापक, जिसे सिकुड़न मापक भी कहते हैं, इस नापने वाले उपकरण का विभाजन मानक मापदण्ड से बड़ा होता है जो धातु तैयार होने में आये सिकुड़न की भरपाई करता है।

ताला

इतिहासकार अनिश्चय की स्थिति में है कि प्रथम ताला कब और कहाँ खोजा गया। प्रतिरोधक ताला में अवरोधों के सेट का उपयोग होता है जो ताले को मुड़ने से रोकता है। सही कुंजी (चाबी) के अवरोध, ताले के अवरोध से मेल खाते हैं, इसे स्वतन्त्रता से मुड़ने देते हैं। यह तंत्र सम्भवत: रोमन द्वारा खोजा गया था जिसका उपयोग आज भी हो रहा है। और भी बहुत से ताले पीपा की तरह होते हैं जिन्हें खोलने के लिए चाबी द्वारा पिन को खिसकाना होता है। इसका एक उदाहरण पिन टम्बलर ताला है जिसमें विभिन्न लम्बाई के पिनों का सेट होता है जो बोल्ट को रोकता है। उचित चाबी पिनों को उठा देती है जो बोल्ट को मोड़ देता है। 2000 ई. पू. मिस्र के लोग इस मूल सिद्धान्त को जानते थे। 1848 ई. में अमेरिकन ताला मरम्मत करने वाले Linus Yale Sr. ने आधुनिक सिलिंड्रिकल पिन टम्बलर ताला खोजा। उनके पुत्र Yale Jr. ने दाँतेदार किनारों वाला छोटा चपटा चाबी 1861 ई. में खोजा, जिसमें हज़ारों की संख्या में बदलाव कर, सुरक्षा में सुधार कर सकते हैं। उन्होंने आधुनिक संयोजन ताला भी 1861 ई. में विकसित किया।

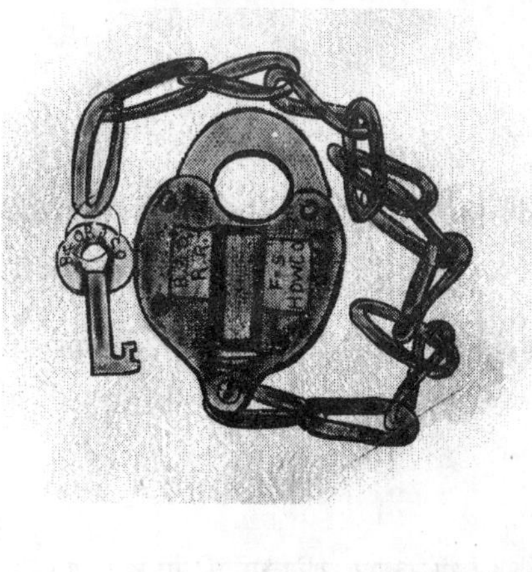

ब्रिटेन के ताला मरम्मत करने वाले Joseph Bramha ने 1784 ई. में Bramha बेलननुमा सुरक्षा ताला पेटेंट कराया।

इसके परिष्कृत तंत्र ने 6 धातु प्लेटों का उपयोग टम्बलर के रूप में किया। 1790 ई. में अपनी

दुकान की खिड़की पर एक ताले को चुनौती के रूप में एक बोर्ड में जड़ कर प्रस्तुत किया, जिस पर लिखा था, "जो कलाकार इस उपकरण को बना सकता है वही इस चुनौती को स्वीकार करेगा और जैसे ही इस ताला को खोल कर दिखा देगा उसी क्षण उसे 200 गिन्नी दिया जायेगा।" सड़सठ साल तक यह चुनौती पड़ी रही जब तक कि एक अमेरिकन Alfred Hobbs, ताला मरम्मत करने वाले ने इसे खोल कर पुरस्कार प्राप्त नहीं किया। ताला खोलने के लिए उन्होंने इक्यावन घण्टे प्रयास किया जो सोलह दिन में वितरित हुए थे। लीवर टम्बलर ताले में लीवर के सेट का उपयोग होता है अक्सर उनमें से पाँच या सात लीवर का सेट टम्बलर की तरह उपयोग में लाये जाते हैं। इनकी खोज 17वीं शताब्दी में यूरोप में हुई थी। इंग्लैंड के Robert Barron ने 1778 ई. में दोहरा कार्यशील संस्करण पेटेंट कराया, जिसमें ताला खोलने के लिए लीवर को एक विशेष ऊँचाई तक उठाने की आवश्यकता होती है, जिस कारण सुरक्षा बढ़ जाती है। यह आज भी उपयोग में है, ख़ासकर तिजोरी और जेल के लिए। 1818 ई. में पोर्ट्समाउथ, इंग्लैंड के Jeremiah Chubb ने संसूचक ताला खोजा। इस लीवर टम्बलर ताले में एक महत्त्वपूर्ण सुरक्षा सुविधा है कि यदि कोई उससे छेड़छाड़ करेगा तो वह जाम हो जायेगा। 1907 ई. में Emil Henriksson द्वारा डिस्क टम्बलर ताला का आविष्कार किया गया। इसमें खाँचेदार घूर्णन डिस्क टम्बलर की तरह कार्य करता है। यह तंत्र टिकाऊ है और बम्प नहीं हो सकता अर्थात् पिन टम्बलर के विपरीत विशेष बम्प उसी की चाबी से ही खुलेगा। आजकल इलेक्ट्रॉनिक ताले भी बहुत लोकप्रिय हो गये हैं।

चर्खी

चर्खी, बच्चों का एक साधारण खिलौना है जो काग़ज़ या प्लास्टिक को घुमावदार बनाकर एक पिन द्वारा स्टिक पर उसकी धुरी पर जोड़ दिया जाता है। चर्खी जटिल चक्री का पूर्वज है, जैसे लट्टू, वायु दिशा निर्देशक यन्त्र। इसे लट्टू, हिंडोला और बहुत से समान रूप से आकर्षक और लोकप्रिय नाम से जाना जाता है। चर्खी या लट्टू का प्रथम आविष्कारक अज्ञात है, लेकिन इसका लम्बा इतिहास ग्लोब की तरह फैला हुआ है। वायु दिशा निर्देशक जो चर्खी के काफ़ी क़रीब है, पहली बार इसका उपयोग 1800 और 1600 ई. पू. सुमरिया के किसानों और नाविकों द्वारा किया गया था। यह माना जाता है कि 400 ई. पू. इसे चीन में खोजा गया, पहला ज्ञात फिरकी खिलौना–ड्रेगन तितली, जिसमें बांस से बने एक घुमावदार पंख को स्टिक द्वारा रोल करते हुए शुरू किया गया था। नौवीं शती के दौरान सेसेनिड साम्राज्य के ईरानी लोग सिंचाई के लिए क्षैतिज पवनचक्की का उपयोग कर, तकनीकी रूप से हवा से चलने वाली चकरी को सम्भव बनाया। खेद की बात है, कि कोई भी इस काल की चर्खी जीवित नहीं बची सिवाय एक के, जो मिस्र में रस्सी से चलने वाली 100 ई. पू. की गुड़िया है।

1200 ई. में अनाज पीसने वाली पवनचक्की, लट्टू और चकरी यूरोप पहुँची। यूरोप के पहले ज्ञात दृश्य प्रदर्शन में मध्यकालीन चित्र यवनिका में बच्चों का चक्री के साथ खेलते हुए वर्णन है। पन्द्रहवीं और सोलहवीं शती में क्रॉस के आकृति की चर्खी पेंटिंग में प्रचलित हो गयी थी, जैसे हायरोनिमस बोश की लगभग 1480-1500 ई. की पेंटिंग, Christ Child with a Walking Frame, में क्रॉस वाली चर्खी

भी है। शेक्सपियर ने भी चर्खी का उपमा अलंकार के रूप में कई स्थान पर उपयोग किया है, जैसे (Twelfth Night, अंक V-1) : फ़ीस्ट : यही समय का चक्र, इसका बदला ले लेता है। चर्खी बताती है दुनिया गोल है, जो आज नीचे दिख नहीं रहा, वो कल ऊपर सबकी निगाह में होगा। जो हम आज करेंगे, वही कल मेरे हाथ में होगा।

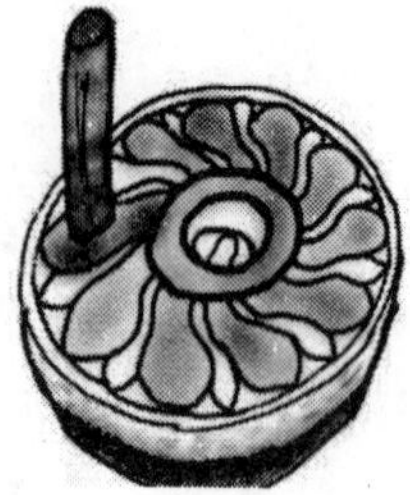

पहला प्रमाणित प्रमाण UK में चक्र का, जॉर्ज वाशिंगटन से सम्बन्धित है, कहा जाता है कि चक्र क्रान्तिकारी युद्ध से घर तक आया। 1819 संस्करण में वाशिंगटन इरविंग की प्रसिद्ध रचना The Legend of Sleepy Hollow में चक्र को इस ढंग से प्रस्तुत किया जैसे : 'एक छोटा लकड़ी का योद्धा जिसके प्रत्येक हाथ में तलवार है, सबसे ज़्यादा बहादुरी से खलिहान के शिखर पर हवा से युद्ध कर रहा था।' 1929 ई. तक व्यक्तिगत जीविकोपार्जन के लिए चकरी की क्राफ़्टिंग बाग को सुसज्जित करने के लिए और बच्चों के मनोरंजन के लिए बनाने लगे। आज यह फिरकी अलग-अलग आकृति और आकार के पूरे देश में, खिलौने बेचने वाले, खिलौनों की दुकान पर भी, बच्चों के लिए एक सस्ते खिलौने की तरह उपलब्ध है। चीन के कलाकारों ने चीन के नववर्ष के लिए बहुत से रंगों के चर्खी बनाये। लोग अपने व्यक्तिगत सन्देश इन चरखियों के बाहरी पंखुड़ी पर रखते हैं और हवा इसे पकड़कर अगले वर्ष की इन कामनाओं को पूरे ब्रह्माण्ड में फैला देती है।

कैंची

प्रथम कैंची सम्भवतः प्राचीन मिस्त्र या मेसोपोटामिया में लगभग 1500 ई. पू. खोजा गया था, व्यापार और अन्वेषण के द्वारा यह धीरे-धीरे शेष प्राचीन दुनिया में फैल गया। ये कैंचियाँ, स्प्रिंग कैंची थी, जिसमें दो पीतल के ब्लेड, हैंडल से एक पतला वक्र लचीला पीतल की पट्टी द्वारा आधार से जुड़ा होता था, जो ब्लेड को संरेखित करता था, एक साथ हैंडल दबाने पर बलेड्स पास आ जाते थे और छोड़ने पर दूर हो जाते थे। मिस्त्र की पीतल की कैंची (300 ई. पू.) अद्वितीय कला की प्रस्तुति थी। प्रत्येक ब्लेड पर सुसज्जित पुरुष और महिला की आकृति एक दूसरे का अभिनन्दन करते हुए अंकित है। उन्हें विभिन्न रंग के ठोस धातु के टुकड़ों को पीतल में जड़ कर बनाया गया था।

सोलहवीं शताब्दी तक यूरोप में स्प्रिंग (कमानी) कैंची लगातार उपयोग में रही। लेकिन लगभग 100 ई. में रोमन शिल्पी ने क्रॉस ब्लेड कैंची विकसित किया, जिसमें ब्लेड के किनारे क्रॉस स्थिति में रहते हैं और काटते समय एक-दूसरे के पीछे खिसकते हैं। गोलीय आधार वहीं स्थित रहता है, जिससे उपयोग के बाद कैंची खुली

स्थिति में पड़ी रहे। ये प्राचीन रोम में ही नहीं अपितु चीन, जापान और कोरिया में भी आम हो गया। जबकि क्रॉस ब्लेड विचार अमूमन आज भी सभी आधुनिक कैंचियों में उपयोग हो रहा है। केवल कुछ क़िस्में जैसे घास का किनारा काटने वाली कैंची में आधार उसे वहीं पर बनाये रखती है।

कैची के विकास के क्रम में कुछ बिन्दुओं पर अज्ञात अन्वेषकों ने महसूस किया कि आधार का स्थान बदलकर, कैंची को दो भागों में अलग कर एक स्क्रू या कीलक के साथ जोड़कर और उँगलियों के लिए लूप बनाकर, हाथ की कम शक्ति से, अधिक नियन्त्रण प्राप्त कर सकते हैं। पाँचवीं शताब्दी में सेविल्ले, स्पेन के मुंशी lsidore ने मध्य में कीलक (धुरी) वाला क्रॉस ब्लेड कैंची को नाई और दर्ज़ी के उपकरण के रूप में वर्णित किया। ऐसे पीतल या लोहे की धुरी वाले कैंची आधुनिक कैंचियों के सीधे पूर्वज हैं।

कीलक वाली कैंचियों का बहुतायत में निर्माण 1761 ई. तक नहीं हुआ था। कठोर और चमकदार कास्ट स्टील का आधुनिक काल का पहला कैंची का जोड़ा रोबर्ट हिंचलिफ़्फ़े ने उत्पादित किया था। वो चेनेय स्क्वैर थे, जो लन्दन में रहते थे, और सम्भवत: पहले व्यक्ति थे, जो उत्कृष्ट कैंची निर्माता का साइनबोर्ड लगाकर ख़ुद के लिए ढिंढोरा पीटे थे। उन्नीसवीं शताब्दी के दौरान विस्तृत रूप से सजाये गये हैंडल के साथ कैंचियों को हाथ से ढाला जाता था। ब्लेड्स को बनाने के लिए स्टील को खुरदुरे सतह पर पीट-पीट कर बनाया जाता था, जिसे नियन्त्रक कहते थे और हैंडल में बने गोले को चाप कहते थे, जिसे बनाने के लिए स्टील में पंच करके छेद बनाते थे और अहरन के नुकीले छोर को डालकर बड़ा करते थे। 1967 ई. में फिस्कर्स कॉर्पोरेशन ने अपना सुप्रसिद्ध नारंगी रंग के हैंडल वाला कैंची प्रारम्भ किया, जो आज भी बहुत लोकप्रिय है।

चाँदा

ज्यामिति में चाँदा चौकोर (Protractor), गोल या अर्द्धवृत्ताकार साधन है जो सामान्यतः पारदर्शी कठोर प्लास्टिक से बना, कोण नापने के काम आता है। सामान्य रूप से चाप (आर्क) को नापने की इकाई डिग्री होता है। इनका उपयोग विभिन्न प्रकार के यान्त्रिकी और अभियान्त्रिकी से सम्बन्धित उपकरणों में होता है, परन्तु शायद इसका सबसे सामान्य उपयोग विद्यालयों में ज्यामिति पढ़ते समय होता है। कुछ चाँदा साधारण अर्द्धचन्द्राकार होते हैं, जबकि कुछ ज़्यादा संवर्धित जैसे बिवल

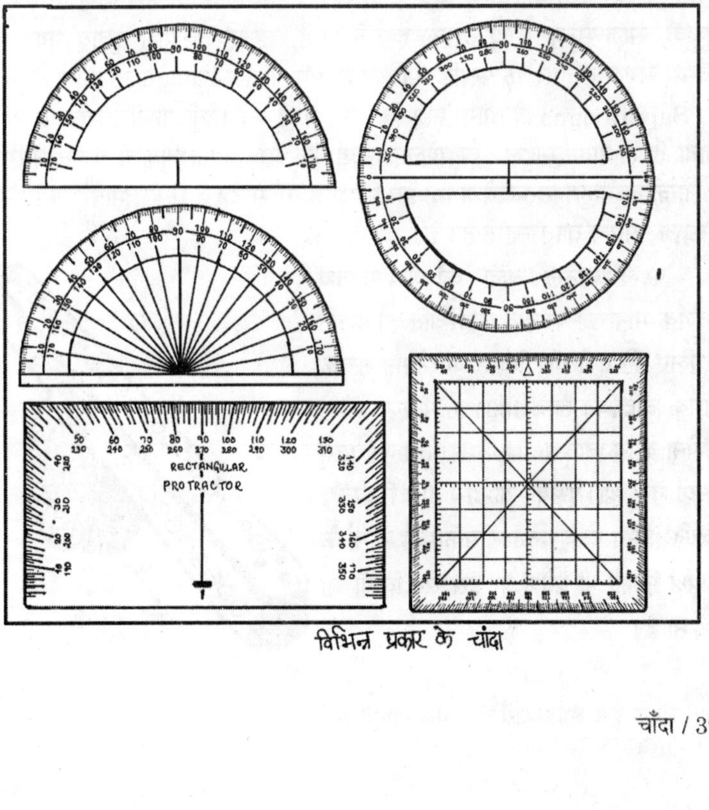

विभिन्न प्रकार के चांदा

(झुके हुए) चाँदा, जिसमें दो हाथ एक स्थान पर झूलते हुए जुड़े रहते हैं जिससे कोण नापने में मदद मिलती है।

सरल अर्द्ध चक्रिका (डिस्क) चाँदा हज़ारों वर्ष पहले का एक प्राचीन उपकरण है। जबकि ये माना जाता है कि इसके असली अन्वेषक समय की रेत में कहीं खो गये, 2011 ई. में एक दिलचस्प सम्भावना प्रकाश में आयी। 1400 ई. पू. मिस्र के अठारहवें राजवंश के दौरान एक मिस्र के ख़ा नामक वास्तुकार ने फ़ैरो का मक़बरा बनाने में सहायता की। 1906 ई. में थेब्स, मिस्र में राजा की घाटी के निकट, दीयर अल मदीना में उनकी अपनी क़ब्र पुरातत्त्ववेत्ता Emesto Schiaparelli द्वारा खोजा गया। ख़ा के सामानों में एक नापने वाला यन्त्र, क्यूबिट छड़, समतल करने वाला उपकरण और आधुनिक सम कोणक (गुनिया) पाया गया था, और एक अजीब आकार का ख़ाली लकड़ी का डिब्बा मिला जिसमें कब्जा लगा ढक्कन था। Schiaparelli ने सोचा कि यह अन्तिम वस्तु अन्य प्रकार का समतल करने वाला यन्त्र होगा। तुरिन, इटली के म्यूज़ियम में ये सारे सामान प्रदर्शित हैं, लकड़ी के केस की पहचान एक तुला (तराजू) के केस के रूप में की गयी। लेकिन तुरिन पोलीटेकनिक की भौतिकविद् Amelia Saparavigna के सुझाव के अनुसार यह पूर्णत: अलग तरह का वास्तु यन्त्र चाँदा था। उन्होंने कहा कि उस वस्तु के संख्या सूचक, साज सज्जा में ही उसका हल छिपा है, जो एक कंपास गुलाब सदृश है, जिसमें समान दूरी पर 16 पंखुड़ियाँ स्थित हैं और गोलीय ज़िगज़ेग 36 कोनों से घिरा है। Saparavigna ने आगे कहा कि यदि वस्तु को सीधी पट्टी ढलान पर रखा जाता है तो एक साहुल सूत्र गोलाकार डायल पर अपना झुकाव प्रकट करेगी। हालाँकि बहुत से पुरातत्त्ववेत्ता को इस सिद्धान्त पर सन्देह है वे इसे मात्र लकड़ी का एक अलंकरण वस्तु मानते हैं।

पहले जटिल चाँदा की रचना पथ प्रदर्शक मानचित्र पर नाव की स्थिति को दर्शाने के लिए की गयी थी। त्रिबाहु या स्टेशन सूचक नामक चाँदा की खोज 1801 ई. में एक अंग्रेज़ नौसेना के कप्तान Joseph Huddart द्वारा किया गया था। इसका केन्द्रीय हाथ स्थिर है, जबकि अन्य दो घूर्णन कर सकते हैं, केन्द्र के सापेक्ष किसी भी कोण पर इसे सेट किया जा सकता है।

ख़ा के लकड़ी चाँदा का नमूना

चोपस्टिक (चीन का पारम्परिक काँटा)

चोपस्टिक या क्वैज़ी चीन, जापान, कोरिया और वियतनाम का पारम्परिक भोजन करने का एक साधन है। प्रथा के अनुसार क्वैज़ी को प्रभावी हाथ में अँगूठे और उँगलियों के बीच पकड़ कर भोजन के निवाले को उठाने के काम लाते हैं। अंग्रेज़ी शब्द चोपस्टिक, हो सकता है कि चाइनीज़ पिडगिन इंग्लिश के शब्द चोप चोप जिसका अर्थ जल्दी-जल्दी है, से लिया गया हो। चीन के इतिहास के अनुसार चोपस्टिक पहली बार शांग साम्राज्य के दौरान उपयोग में लाया गया था, और शांग साम्राज्य के अन्तिम राजा, झाऊ हाथीदाँत के चोपस्टिक का उपयोग करते थे। हालाँकि विशेषज्ञ मानते हैं कि बाँस और लकड़ी के चोपस्टिक हाथीदाँत के चोपस्टिक के हज़ारों साल पहले से उपयोग में था। 1200 ई.पू. शांग साम्राज्य की अन्तिम राजधानी यिन के खण्डहरों की खुदाई में ताँबे के बने चोपस्टिक के जोड़े सर्वप्रथम भौतिक सबूत के रूप से पाये गये थे। चोपस्टिक के उपयोग का पहला उल्लिखित पाठ्य सन्दर्भ तीसरी शताब्दी ई. पू. में ज्ञात हुआ था।

चोपस्टिक का पहला संस्करण का खाना बनाने के लिए, आग की तीव्रता बढ़ाने हेतु चलाने के लिए, और भोजन को परोसने या रखने के लिए उपयोग होता था, लेकिन खाने के साधन के रूप में नहीं होता था। जनसंख्या बढ़ने और इंधन संसाधन के दुर्लभ होने के कारण प्राचीन चीनियों ने भोजन को छोटे-छोटे टुकड़े में काटना शुरू किया, ताकि खाना कम से

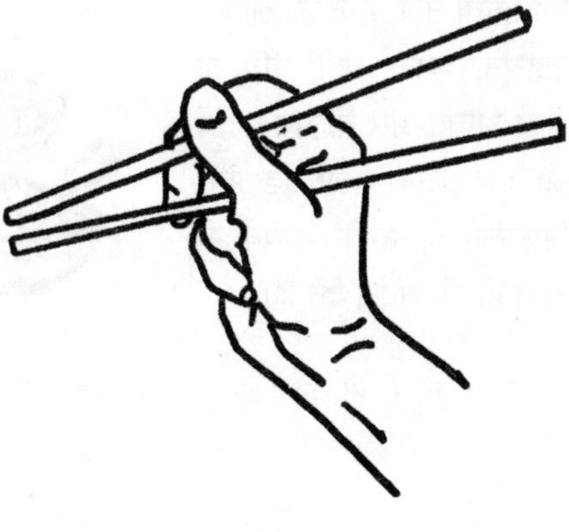

कम इंधन में जल्दी से जल्दी पक सके। ये निवाले के आकार के एक ही बार में पूरे मुँह में आ जाने वाले छोटे टुकड़े, मेज़ पर चाकू की अहमियत को समाप्त कर दिये और चोपस्टिक के साथ खाना सर्वोत्तम हो गया। हान साम्राज्य में खाने के उपकरण के रूप में चोपस्टिक का उपयोग होने लगा क्योंकि वो लोग अन्य नुकीले बर्तन के सापेक्ष रंगीन सुसज्जित बर्तनों को अधिक पसन्द करते थे। 500 ई. तक चोपस्टिक चीन से कोरिया, वियतनाम और जापान जैसे अन्य देशों में फैल गया। प्राचीन जापानी, धार्मिक उत्सवों में ही चोपस्टिक का उपयोग करते थे और वो बाँस से बना शीर्ष से जुड़ा होता था। ये चिमटी की तरह दिखते थे। हालाँकि दसवीं शती तक ये दो अलग-अलग टुकड़ों में बनने लगे। टांग साम्राज्य (618-907 ई.) में सोने और चाँदी का चोपस्टिक लोकप्रिय था। परन्तु मिंग साम्राज्य (1368-1644 ई.) में यह चोपस्टिक परोसने और खाने दोनों के लिए लोकप्रिय हुआ, और क्वैज़ी नाम से इसने वर्तमान आकार धारण कर लिया।

क्या आप जानते हैं?

प्राचीन और मध्य काल में चीन में चाँदी के चोपस्टिक का कभी-कभी उपयोग होता था क्योंकि उनको ये विश्वास था कि जैसे ही ये चम्मच विषैले भोजन के सम्पर्क में आयेगा काला हो जायेगा। इस अभ्यास के कारण कई महत्त्वपूर्ण ग़लतफ़हमियाँ हुई होंगी। अब यह ज्ञात हो गया है कि चाँदी, आर्सेनिक और साइनाइड से किसी भी प्रकार की क्रिया नहीं करते हैं, लेकिन लहसुन, प्याज़, दही, नींबू या सड़ा अण्डा और वो सब पदार्थ जो हाइड्रोजन सल्फ़ाइड गैस निकालते हैं, उनके सम्पर्क में आते ही रंग बदल देते हैं।

चाय छननी

चाय छननी या छलनी का उपयोग चाय उड़ेलते समय खुली चाय की पत्तियों को छानने (अलग करने) के लिए होता है। इतिहास के पन्नों में पीछे झाँकें, तो दस शताब्दी ई. पू. चीन ने मिट्टी के बर्तन से गीले चाय की पत्तियों को हटाने के लिए बाँस की छननी को बनाया। लेकिन सत्रहवीं शती तक, जब तक चाय ने अपना रास्ता चीन से ब्रिटेन की बैठक तक नहीं बनाया, ब्रिटिश संस्कृति में इसका प्रवेश नहीं हुआ, तब तक आधुनिक छननी का आविष्कार नहीं हुआ। यह स्टर्लिंग चाँदी (द्रव्यमान के आधार पर 92.5% चाँदी और 7.5% ताँबा का मिश्र धातु), से बना होता था और अधिकतर उच्च वर्गीय अंग्रेज़ों द्वारा उपयोग में लाया जाता था। बीसवीं शती के प्रारम्भ तक यूके में चाय एक पसन्दीदा पेय नहीं था। इसके लोकप्रिय होते ही चाय की छननी व्यापक मात्रा में निर्मित होने लगी। तब तक अंग्रेज़ विभिन्न प्रकार के छननी बनाने लगे थे, कुछ इतने बड़े जो चाय की केतली पर फ़िट हो जाये, दूसरे इतने छोटे होते थे जो मानक चाय के कप पर फ़िट हो जाये।

आज अनेक प्रकार के छननी उपलब्ध हैं। हालाँकि, सर्वव्यापी चाय की थैली (टी बैग), इन छननियों को डरा रही हैं।

पिरामिड छननी, जैसा नाम से ही परिलक्षित होता है पिरामिड के आकार का जाली से बना होता है। चाय की पत्ती पिरामिड की जाली में रख कर और उबलते पानी में डुबा कर चाय बना लेते थे। पिरामिड के नीचे की तली खोलकर चाय की उपयोग की गयी पत्ती को आसानी से हटा सकते हैं। कुछ छननी गेंद के आकार में गोल होते हैं, और पिरामिड छननी के सिद्धान्त पर ही कार्य करते हैं। अन्तर केवल इतना है कि यह बीच से ऊपर की तरफ़ खुलता है। यह विभिन्न पदार्थों जैसे धातु, जाली और स्टेनलेस स्टील में उपलब्ध हैं। धातु की बनी चम्मच छननी देखने में ढके हुए चम्मच की तरह होती है साथ में हल्के फुहार के लिए छोटे-छोटे छिद्र। ये अधिकतर चाय गेंद और पिरामिड छननी से छोटे होते हैं और वास्तव में एक कप कड़ी चाय के लिए नहीं होते हैं।

चाय के चिमटे (सड़सी/ पकड़) के लम्बे हाथ होते हैं जो छननी को उल्टी तरफ़ से निचोड़ने के बाद खोलते हैं। नायलोन की छननी, अन्दर डूबने के बजाय, चाय के कप के ऊपर रहती है। उबलते पानी में चाय की पत्ती को डुबाते हैं और तब कप में छननी के द्वारा डालते हैं, जो कप में चाय की पत्ती को जाने से रोक देती है। चाय स्टिक छननी छिद्रों वाली धातु के क़लम की तरह होती है। इनके अन्दर चाय की पत्ती रखकर इन्हें गरम पानी के कप में डुबाकर चाय बनाते हैं। अन्तिम परन्तु कम नहीं, नये प्रकार की छननी जो आम छननी की तरह ही कार्य करती हैं लेकिन ये अलग-अलग आकार और आकृति में उपलब्ध हैं जैसे टेडी बियर, डायनासोर और हृदय आदि।

जीवन रक्षक जैकेट

जीवन रक्षक जैकेट, व्यक्तिगत प्लवनशीलता उपकरण, जीवन रक्षक पेटी, जीवन रक्षक वस्त्र, जीवन निधि, जीवन बचाने वाला, कार्क जैकेट, उछाल सहायक और प्लवनशीलता सूट के नाम से भी जाना जाता है। अधिकतर प्राचीनतम जीवन रक्षक जैकेट्स पशु की मूत्राशय, त्वचा को फुलाकर या खोखले लौकी को सील कर बनाया जाता था। लगभग 800 ई.पू. असीरियन राजा अशूर्णसिरपल की सेना ने जानवर की फुलाये हुए खाल का उपयोग कर खाई पार किया था। इस घटना का ज़िक्र पत्थर पर खुदाई कर के लिखा गया है, जिसे ब्रिटिश म्यूज़ियम, लन्दन में देखा जा सकता है। 1765 ई. में Dr. John Wilkinson एक अंग्रेज़ व्यक्ति ने कोर्क जीवन रक्षक जैकेट पेटेंट कराया। उनकी पुस्तक 'The Seamen's Preservation from Shipwreck, Diseases and Other Calamities Incident to Mariners' में उन्होंने कॉर्क जीवन रक्षक के फ़ायदे का वर्णन किया है। लेकिन ऐसे व्यक्तिगत उत्पलावन उपकरण 19वीं शताब्दी के प्रारम्भ तक नौसेना के नाविकों को उपलब्ध नहीं था। यूके में 1851 ई. में टाइन नदी पर नाव के पलट जाने से 24 में से 20 पायलट की मृत्यु हो जाने के उपरान्त पहली बार जीवन रक्षक उत्पाद को बहुतायत में निर्माण करने का गम्भीर निर्णय लिया गया। इस दुर्घटना के मद्देनज़र, यूके में नेशनल लाइफ़ बोट संस्थान के इंस्पेक्टर कैप्टन John Ross Ward ने पहला आधुनिक जीवन रक्षक जैकेट बनाया। उसकी रचना में कॉर्क भरा जाता था जो 24 पौंड का उछाल देता था। इसकी रचना इतनी लोकप्रिय हुई कि द्वितीय विश्व युद्ध के बाद, एक पूरे शताब्दी बाद भी वो सेवा में है। 1852 ई. में यूएस पहला देश बना जिसने वाणिज्यिक जहाज़ों में सवार प्रत्येक यात्री के लिए जीवन रक्षक जैकेट को आवश्यक कर दिया। 1890 ई. तक अन्य देशों ने भी इसका अनुसरण किया। मूल जीवन रक्षक जैकेट के जलरोधी कोष्ठ में

अन्ततः कॉर्क के स्थान पर सेमल वृक्ष के बीज के मुलायम और हल्के रुई भरे गये। दूसरा उत्पलावन पदार्थ बाल्सा लकड़ी से बनाया गया। आजकल विभिन्न प्रकार के कृत्रिम फ़ोम ने इन दोनों का स्थान ले लिया है। सारे प्रारम्भिक जीवन रक्षक जैकेट प्राकृतिक उछाल वाले थे उन्हें फुलाने की आवश्यकता न थी। 1928 ई. में कंसस शहर, मिस्सौरी के अमेरिकन पीटर मार्कस ने पहला हवा भरने वाला जीवन रक्षक खोजा, जो सामान्यतः Mae West नाम से जाना गया। द्वितीय विश्व युद्ध के दौरान सम्बद्ध एयरमेन के बीच यह बहुत लोकप्रिय था। उड़ान उपकरण के एक अंश के रूप में Mae West उन्हें उपलब्ध कराया जाता था।

प्रारम्भिक जीवन रक्षक जैकेट की रचना में एक गम्भीर समस्या थी कि वह उलटने पर स्वतः सीधा नहीं होता था। अक्सर लोग इसे पहनने के बाद नीचे मुख कर गिरे, यदि अचेत हुए तो डूब जाते थे। यूके के प्रोफ़ेसर Edgar A. pask के नेतृत्व में इस रचना पर शोध कार्य 1952 ई. तक संचालित हुआ और नेवी के योग्य हवा भरने वाला, उलटने पर स्वतः सीधा हो जाने वाला, सरल निष्पादन, टिकाऊ और अद्‌भुत जीवन रक्षक जैकेट बनाया। पूरी दुनिया ने इस रचना का नक़ल किया और यह आज भी सेवा में है।

आँख का चश्मा

प्राचीन मिस्र में पहले प्रकाशीय आवर्धन का प्रथम सबूत मिलता है। पाँच शताब्दी ई. पू. में मिस्र की कुछ चित्रलिपि में साधारण काँच के लेंस चित्रित हैं। पहली शताब्दी के दौरान रोम के सम्राट नीरो के युवा शिक्षक सेनेका ने लिखा था, "कितने भी छोटे और अस्पष्ट अक्षर हों उन्हें ग्लोब या जल भरे ग्लास के द्वारा बड़ा और अधिक स्पष्ट देखा जा सकता है।" 1021 ई. में अरब के वैज्ञानिक Alhazen ने अपनी पुस्तक Book of Optics में उत्तल लेंस से आवर्धित बिम्ब प्राप्त करने का वर्णन किया है। लेटिन में इसका अनुवाद, बारहवीं शताब्दी में लगभग 1236 ई. में इटली में आँख के चश्मा के आविष्कार में सहायक रहा। प्रारम्भिक चश्मे, दो उत्तल काँच या क्रिस्टल के टुकड़ों से बनते थे और हाथ से पकड़े जाते थे। प्रत्येक के चारों तरफ़ एक फ्रेम लगा होता था जो एक कीलक द्वारा हैंडल से जुड़ा रहता था। पहला सचित्र प्रमाण 1352 ई. में Tommaso da Modena की पोर्ट्रेट Cardinal Hugh de Provence में मिलता है। चौदहवीं शती के अन्त तक हज़ारों की संख्या में चश्मा देश से विदेश तक पूरे यूरोप में निर्यात किया गया था। मिलान के ड्यूक ने प्रतिष्ठित फलोरेंटाइन के चश्मों को अपने दरबारियों को उपहार स्वरूप देने के लिए सैकड़ों की संख्या में आदेश दिया, ऑप्टिशियन ने विभिन्न शक्ति वाले उत्तल और अवतल दोनों प्रकार के लेंस का बहुतायत में उत्पादन किया। परन्तु 1606 ई. में ही वैज्ञानिक जोहांस केप्लर ने इसकी सटीक व्याख्या प्रकाशित करायी कि किस प्रकार उत्तल और अवतल लेंस से ज़रा, दूर और निकट दृष्टि दोष (presbyopia and myopia) दूर करते हैं। 1780 ई. में अमेरिकन बहुज्ञ बेंजामिन फ्रेंकलिन जो दोनों निकट दृष्टि दोष और ज़रा दूर दृष्टि दोष से ग्रसित थे, उन्होंने द्विनभित/बाइफोकल लेंस का आविष्कार किया। बार-बार चश्मे को बदलने के कारण परेशान होकर फ्रेंकलिन ने अपने पढ़ने वाले चश्मे को आधा काट दिया और अपने दूर वाले चश्मे

को उसमें फ्यूज़ कर दिया। मई 1785 ई. में उन्होंने लिखा कि "जैसाकि मैं अपना चश्मा हमेशा पहनता हूँ, मुझे दूर या नज़दीक देखने के लिए केवल अपनी आँखो को ऊपर नीचे करना पड़ता है, उचित चश्मा सदा तैयार रहता है।"

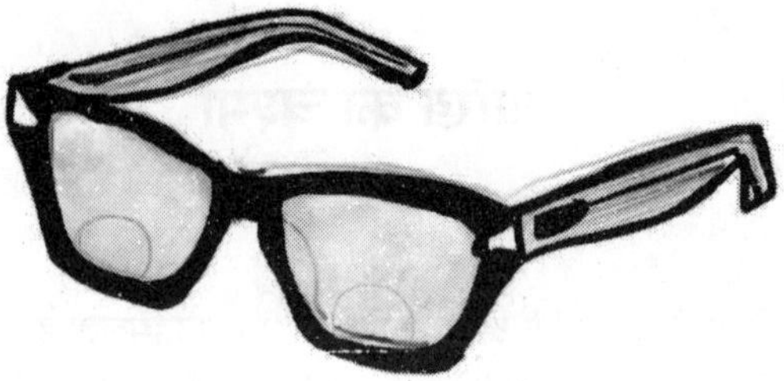

1825 ई. में ऐस्टिग्मेटिज़्म दुरुस्त करने के लिए पहला लेंस ब्रिटिश खगोलशास्त्री जार्ज ऐयरी ने बनाया। प्रारम्भिक नेत्रिका या तो हाथ से पकड़ने का होता था अथवा नाकपकड़ चश्मा था जो नाक पर दबाव के द्वारा फिट हो जाता था। आधुनिक फ्रेम 1727 ई. तक सम्भवतः ब्रिटिश ऑप्टिशियन एडवर्ड स्करलेट ने विकसित किया, लेकिन वो उन्नीसवीं शती के प्रारम्भ तक सफल नहीं था। बीसवीं शती के प्रारम्भ में, Zeiss ने पंक्तल गोलीय बिन्दु फ़ोकस लेंस विकसित किया जो वर्षों तक चश्मे के लेंसों पर हावी रहा। आज लम्बे समय तक चलने वाले मिश्र धातु से बने चश्मा के फ्रेम बहुतायत में मिलते हैं। ये फ्रेम मुड़ने के बाद भी अपने उचित आकार में वापस आ जाता है। आजकल फ़ाइबर लेंस, फ़ोटोक्रोम और ऐंटीग्लेयर लेंस का भी उपयोग चश्मा बनाने के लिए होता है।

पतंग

चीन में क़रीब 2800 साल पहले पतंग पहली बार विकसित हुआ था। कहा जाता है कि मोज़ी, एक प्रसिद्ध दार्शनिक ने सम्भवतः सबसे पहले लकड़ी से बाज़ के आकार का पतंग बनाया था। दक्षिणी समुद्री द्वीप वासी पूर्व काल से ही मछली मारने के लिए भी पतंग का उपयोग करते थे। प्रारम्भिक पतंगों को सैन्य कार्यों में भी उपयोग में लाया जाता था। उदाहरण के तौर पर लगभग 200 ई. पू. चीन के जनरल

Hen Hsin ने एक पतंग कड़ी सुरक्षा वाले महल की दीवाल के ऊपर से उड़ाया और ज्यामिति का उपयोग कर ये ज्ञात किया कि उसकी सेना को पिछले गढ़ तक पहुँचने के लिए कितनी दूर तक सुरंग बनाना होगा। पतंग उड़ाना चीन से अन्ततः कोरिया और भारत में फैला। भारत में पतंग उड़ाने का प्राचीनतम सबूत मुग़लकालीन लघु चित्रकला में मिला था। थाइलैंड में प्रत्येक सम्राट के पास ख़ुद के लिए बनायी गयी एक पतंग होती थी। यूरोपियन समाज में पतंग कैसे पहुँचा इसके बहुत से सिद्धान्त हैं। तेरहवीं शती के अन्त में शायद मार्को पोलो ने इससे परिचित कराया था। वैकल्पिक तौर पर जापान और मलेशिया के नाविक भी सोलहवीं या सत्रहवीं शती तक हो सकता है लाये हों। पतंग यूरोप में देर से पहुँचा परन्तु अठारहवीं और उन्नीसवीं शती तक, वैज्ञानिक शोध में गति देने के लिए, पहिया की तरह उपयोग हुआ। 1749 ई. में स्कोटिश वैज्ञानिक अलेक्ज़ेंडर विल्सन और उनके विद्यार्थियों ने, पतंगों की रेल का उपयोग कर, धरती के ऊपर एक ही समय पर, अलग-अलग सतह पर, हवा का ताप नापा था। 1750 ई. में बेंजामिन फ्रेंकलिन ने अपने सुझाव, कि बादल के चमकने से विद्युत उत्पन्न होती है, को प्रकाशित कराया, उसे पतंग उड़ा कर ही सिद्ध किया था। 1822 ई. में अंग्रेज़ स्कूल मास्टर जॉर्ज पोकोक ने एक जोड़े पतंग का 1500 से 1800 फ़ीट लम्बे लाइन पर कई यात्रियों से भरी गाड़ी को 20 मील प्रति घण्टा की रफ़्तार से खींचने के लिए उपयोग किया था। क्योंकि उन दिनों सड़क पर टैक्स गाड़ी में लगे घोड़ों पर आधारित थी, और इस तरह वह किसी

बाज आकार की लकड़ी से निर्मित पतंग

भी प्रकार के टोल टैक्स देने से बच गये थे। 1898 ई. में गुगलीयलमो मारकोनि ने पहला सफल बेतार से संचार पानी के ऊपर से ब्रिस्टल चैनल में फ़्लैट होल्म द्वीप से पतंग के उपयोग से ऐंटिना को उठा कर किया था। राइट बन्धुओं ने 1899 ई. में पंखों के मोड़ने से वायुयान के कंट्रोल के विचार को सिद्ध करने के लिए एक छोटा कार्यसाधक पतंग बनाया था। 1903 ई. में उनके सफल शक्तिशाली उड़ान में इसका महत्त्वपूर्ण भूमिका थी। अमेरिकन समुआल फ्रेंकलिन कोडी ने आदमी उठाने वाले बक्स पतंग को 1901 ई. में शुरू किया था। और द्वितीय विश्व युद्ध के दौरान ब्रिटिश सेना ने इसका उपयोग शस्त्र प्रेक्षण गुब्बारों के स्थान पर किया था। जर्मन ने भी इन पतंगों का उपयोग समुद्र सतह पर क्रूज़ के दृश्यक्षेत्र को बढ़ाने के लिए किया। 1999 ई. में एक समूह ने उत्तरी ध्रुव पर पतंग की शक्ति का उपयोग कर स्लेज को पूरे रास्ते खींचा।

स्ट्रीट लैम्प

प्राचीन काल से ही सूर्यास्त के बाद सार्वजनिक प्रकाश की आवश्यकता थी। लगभग 50 ई. पू. रोम के लोग बड़े धातु की लैम्प का उपयोग करते थे जिसमें वनस्पति तेल के लिए एक कोष्ठ होता था और रेशेदार बत्ती होती थी। लेटिन का शब्द Laternarius एक दास के लिए सन्दर्भित है जो इन लैम्प में बत्ती जलाने के लिए ज़िम्मेदार था। यह प्रक्रिया विशेष लोगों द्वारा मध्य काल में तब तक क्रियान्वित होता रही जब तक ये सम्बन्धित लड़के गन्दी और घुमावदार सड़कों पर लोगों को पहुँचाते रहे।

1417 ई. में लन्दन के मेयर सर हेनरी बर्टोन ने हेलोटाइड (1 नवम्बर) और केण्डलमेस (2 फ़रवरी) के बीच जाड़े की शाम को लालटेन जलाकर बाहर टाँगने का आदेश दिया। 1716 ई. तक इंग्लैंड में वो सभी घर जिनका मुँह सड़क या गली

की तरफ़ खुलता था उन्हें एक या अधिक प्रकाश 6 बजे शाम से 11 बजे रात तक बाहर टाँगना पड़ता था या फिर जुर्माना देना होता था।

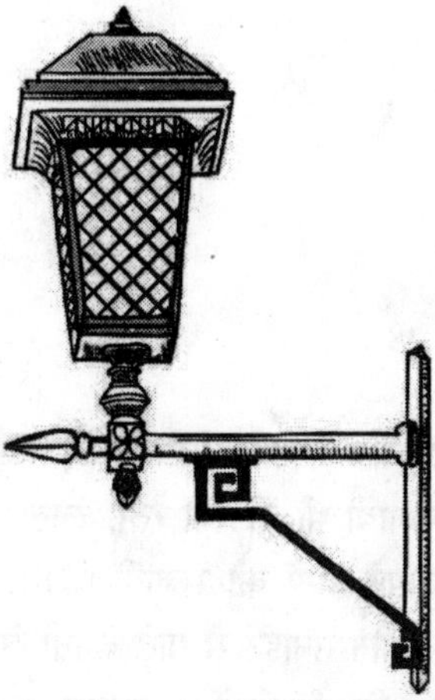

1700 ई. के लगभग, प्राचीनतम सड़क के किनारे गैस से जलने वाले स्ट्रीट लेम्प, अरब साम्राज्य में, मुख्यतः कोर्डोबा, स्पेन में बनाये गये थे। 1790 ई. के शुरुआती दौर में, स्कॉटिश इंजीनियर और खोजी विलियम मर्डोच ने व्यावहारिक गैस लाइट को पहली बार बनाया। प्रारम्भ में इस लैम्प में केवल कोयले के गैस का उपयोग होता था। 1802 ई. में मर्डोच ने गैस लाइट का सार्वजनिक प्रदर्शन किया जिससे स्थानीय लोग आश्चर्यचकित और विस्मित रह गये। लेकिन 1804 ई. में जर्मन आविष्कारक और व्यापारी फ्रेडरिच अलब्रेक्ट विंजेर ने सबसे पहले कोल गैस लाइट को पेटेंट कराया और 1807 ई. में लन्दन के पाल बाज़ार में गैस लाइट को स्थापित किया। उसके बाद औद्योगिक जगत में गैस प्रकाश तेज़ी से फैल गया। 1857 ई. में फ्रेंच इंजीनियर Lacassagne और Thiers ने ल्योंस, फ्रान्स में ला रियु इम्पीरियले पर विद्युत प्रकाश स्थापित किया। जो स्थायी रूप से विद्युत से प्रकाशित होने वाला पहला सड़क दीप बना। प्रारम्भिक विद्युत स्ट्रीट लाइट में आर्क लैम्प का उपयोग होता था जिसकी खोज उन्नीसवीं शती के प्रारम्भ में ब्रिटिश रसायनज्ञ सर हमफ्री डेवी ने की थी। ऐसे लैम्प के कारण पेरिस ने 'प्रकाश का शहर' उपनाम हासिल कर लिया। लेकिन इसका अर्थ यह नहीं कि गैस लाइट का यह अन्तिम स्वरूप था। 1885 ई. में ऑस्ट्रियन वैज्ञानिक आविष्कारक कार्ल अयूर वोन वेल्स्बेक ने गैस मेंटल को पेटेंट कराया। यह अधिक तीव्रता का उज्ज्वल प्रकाश उत्पन्न करता था और कई दशकों तक लोकप्रिय रहा। 19वीं शती के अन्त तक आर्क लैम्प स्ट्रीट लाइट के उपयोग से बाहर हो गया। सस्ता विश्वसनीय और चमकदार तापदिप्त प्रकाश बल्ब ने इनका स्थान ले लिया, जो वर्षों तक स्ट्रीट लाइट के लिए प्रभावित रहा। उच्च दाब वाला सोडियम वाष्प लैम्प आजकल हावी है क्योंकि ये ऊर्जा से भरपूर है तथा अधिकांश रंग इसमें अच्छे दिखते हैं। ये लैम्प तब कार्य करते हैं जब विद्युतधारा सोडियम परमाणु के आयनाइज्ड गैस (प्लाज़्मा) से प्रवाहित होती है तब प्रकाश उत्सर्जित होता है। नये दौर में एलईडी तथा सोलर लाइट का उपयोग अधिक होने लगा है।

लिपस्टिक

प्राचीन मेसोपोटामियम महिलाएँ सम्भवतः लिपस्टिक को पहली बार खोजीं और लगायी भी थीं। वो रत्न, लाल मिट्टी, जंग, मेहँदी और समुद्री सिवार को पीसकर अपने होंठों को सजाती थीं। प्राचीन ग्रीक के लोग समुद्री सिवार, आयोडीन और ब्रोमीन मेनाइट से गाढ़े बैगनी रंग का लिपस्टिक बनाते थे जो बहुत विषैला था और गम्भीर बीमारियों का कारण था। क्लियोपेट्रा VII, जिन्होंने 50-31 ई. पू. तक शासन किया, वो कोकिनीयल कीड़े को पीसकर बनाये गये लिपस्टिक का उपयोग करती थीं, जो गहरा लाल रंगद्रव्य था जिसे केरामाइल कहते थे। मूलरूप से मछली के चोईटा (स्केल) में पाया जाने वाला मोतीनुमा पदार्थ लिपस्टिक में चमकीला प्रभाव देता था। मध्य युग में, एक प्रसिद्ध अरब श्रृंगारप्रसाधनविद् और सर्जन अबु अल क़ासिम अल ज़हरवि (अबूलकसिस) ने ठोस लिपस्टिक की खोज की, जो ख़ुशबूदार विशेष आकार की स्टिक जिसे दबाते हुए रोल करते हुए लगाया जाता था। परन्तु मध्य यूरोप में लिपस्टिक को शैतान का अवतार माना जाता था इसलिए चर्च द्वारा यह प्रतिबन्धित था। सोलहवीं शती में इंग्लैंड में होंठों को रँगना फिर से लोकप्रिय होने लगा जहाँ एकदम सफ़ेद चेहरा और सुर्ख़ लाल होंठ का फ़ैशन चल गया था। लेकिन सत्रहवीं शती में लिपस्टिक और अन्य श्रृंगार प्रसाधनों का फ़ैशन फिर से समाप्त हो गया था। 1653 ई. में थॉमस हाल नामक एक अंग्रेज़ पादरी ने एक मुहिम चलाते हुए ढिंढोरा पिटवाया कि चेहरा रँगना

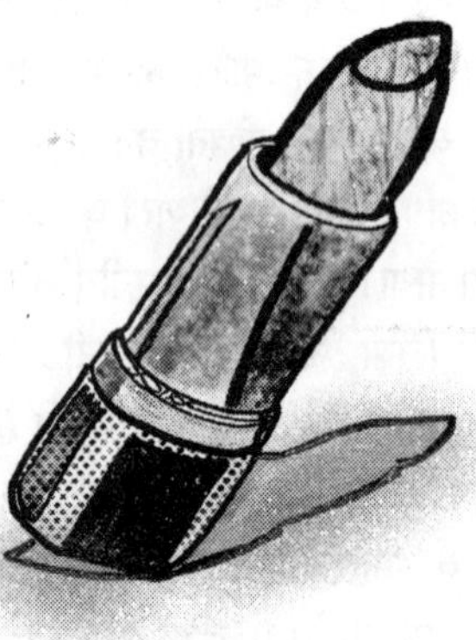

शैतानी कार्य है। 1770 ई. में यहाँ तक कि ब्रिटिश संसद में क़ानून पास हुआ जिसमें कहा गया था कि यदि कोई महिला उसकी शादी के दिन से पहले शृंगार करती है तो शादी रद्द कर दी जायेगी।

प्रारम्भ में प्रतिष्ठित युरोपियन महिलाओं के लिए शृंगार प्रसाधन अस्वीकृत था, परन्तु 1850 ई. में उनका दृष्टिकोण बदलने लगा और पहला व्यावसायिक लिपस्टिक पेरिस में इत्र बनाने वालों द्वारा 1884 ई. में खोजा गया। इसे हिरन के वसा, अरंडी तेल और मधुमक्खी निर्मित मोम से बनाकर, सिल्क पेपर से बन्द कर दिया जाता था। उन दिनों लिपस्टिक पेपर नलिका में, रंगीन पेपर में या छोटे से बर्तन में बेचा जाता था। 1923 ई. में Nashville, Tennessee के जेम्स ब्रूस मेसन जूनियर ने आधुनिक घुमाने वाला लिपस्टिक नलिका पेटेंट कराया। 1927 ई. में फ्रांस के रसायनशास्त्री पाल बोडरक्रोक्स ने रुग़ बेज़र नामक फ़ॉर्मूला खोजा। यह पहला लम्बे समय तक टिकने वाला लिपस्टिक था। विडम्बना यह कि ये इतना लम्बे समय तक चलता था कि इसे हटाना बहुत मुश्किल था इसलिए यह प्रति बंधित हो गया था। 1940 ई. के उत्तरार्ध में न्यूयॉर्क में एक अकार्बनिक रसायनज्ञ हेज़ल बिशप ने 300 से अधिक प्रयोग अलग-अलग लिपस्टिक के साथ मूलरूप से अपने रसोईघर में संचालित किया। अन्ततः उन्होंने न फैलने वाला लम्बे समय तक टिकने वाला No Smear नामक लिपस्टिक बनाया। 1950 ई. में उसने Hazel Bishop Inc. की स्थापना की और अपनी खोज Kiss Proof लिपस्टिक को बढ़ावा देते हुए प्रचार में कहा 'आप पर रहता है, उस पर नहीं।' उनका व्यापार इतना समृद्ध हुआ कि रेवलोन जैसे प्रतिस्पर्धी को जल्दी ही आकर्षित कर लिया। आज ख़ुशबूवाले और जैविक लिपस्टिक लोकप्रिय हो रहे हैं।

1500 ई. तक के अविष्कार

चेपस्टिक (लिप बाम)

प्राचीन काल से ही फटे हुए होंठों के उपचार का उपाय लोग ढूँढ़ रहे थे। चीन के पूर्वी हेन साम्राज्य (25-220 ई.) काल से ही एक प्रकार के होंठों पर लगाने वाले बाम का उपयोग होता था। 18वीं शती के आरम्भ में अमेरिका की एक पुस्तक में होंठ फटने और दूध पिलाने वाली माताओं के लिए उपचार का वर्णन है :

फटे होंठों के उपचार हेतु–

दो ओंस मधुमक्खी निर्मित मोम को, टुकड़ों में काटकर, एक गिल (द्रव नापने की एक इकाई) अच्छा मीठा तेल में डालकर आग पर रखेंगे। जब पूरी तरह से घुल जाये तो जमने के लिए रख देंगे। एक मलहम तैयार हो जाता है जो निप्पल के त्वचा संक्रमण या उस तरह की किसी भी समस्या के लिए अच्छा है।

1880 ई. के प्रारम्भ में लिंचबर्ग, वर्जीनिया के अमेरिकन फ़िज़िशियन डॉक्टर चार्ल्स ब्राउनी फ़्लीट ने लिप बाम के रूप में चेपस्टिक की खोज की। हाथ से बनाये गये उत्पाद को टिन की परत में लपेट कर स्थानीय रूप से बेचा गया जो बिना बत्ती वाले मोमबत्ती के समान था। 1912 ई. में जॉन मोर्टोन ने पाँच डॉलर में उत्पाद के अधिकार को ख़रीदा और गुलाबी चेपस्टिक अपनी रसोई में बनाकर उत्पादन शुरू किया। उनका व्यापार इतना सफल था कि बिक्री से प्राप्त आय का उपयोग कर, मोर्टोन उत्पादन निगम की स्थापना कर दी।

1963 ई. में ऐ एच रोबिंस कम्पनी ने चेपस्टिक को मोर्टोन से अधिग्रहीत कर लिया। उस समय केवल चेपस्टिक सामान्य लिप बाम ग्राहकों को बेचा जाता था। तत्पश्चात् विभिन्न प्रकार के उत्पाद शुरू किये गये। इनमें चार चेपस्टिक सम्मिलित थे, 1971 ई. में सुगन्धित चेपस्टिक लिप बाम, 1981 ई. में चेपस्टिक सनब्लाक-15, 1985 ई. में चेपस्टिक पेट्रोलियम जेली प्लस और 1992 ई. में औषधीय चेपस्टिक। स्की करने वाले अमेरिकन सूज़ी कैफ़ी 1970 ई. में इस ब्रांड के प्रवक्ता थे और

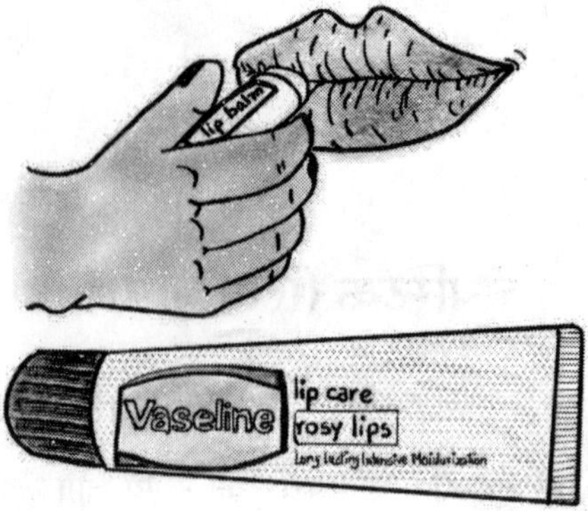

ये सूज़ी चेपस्टिक के नाम से विख्यात हो गया। पूर्व अमेरिकन स्की रेसर पिकाबो स्ट्रीट अब अपने दूरदर्शन पर इसका विज्ञापन करते सामान्यत: दिखायी पड़ते थे। चेपस्टिक अब फ़ाइज़र के स्वामित्व में है जिन्होंने रिचमंड वर्जीनिया में 2011 ई. में फ़रेवा एक फ्रेंच कम्पनी को बेच दिया जो अब फ़ाइज़र के लिए पैकेट चेपस्टिक उत्पादित करती है।

क्या आप जानते हैं?

1972 ई. में चेपस्टिक नलिका में माइक्रोफ़ोन छुपा कर संवर्धित कर दिया गया जिसका उपयोग व्हाइट हाउस कार्यकर्ता जी. गोर्डन लिड्डी और ई. हॉवर्ड हंट ने ग़ैर क़ानूनी रूप से वाशिंगटन डी सी के वाटरगेट ऑफ़िस परिसर में डेमोक्रेटिक नेशनल कमेटी मुख्यालय के अन्दर किया था। घोटाले के परिणामस्वरूप 9 अगस्त 1974 को रिचर्ड निक्सन को त्यागपत्र देना पड़ा था। अब तक किसी भी अमेरिकन राष्ट्रपति द्वारा दिया गया यह एकमात्र त्यागपत्र था।

चुइंगम

पाँच हज़ार वर्षों से लोग चुइंगम चबाने का मज़ा ले रहे हैं। प्राचीन गोंद, भोज की छाल के रस से बनता था, फ़िनलैंड में अभी भी उस पर दाँत के निशान पाये गये हैं। ये प्राचीन ग्रीक और रोमन मेस्टिक पेड़ से निकले गोंद को चबाते थे जिसे मेस्टिच कहते थे। भोज की छाल और मेस्टिक दोनों औषधीय गुणों के कारण विख्यात थे। दूसरी शती तक मध्य अमेरिका के मायन लोग चिकल चबाते थे जिसे चीकू के पेड़ के मीठे रस से बनाते थे। उनके मेक्सिकन वंशज चिकल चबाना जारी रखे हैं। उत्तरी अमेरिका में बसने वाले यूरोपियन फ़र वृक्ष के गोंद को मधुमक्खी निर्मित मोम के साथ मिलाकर चबाते थे। धीरे-धीरे फ़र वृक्ष का स्थान पैराफ़िन मोम ने ले लिया।

1869 ई. में आधुनिक चुइंगम का आविष्कार अमेरिकन खोजी थॉमस ऐडम्स ने किया। ऐडम्स ने मेक्सिकन नेता ऐंटोनियो लोपेज़ डी सेंटा अन्ना, जो उस समय स्टेटन आइलैंड, न्यूयॉर्क में निर्वासित जीवन जी रहे थे, उनसे एक टन चिकल ख़रीदा। सेंटा अन्ना ने वो चिकल अपने मूल निवास मेक्सिको से आयात किया था ताकि वो टायर बना सके, लेकिन वो पूरी तरह असफल था। ऐडम्स ने क़रीब एक साल तक चिकल को रबर का विकल्प बनाने का प्रयास किया, किन्तु प्रत्येक बार विफल रहे। लेकिन एक दिन उन्होंने एक दिलचस्प तथ्य खोजा कि चिकल को चबाने में बहुत मज़ा है। 1871 ई. तक किसी भी पैराफ़िन आधारित गोंद से अधिक चिकना, नरम और बेहतर स्वाद वाला ऐडम्स न्यूयॉर्क गम, दवा की दुकान में उपलब्ध था। कुछ ही वर्षों में ऐडम्स और अन्य उत्पादक बहुतायत में विभिन्न स्वाद वाले चिकल आधारित गम को बेच रहे थे। हालाँकि कोई भी प्रारम्भिक गम अपने स्वाद को लम्बे समय तक क़ायम नहीं रख सकता था। यह समस्या 1880 ई. तक दूर नहीं हो पायी। विलियम वाइट ने इस समस्या को चिकल के साथ मक्के का रस और चीनी को मिलाकर दूर किया। अमेरिकन उद्यमी विलियम रिगले जूनियर

और फ्रेंक ऐच फ़्लिर ने स्वाद की समस्या पर आगे सुधार किया। रिगले ने रिगले चुइंगम कम्पनी की स्थापना शिकागो में की और चतुर व्यापार रणनीति का उपयोग कर दुनिया में सबसे प्रसिद्ध गम ब्रांड बन गये। इसी तरह की एक चतुर कार्यवाही में उन्होंने अमेरिकन टेलिफ़ोन डायरेक्ट्री में नामित प्रत्येक व्यक्ति को, 70 लाख से ज़्यादा लोगों को मुफ़्त में तीन-तीन गम स्टिक मेल किये। उनके बहुत से प्रारम्भिक ब्रांड जैसे जूसी फ्रूट, स्पियरमिंट और डबलमिंट आज तक बहुत लोकप्रिय हैं।

1906 ई. में, वो फ्लीर ही थे, जिन्होंने फ़िलेडेल्फ़िया आधारित कम्पनी से सबसे पहला कैंडी लेपित गम चिकलेट शुरू किया। 1950 ई. में दन्त चिकित्सकों की संस्तुति पर चीनीरहित गम प्रारम्भ हुआ। 1960 ई. में मानव निर्मित सस्ते रबर पदार्थ बनने लगे जिसने चिकल का स्थान ले लिया। हालाँकि स्पेन में चुइंगम के लिए सामान्य रूप से चिकल शब्द का ही उपयोग हो रहा है।

कॉफ़ी मेकर

अन्य नवाचारों के समान कॉफ़ी बनाने वाले उपकरण के इतिहास में भी बहुत पेंच हैं। इसकी उत्पत्ति को वापस टर्की में खोजा जा सकता है, जिनके पास माना जाता है कि 575 ई. से ही बढ़िया पिसा कॉफ़ी था। तब से और प्रारम्भिक 19वीं शताब्दी के बीच क्या हुआ यह बहुत स्पष्ट नहीं है। लगभग 1818 ई. में जब पहला कॉफ़ी परकोलेटर खोजा गया तब जाकर इसके विकास ने गति पकड़ी।

आधुनिक कॉफ़ी मेकर की उत्पत्ति फ्रांस में वापस जाने पर पता चल सकता है। एक युक्ति जिसे बिग्गिन कहते हैं, उसमें दो स्तर का कॉफ़ी पॉट जिसके ऊपरी प्रकोष्ठ में पानी डालते थे वो छिद्रों से होते हुए निचले प्रकोष्ठ में आता था फिर कॉफ़ी के बर्तन में आ जाता था, शायद यह पहला ड्रिप कॉफ़ी बनाने वाली युक्ति थी। उसी समय एक दूसरे फ्रेंच आविष्कारक पंपिंग परकोलेटर को लाये। यह कॉफ़ी मेकर बलपूर्वक (पम्पिंग द्वारा) उबलते पानी को नीचे के प्रकोष्ठ से नलिका में ऊपर चढ़ाता है, और तब नीचे के भाग में बूँद-बूँद कर पिसी कॉफ़ी फलियाँ से होकर नीचे के डिब्बे में टपकता था। 1950 ई. तक यूएस में इस तरह

के पंपिंग परकोलेटर बहुत से घरेलू कॉफ़ी बनाने वालों, चरवाहों और नेता लोगों का पसन्दीदा था। 1840 ई. में नेपियर वेक्यूम मशीन आया। जबकि कॉफ़ी बनाने वाले इस मशीन का प्रयोग जटिल था, यह बढ़िया समांग ख़ूब फेटा हुआ कॉफ़ी बना सकता था, कुछ ऐसा, जो प्रत्येक कॉफ़ी प्रेमियों के लिए पुरस्कार स्वरूप था। वेक्यूम ब्रुयर के निचले भाग में ऊष्मा का उपयोग पानी को उबालने के लिए किया जाता था, जो फैलकर बलपूर्वक पतली नलिका द्वारा ऊपरी भाग में जाता था, जहाँ पिसा हुआ कॉफ़ी रखा रहता था, एक बार जब सन्तोषजनक रूप से कॉफ़ी तैयार हो जाता था, तब ऊष्मा का आना बन्द हो जाता था, जो निर्वात बनता है उसी के परिणामस्वरूप निर्मित कॉफ़ी वापस छननी से होते हुए नीचे के प्रकोष्ठ में आ जाता था। नेपियर वेक्यूम कॉफ़ीमेकर अभी भी आज भी लोकप्रिय है।

1865 ई. में मेसाचुशेट्स, यूएसए के जेम्स नेसन को प्रारम्भिक कॉफ़ी परकोलेटर बनाने का श्रेय दिया जाता है, लेकिन हेनसन गुडरिच नामक दूसरे अमेरिकन जिन्होंने आधुनिक स्टोव टोप परकोलेटर का अन्वेषण किया था। उनकी इस खोज के लिए उन्हें 16 अगस्त 1889 में पेटेंट प्राप्त हुआ था। उनकी रचना बहुत कुछ वैसी ही थी जैसीकि आजकल बिक रही है। स्टोव टोप परकोलेटर का विद्युत संस्करण 1800 ई. के उतरार्द्ध में विकसित हुआ था। ग्राहक उसे पसन्द करते थे, क्योंकि यह स्टोव का उपयोग किये बिना ही कॉफ़ी पॉट में ही कॉफ़ी बनाने में सक्षम था। 1972 ई. में मि. कॉफ़ी के आविष्कार ने पहला व्यावसायिक स्वचालित ड्रिप कॉफ़ीमेकर के रूप में सफलता प्राप्त की, जो कॉफ़ी बनाने का क्रान्तिकारी क़दम था। यह ग्राहकों में इतना लोकप्रिय हो गया था कि परकोलेटर्स क़रीब-क़रीब ग़ायब ही हो गया। यहाँ तक, कि आज भी, अधिकतर ड्रिप कॉफ़ी निर्माता मि. कॉफ़ी की ही रचना में साधारण परिवर्तन कर अपना नये नाम से व्यवसाय करते हैं।

सिरिंज

सिरिंज ग्रीक शब्द सिरिंक्स से उत्पन्न हुआ शब्द है जिसका अर्थ नलिका है। जानकारी के अनुसार सिरिंज का प्राचीनतम उपयोग भारत में होता था, जहाँ बड़ी सिरिंज का उपयोग आज भी हिन्दुओं के पर्व होली के दौरान रंग डालने में किया जाता है। चिकित्सकीय उपयोग के लिए पहला पिस्टन सिरिंज, जैसे नेज़ल सिरिंज, रोमन काल में विकसित हुआ था। 9वीं शती में, इराक़ी/मिस्र के सर्जन अम्मार इब्न 'अली अल मौसिलि' ने रोगियों के आँख से मोतियाबिन्द चूषण द्वारा दूर करने के लिए खोखली सूई का, खोखले काँच की नली का उपयोग कर एक सिरिंज बनाया था। 1844 ई. में आयरिश फ़िज़िशियन फ्रांसिस रेंड ने खोखली सूई में पुनः शोध कर और उसका उपयोग कर पहला अभिलिखित त्वचा के नीचे लगाने वाला इंजेक्शन बनाया।

पहला सिरिंज अलग-अलग तरह का जॉन और फ्रेड्रिक ने क्रमशः 1824 और 1851 ई. में पेटेंट कराया था। एक स्कोटिश फ़िज़िशियन, अलेक्ज़ेंडर वुड ने 1853 ई. में चिकित्सकीय त्वचा के नीचे लगाने वाले (hypodermic) इंजेक्शन की खोज की। इसमें एक धातु की सिरिंज के साथ खोखली नुकीली सूई इतनी पतली थी कि त्वचा को काटे बिना वो अन्दर तक चले जाये। डॉक्टर वुड के कार्य ने दिखाया कि त्वचा के नीचे इंजेक्शन लगाने वाला सिरिंज दवा के क्षेत्र में कितना उपयोगी था। लगभग उसी समय

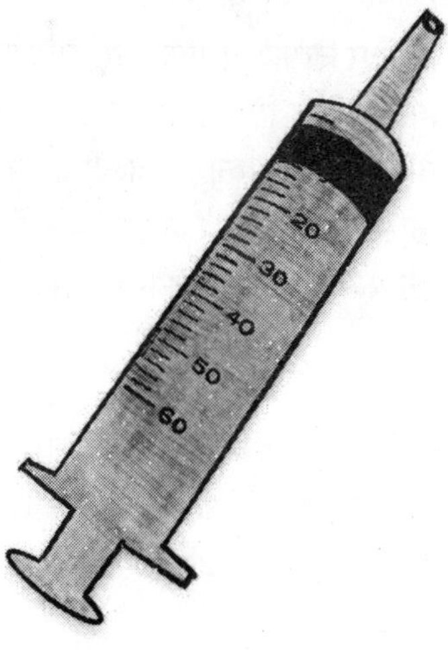

लीयोन, फ्रांस के एक सर्जन चार्ल्स प्रवेज़ ने स्वतन्त्र रूप से समान तरह का यन्त्र विकसित किया जो प्रवेज़ सिरिंज के रूप में लोकप्रिय हुआ। इसमें स्क्रू से चलाया जाने वाला एक पिस्टन होता था जिस कारण वह दवा की सटीक खुराक को नियन्त्रित कर सकता था। एक अन्य फ्रेंच सर्जन, एल जे बेहियर ने प्रवेज़ की खोज को पूरे यूरोप से परिचित कराया।

बी.डी., या बेक्टन डिक्सन कम्पनी, चिकित्सकीय उपकरणों की एक फ़र्म जो 1987 ई. में स्थापित हुई। उसी साल के अक्टूबर में उन्होंने अपना पहला पूर्ण काँच से निर्मित लूयर भीतरी त्वचा में इंजेक्शन लगाने वाला सिरिंज बेचा। 1800 ई. के अन्त तक ऐसी सिरिंज बहुतायत में उपलब्ध थी लेकिन बाज़ार में इंजेक्शन लगाने हेतु उतनी दवाएँ नहीं थीं। लेकिन तभी 1921 ई. में इंसुलिन की खोज हुई, जिसे सीधा रक्तप्रवाह में लगाना होता था, और इसने भीतरी त्वचा में लगाने वाले सूई के लिए नया बाज़ार सृजित कर दिया। 1924 ई. में डायबिटिक लोगों के लिए बी.डी. ने इंसुलिन सिरिंज बेचना शुरू कर दिया।

1946 ई. में बर्मिंघम, इंग्लैंड के चांस भाइयों ने पहला पूरी तरह काँच का बना ऐसा सिरिंज बनाया जिसमें बेरल और प्लंजर को परस्पर बदला जा सकता था, जिसने सामूहिक तौर पर सिरिंज के स्टरलाइज़ करने की प्रक्रिया को आसान बना दिया। 1954 ई. में पहला डिस्पोज़ेबल सूई और सिरिंज को बी.डी. ने बनाया और व्यापक रूप से उत्पादित किया। अमेरिकी बच्चों को नया सोल्क पोलियो वैक्सीन लगाने के लिए, प्रशासन के लिए, इसने विकसित किया था। 1955 ई. में रोएर उत्पाद ने एक बार उपयोग में लाये जाने वाला पहला प्लास्टिक से बना हाइपोडर्मिक सिरिंज को शुरू किया, 1961 ई. में इसका अनुसरण करते हुए बी.डी. ने प्लास्टीपेक बनाया। जल्दी ही बाज़ार में प्लास्टिक सिरिंजों ने काँच के सिरिंजों का स्थान ले लिया। अब कम्पनियाँ दर्द रहित सटीक मात्रा में नियन्त्रित रूप से दवा देने के लिए माइक्रो सिरिंज विकसित कर रही हैं।

डियोडिरेंट

प्राचीन काल से ही भाँति-भाँति के डियोडिरेंट का उपयोग होता चला आ रहा है। प्राचीन मिस्र, सुगन्धित जल-स्नान में मौजमस्ती करते थे, जबकि प्राचीन ग्रीक और रोमन इत्र और सुगन्धित तेल बार-बार लगाते थे। परन्तु रोम के पतन के साथ ही सुगन्धित स्नान के प्रति लगाव भी खो गया। एशिया के कुछ भागों में कभी-कभी सेंधा नमक को डियोडिरेंट के तौर पर इस्तेमाल किया जाता था। 9वीं शती में अरब या पर्शिया के बहुज्ञ जिरयाब ने मूरिश स्पेन में डियोडिरेंट प्रारम्भ किया। एक अज्ञात अमेरिकन खोजी द्वारा पहला व्यावसायिक डियोडिरेंट मम को शुरू किया गया और 1888 ई. में इसे पेटेंट कराया गया। मम मूलत: जिंक क्लोराइड और मोम का पेस्ट या क्रीम था। ऐवरड्राई द्वारा शीघ्र ही इसका अनुसरण किया गया और एल्युमिनियम क्लोराइड आधारित दुर्गन्धनाशक बनाया गया।

1900 ई. तक दुर्गन्धनाशक के एक पोषक ने पेस्ट, स्टिक, गोलक, पाउडर, क्रीम और रोल करने जैसे विभिन्न रूपों में इसे बाज़ार में उपलब्ध करवाया। परन्तु बहुत से लोग शरीर के गन्ध को एक व्यक्तिगत मुद्दा मानते थे इसलिए इसे नहीं लगाते थे। उपभोक्ताओं के लिए, चतुर और आकर्षक प्रचार/विज्ञापन ने, इसके लाभ को समझाकर लोगों को राज़ी कर लिया। इस अभियान में ओडोरोनो नामक दुर्गन्धनाशक (प्रतिस्वेदन) के प्रचार हेतु, दरवाज़े-दरवाज़े जाकर बाइबल का विक्रय करने वाले जेम्स यंग नामक पूर्व विक्रेता का इस सम्बन्ध में बहुत महत्त्व था। उन्होंने शरीर के दुर्गन्ध को एक सामाजिक ग़लती के रूप में चित्रित किया, और कहा कि कोई आपको सीधे बतायेगा नहीं, परन्तु इसके बारे में वो आपके पीछे गपशप/चर्चा करेगा और अपनी अलोकप्रियता के लिए स्वयं आप ही ज़िम्मेदार होंगे।

1920 ई. डियोडिरेंट महिलाओं के बीच लोकप्रिय हो गया था, परन्तु पुरुषों ने शरीर के गन्ध को मर्दानगी के साथ जोड़ना जारी रखा। अतः पुरुषों को उनकी असुरक्षा पर शिकार कर, निशाना साध कर प्रचार करना शुरू किया गया, जैसे शरीर की दुर्गन्ध के कारण उनकी नौकरी छूट जायेगी। महान अवसाद के दौरान यह एक भयानक सम्भावना थी। टॉप फ़्लाइट, पुरुषों का पहला डियोडिरेंट 1935 ई. में, एक काले बोतल में पैक कर शुरू हुआ। दूसरा पुरुषों के लिए डियोडिरेंट, सी फ़ोर्थ, जितना हो सके उतना मर्दानगी दिखाने के लिए चीनीमिट्टी के व्हिस्की जग में बेचा गया।

1940 ई. के अन्त में ऐडवर्ड गेल्स्थोरपे ने सुझाव दिया कि डियोडिरेंट प्रलेपक की संरचना बालपॉइंट पेन के आधार पर होना चाहिए। उनकी अवधारणा हेलेन डाइसेरेंस रसायनज्ञ द्वारा विकसित की गयी थी। 1952 ई. में ब्रिस्टल मायर्स बन रोल ओन के रूप में व्यापार करना शुरू किया। उत्पाद को सफलता मिली, हालाँकि बहुत से पुरुष उपभोक्ताओं ने प्रलेपक पर बग़ल के बाल फँस जाने के कारण उससे परहेज़ किया। अमेरिकन खोजी और सौन्दर्य प्रसाधक रसायनज्ञ डॉक्टर जूल्स बरनार्ड मोंटेनियर ने पहला आधुनिक प्रतिस्वेदक के सूत्रीकरण को 1941 ई. में पेटेंट कराया। जिलेट राइट गार्ड 1960 ई. के प्रारम्भ में पहला ऐयरोसोल प्रतिस्वेदक था। आज लगभग 95 प्रतिशत अमेरिकन डियोडिरेंट का उपयोग करते हैं।

कृत्रिम मिठास

लेड का चीनी या लेड ऐसिटेट सबसे पहला मीठे के विकल्प के रूप में प्राचीन रोमवासियों द्वारा उनके शराब और जेम में बहुतायत से उपयोग किया जाता था। लेकिन आज के अध्ययन से ज्ञात हुआ कि यह विषैला है। 1047 ई. में प्रसिद्ध लोग जैसे पोप क्लिमेंट द्वितीय की लेड ऐसिटेट विषाक्तता से ही मृत्यु हो गयी थी। आज सामान्य रूप से चीनी के 6 विकल्प उपयोग में लाये जा रहे हैं–स्टिविया, ऐस्परटमे, सुक्रलोज, नियाटेम, ऐसल्फ़ेम पोटेशियम, सेक्रिन। सैकड़ों वर्षों से दक्षिणी अमेरिका के लोग स्टिविया पौधे की पत्तियों से रस निकाल कर प्राकृतिक मिठास के लिए उपयोग करते हैं। यह खाने के बाद रक्त में ग्लूकोज़ स्तर को नहीं बढ़ाता है, (ग्लाईस्मिक सूचकांक शून्य) और इसमें शून्य कैलोरी होता है। इसलिए यह बहुत

से देशों में तेज़ी से लोकप्रिय हो रहा है। 2008 ई. ट्रुवीया नामक, स्टिविया आधारित मिठास को यूएस ने अनुमोदित किया।

जी डी सेरले कम्पनी के अमेरिकन वैज्ञानिक जेम्स एम स्कलेटर ने 1965 ई. में ऐस्परटेम को खोजा। वो अलसर रोधी दवा पर कार्य कर रहे थे अकस्मात् कुछ ऐस्परटेम उनके हाथ पर गिर गया। तब अपनी उँगली को चाटने पर उनका ध्यान उसकी मिठास पर गया। असल में यह चीनी की मिठास से 200 गुना अधिक मीठा है। यह Equal, Nutrasweet और Canderel के रूप में बेचा जाता है। यह पकाने के लिए बहुत उपयुक्त नहीं है क्योंकि गरम होने पर यह अपने घटकों में टूट कर कम मीठा हो जाता है।

सुक्रलोज़ क्लोरिनेटेड चीनी है जो सामान्य चीनी से 600 गुना अधिक मीठा है। लन्दन के क्वीन एलिज़ाबेथ कॉलेज में 1976 ई. में लेसली होग और शशिकान्त फ़ंडिस ने अकस्मात् इसका आविष्कार किया। एक दिन होग ने फ़ंडिस से क्लोरिनेटेड चीनी के यौगिक का टेस्ट (परीक्षण) करने को कहा। फ़ंडिस के सुनने और समझने में ग़लती हो गयी उन्हें लगा कि टेस्ट (स्वाद) करना है और उन्होंने पाया कि यौगिक विशेष रूप से मीठा है। यह उत्पाद बहुत तेज़ी से लोकप्रिय हुआ क्योंकि ताप बढ़ाने पर भी इसकी मिठास बरकरार रहती है, तलने-भुनने में भी इसका उपयोग हो सकता है। सुक्रलोज़ के सामान्य ब्रांड में स्पलेंडा, शुगर फ्री नेचुरा, सूक्राना, सुक्राप्लस और नेवेला सम्मिलित हैं।

1879 ई. में, बाल्टीमोर, मेरिलैंड में जॉन होपकिंस विश्वविद्यालय के रसायनज्ञ इरा रेमसन और कंस्टेंटिन फलबर्ग द्वारा सेक्रिन को संश्लेषित किया गया था। यह खोज भी अकस्मात् ही हुआ था, कथित तौर पर जब एक शाम फलबर्ग ने अपने हाथ पर मीठे स्वाद को महसूस किया था। 1884 ई. में फलबर्ग ने इस यौगिक को नाम दिया और पेटेंट कराया। वह बाद में अपनी इस खोज से अमीर बन गये, परन्तु कभी भी रेमसन के योगदान को स्वीकार नहीं किये। सेक्रिन पहली बार प्रथम विश्वयुद्ध के दौरान, चीनी की कमी होने के कारण लोकप्रिय हो गया था। यह चीनी से 300-400 गुना अधिक मीठा होता है परन्तु खाने के बाद थोड़ा कड़वा या धात्विक स्वाद छोड़ता है। आज सेक्रिन का सर्वाधिक लोकप्रिय अमेरिकन ब्रांड Sweet'N Low है।

धूप का चश्मा

प्राचीन इनुइत लोग, जिन्हें ऐस्किमो के नाम से बेहतर जाना जाता है, वो सूर्य की चमक को रोकने के लिए वालरस (दरियाई घोड़ा) की दाँत को चपटा कर चश्मा पहनते थे।

इन चश्मों में देखने के लिए पतला स्लिट (छिद्र) होता था। धुँधले क्वार्टज़ के चपटे पत्र से बना धूप का चश्मा जो आँखों को चमक से सुरक्षित रखता था, बारहवीं शताब्दी तक चीन द्वारा उपयोग में लाया जाता था। दस्तावेज़ भी वर्णित करते हैं, कि ऐसे क्रिस्टल के धूप वाले चश्मों का उपयोग, प्राचीन कचहरी में, जज द्वारा गवाहों से प्रश्न पूछते समय, अपने चेहरे की भाव भंगिमा को छुपाने के लिए, किया जाता था। इंग्लिश ओप्टिशियन जेम्स इसकफ ने क़रीब 1752 ई. में रंगीन लेंस से चश्मों पर प्रयोग प्रारम्भ किया। इसकफ को विश्वास था कि नीले या हरे रंग के ग्लास विशेष दृष्टि दोष को दूर कर सकता है। पूरी उन्नीसवीं शती में रंगीन चश्मे लगातार चिकित्सकीय रूप से निर्धारित हुए थे। 1900 ई. के प्रारम्भ में विशेष तौर पर फ़िल्मी सितारों के बीच, धूप के चश्मों का उपयोग बहुत व्यापक हो गया था। यह सामान्यतया

विश्वास किया जाता था कि ये प्रशंसकों द्वारा पहचान से बचने के लिए लगाया जाता था, परन्तु सम्भवत: यह शक्तिशाली आर्कलैम्प जो तत्कालीन फ़िल्म सेट पर उपयोग होता था उससे सुरक्षा के लिए, वो इसका उपयोग करते थे। 1929 ई. में अमेरिका के सेम फ़ोस्टर ने सस्ता बहुतायत में धूप के चश्मों का निर्माण शुरू किया। फ़ोस्टर ने ऐटलांटिक सिटी, न्यू जर्सी के समुद्री तट पर तैयार बाज़ार पाया जहाँ फ़ोस्टर ग्रांट नाम से धूप के चश्मों को बेचना शुरू किया। धूप के चश्मे जल्दी ही तेज़ी पकड़ने लगे।

1930 ई. में यूएस आर्मी ऐयर कॉर्पोरेशन ने Bausch & Lomb ऑप्टिकल फ़र्म को ऐसे चश्मों को उत्पादित करने का निर्देश दिया जो ऊँचाई की चकाचौंध के ख़तरों से उनके पायलट को सुरक्षित रख सके। उन्होंने धूप के चश्मों की एक विशेष कम्पनी रे–बेन बनायी, जिसने सूर्य की किरणों को थोड़ा कम करने वाला, हवाबाज़ स्टाइल का पहला धूप का चश्मा सृजित किया। 1936 ई में जब अमेरिकन खोजी ऐडविन ऐच लैंड ने ध्रुवित लेंसों के साथ प्रयोग शुरू किया, तब पहला पोलराइज्ड धूप का चश्मा उपलब्ध हुआ। लैंड की तकनीकी का उपयोग कर रे-बेन ने 1936 ई. में चमक रोधी हवाबाज़ों के स्टाइल का धूप चश्मा बनाया। उन्होंने थोड़ा लटकते हुए फ्रेम का उपयोग किया, जिससे प्लेन के उपकरण पेनल को आवश्यकतानुसार बार-बार नीचे देखते समय, हवाबाज़ों के आँख का अधिकतम भाग ढका रहे। फ़ाइलर्स ने इन रे-बेन के हवाबाज़ धूप के चश्मों को पहले लोगों को मुफ़्त में दिया और फिर लोग 1937 ई. में इसे ख़रीदने लगे। यह विश्वास किया जाता है कि धूप के चश्मे सच में द्वितीय विश्व युद्ध के दौरान ही ठण्डे हुए।

1953 ई. में उत्पन्न वेफरर स्टाइल इतिहास में सर्वाधिक बिक्री वाली रचना थी। 1960 ई. में फ़ोस्टर ग्रांट द्वारा एक बढ़िया प्रचार में हॉलीवुड की मशहूर हस्तियों का उपयोग करते हुए लिखा, "उन फ़ोस्टर ग्रांट के पीछे कौन है?" इस विज्ञापन ने धूप के चश्मे को और फ़ैशनेबल बनाने में मदद की।

पेपर क्लिप

तेरहवीं शताब्दी के प्रारम्भ में ऐतिहासिक रूप से प्रलेखित किया गया है कि लोग पन्नों के कोनों पर समानान्तर छिद्र बनाकर एक फ़ीता उसमें डालकर काग़ज़ों के बंडल को बाँधते थे। बाद में फ़ीते में मोम लगा कर मज़बूत बनाया गया ताकि खोलना और बाँधना आसान हो जाये। अगले 600 वर्षों तक काग़ज़ों को बाँधने का यही तरीक़ा चलता रहा। 1835 ई. में बहुतायत में सीधा पिन का उत्पादन प्रारम्भ हुआ, उसका भी उपयोग कई बार पन्नों को बाँधने/जोड़ने में किया गया जबकि वो इस निमित नहीं बनाया गया था।

यूनाइटेड स्टेट के सेमुअल बी फ़े को सम्भवत: तार मोड़कर पेपर क्लिप बनाने के लिए पहला पेटेंट 1867 ई. में मिला। यह क्लिप मूल रूप से टिकट को कपड़े से संलग्न करने के लिए बनाया गया था, लेकिन फ़े ने यह महसूस किया कि इसका उपयोग पन्नों को जोड़ने के लिए भी किया जा सकता है। हालाँकि व्यावहारिक और कार्यकारी रूप से फ़े की रचना के साथ 50 या ऐसी ही अन्य रचनाएँ 1899 ई. के पहले पेटेंट हो चुके थे, जो न कभी प्रचारित किये गये और न ही व्यापक तौर पर बेचे गये। उन्नीसवीं शती के अन्त तक स्टील के तार का व्यापक रूप से उत्पादन और जब मशीनरी उसे सस्ते में विश्वसनीय तरीक़े से मोड़ने लगी तब जाकर तार मोड़कर बनाया जाने वाला पेपर क्लिप लोकप्रिय हुआ। सबसे सामान्य तरह का तार पेपर क्लिप, जेम पेपर क्लिप, जो आज भी उपयोग में है और कभी भी पेटेंट नहीं हुआ, लेकिन सम्भवत: ब्रिटेन में द जेम मैन्युफ़ेक्चरिंग कम्पनी द्वारा 1870 ई. के प्रारम्भ में उत्पादित किया गया था। 1883 के एक लेख में 'साधारण पिन से अधिक अच्छा है' समान विषय वाले पन्नों को संकलित करने के लिए, पत्रों के समूह को इकट्ठा रखने के लिए, हस्तलिखित पन्नों को सहेजने हेतु आदि बातों से जेम पेपर क्लिप की तारीफ़ की गयी। पेपर क्लिप को आज भी कभी-कभी जेम क्लिप ही कहा

जाता है। स्वीडिश में किसी भी पेपर क्लिप के लिए जेम शब्द का ही उपयोग होता है। तभी से अनगिनत परिवर्तन कर इसी विषय पर पेटेंट कराये गये, परन्तु मूल जेम ने ही अपने को सर्वाधिक व्यावहारिक सिद्ध किया, इसीलिए वो आज तक सबसे लोकप्रिय है। अन्य आकार वाले पिन का उपयोग आज भी यदा कदा होता है जैसे नान स्किड, द आइडियल, मोटे गोल किये हुए पन्नों के लिए उपयोग में लाये जाते हैं; द आउल, इसके दो आँख रूपी गोलों के कारण यह नाम पड़ा; और पेरफ़ेक्ट जेम या गोथिक, जो पुस्तकालय अध्यक्षों द्वारा पसन्द किया जाता है क्योंकि लम्बी टाँगों के कारण पन्ने कम फटते या मुड़ते हैं। नोर्वे के जोहान वालर को पेपर क्लिप के आविष्कारक के रूप में पहचानना ग़लत था। वास्तव में वालर की खोज का कभी भी उत्पादन नहीं हुआ और ना ही वो बाज़ार में आया, क्योंकि तब तक उत्तम जेम क्लिप उपलब्ध था। हालाँकि वालर की मृत्यु के उपरान्त उनके देशवासियों ने इस ग़लत धारणा के साथ एक राष्ट्रीय हवा चलायी कि पेपर क्लिप का आविष्कार एक अज्ञात नॉर्वे के विद्वान द्वारा किया गया था। द्वितीय विश्व युद्ध के बाद, पेपर क्लिप नॉर्वे की राष्ट्रीय एकता और गौरव का प्रतीक बन गया था।

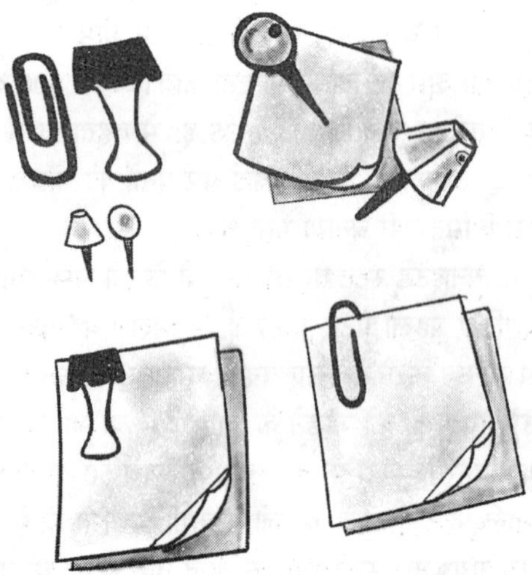

अलार्म घड़ी

प्राचीन काल से ही लोग अलार्म वाला समय मापक बनाते रहे। ग्रीक दार्शनिक प्लूटो ने कहा था कि उनके पास एक बड़ी-सी जल घड़ी थी जिसके अलार्म का सिग्नल जल तरंग की ध्वनि के समान था। यूनानी मत के इंजीनियर और खोजी Ctesibius ने अपनी जल घड़ी में विस्तृत अलार्म व्यवस्था के साथ ऐसा समायोजन किया था कि पूर्व निर्धारित समय पर एक कंकड़ घण्टा पर गिरता था जो घण्टा या तुरही की तरह बजता था। बहुत से बड़े जल शक्ति वाले अलार्म घड़ी, जबकि बहुत सटीक नहीं थे, फिर भी यूरोप, चीन और अरब में अगली कई सदियों तक बनते रहे। ये विशेष रूप से मठों में लोकप्रिय थे जहाँ साधु सन्तों को एक नियत समय पर भजन प्रार्थना जपना होता था।

चौदहवीं शती में पहली यान्त्रिक घड़ी, गिरते हुए वज़न की शक्ति का उपयोग कर बनायी गयी थी। पश्चिम यूरोप में कुछ घण्टाघर, इसी कालखण्ड में बने, जो प्रतिदिन एक निश्चित समय पर घण्टा बजाने में सक्षम थे। 1319 में प्रसिद्ध फ्लोरेंटाईन लेखक दाँते अलीग़ीरि ने अपने लेखन में एक प्राचीनतम यान्त्रिक घड़ियों का उल्लेख किया है। सबसे प्रसिद्ध मूलरूप से आकर्षक एक घण्टाघर सम्भवत: वेनिस के सेंट मार्क्स स्क्वैर में आज भी खड़ा है, जिसे 1943 ई. में संकलित किया गया था।

उपयोगकर्ता संचालित यान्त्रिक अलार्म घड़ी निश्चित रूप से यूरोप में 15वीं शताब्दी तक उपयोग में आने लगी। इन प्रारम्भिक अलार्म घड़ियों में, घड़ी पत्रक पर छिद्रों का छल्ला होता था, और उचित छिद्र में पिन लगाकर वांछित समय स्थापित किया जा सकता था। स्प्रिंग की खोज ने घड़ी का आकार छोटा बना दिया। 1620 ई. तक घरेलू घड़ियाँ, और कुछ अलार्म युक्त घड़ियाँ उपयोग में थीं।

यह ग़लत कहा गया है कि कोनकोर्ड, न्यू हैंपशायर, के घड़ीसाज़ लेवी हचिंस ने अपनी नौकरी पर समय से जाने के लिए, ख़ुद को जगाने के लिए पहले अलार्म घड़ी का आविष्कार किया था। परन्तु यह सच है कि 1787 ई. में हचिंस ने एक बड़ी घड़ी की क्रियाविधि को एक छोटे-से पेटिका में अटका दिया, उसमें एक छोटे दाँत वाले गियर को प्रविष्ट कराया, और प्रातः चार बजने का इन्तज़ार किया, जैसे ही चार बजता था, गियर ट्रिप कर जाता था, जिससे घण्टी गति में स्थित हो जाती थी। हालाँकि हचिंस का उपकरण ख़ुद उसी के लिए बना था, जो सिर्फ़ प्रातः चार बजे, पूरी कमानी के खुलने तक बजता रहता था। इसके अलावा पहले भी अन्य खोजी भी इसी प्रकार का विचार रखते थे। फ्रेंच खोजी अंटोईन रेडियर प्रथम व्यक्ति थे जिन्होंने 1847 ई. में समायोज्य यान्त्रिक अलार्म घड़ी को पेटेंट कराया। कनेक्टिकट, यूएसए के सीथ थॉमस क्लॉक कम्पनी को 1876 ई. में बिस्तर के किनारे रखने वाले छोटे अलार्म घड़ी के लिए पेटेंट मिला। 1870 ई. के अन्त तक ऐसी घड़ियाँ लोकप्रिय हुई और घड़ी की सभी मुख्य कम्पनियाँ इसे बनाने लगीं। वहाँ से चीज़ें तेज़ी से बढ़ीं। बार-बार बजने वाला अलार्म भी खोजा गया, समय के साथ आकर्षित करने वाले विद्युत चालित मोटर से हिलते हुए हाथ और घण्टे का स्थान बीप, कलरव, मंत्र और गानों ने ले लिया।

बरसाती (रेन कोट)

अमेज़ोन घाटी में पैदाइशी अमेरिकन जनजातियाँ, रबर पेड़ के रस से, जलरोधी कपड़े सैकड़ों साल से बना रही हैं। प्राचीन चीनी भी कई प्रकार के तत्त्व जैसे भूसा, जलकुम्भी के समान जलीय पौधा सेज और चीनी काँस का वर्षा की धारा को रोकने हेतु जलरोधी वस्त्र बनाने में उपयोग करते थे। मिंग साम्राज्य (1368-1644 ई.) के प्रारम्भ में विस्तृत तेल की परत का उपयोग होता था। इसकी बुनावट सिल्क के समान होती थी लेकिन इसे जल से प्रतिकर्षित करने के लिए पीले (टंग) तेल के साथ प्रक्रिया कराया जाता था।

फ्रेंच वनस्पतिविद् फ्रंकोईस फ्रेन्यू ने, रबर से जलरोधी कपड़ा, फ्रेंच गुआना के स्थानीय अमेरिकन को बनाते हुए देखकर वैसा ही बनाया। 1763 ई. में उन्होंने वर्णन किया है कि किस प्रकार रबर को तारपीन विलायक के साथ विलयन बनाकर उसमें भिगो कर जलरोधी कपड़ा बनाते थे। 1821 ई. में स्कॉटिश डॉक्टर जॉन साइम इसी प्रकार के प्रयोग को संचालित किये थे। पहले बरसाती में हालाँकि रबर का उपयोग नहीं हुआ था। 1821 ई. में लन्दन के जी फ़ोक्स द्वारा पहला बरसाती रबर का उपयोग किये बिना गेमबरूँ से बनाया गया था, इसे फ़ोक्स ऐकवेटिक कहा गया जो लिनेन कपड़े की तरह था।

रबर का उपयोग करने का प्रारम्भिक प्रयास असफल रहा क्योंकि ताप के साथ प्राकृतिक रबर का कड़ापन बदल जाता था। जिस कारण इस कपड़े को पहनने में कठिनाई होती थी। 1823 ई. में स्कॉटिश रसायनज्ञ चार्ल्स मेकिंटोश ने इसका समाधान पाया। मेकिंटोश की प्रक्रिया में कपड़े की दो परतों के बीच द्रवित रबर की सैंडविच बनायी जाती थी, रबर को नेप्था में घोलकर ब्रश से लगाया जाता था। ब्रिटिश सेना उनकी पहली ग्राहक थी। असल में बरसाती को आज भी यूके में मेकिंटोश या मेक्स कहा जाता है।

1839 ई. में अमेरिका के चार्ल्स गुडईयर ने गन्धकीय रबर विकसित किया, जो अधिक प्रत्यास्थ तथा ढालने में आसान था। 1843 ई. में अंग्रेज़ उत्पादक थॉमस हेंकोक ने गन्धकीय रबर का उपयोग कर मेकिंटोश बरसाती में सुधार किया। 1849 ई. में अमेरिकन कम्पनियों ने केलेंडरिंग प्रक्रिया की शुरुआत की, जिसमें मेकिंटोश कपड़ों को और लचीला तथा जलरोधी बनाने के लिए दो गरम रोलर के बीच से गुज़ारा जाता था। प्रथम विश्व युद्ध के दौरान अंग्रेज़ आविष्कारक थॉमस बरबेरी ने सभी मौसम के अनुकूल ट्रेंच कोट (बरसाती) बनाया। यह गबरडीन नामक एक प्रकार की रुई है जिसे बरबेरी ने खोजा और रसायनिक प्रक्रिया द्वारा इसे वर्षा को प्रतिकर्षित करने योग्य बनाया। वस्तुतः इनका निर्माण सैनिकों के लिए किया गया था, लेकिन 1918 ई. के बाद बहुत से नागरिकों में लोकप्रिय हो गया।

1920 ई. में तेल से शोधित कपड़े, अधिकतर सूती या सिल्क लोकप्रिय हुए। जैसे कपड़े पर ब्रश से अलसी के तेल को लगाकर कपड़े की सतह को तैलीय बनाया गया जिससे कपड़ा जल को प्रतिकर्षित कर दे। द्वितीय विश्व युद्ध के बाद विनाइल, नायलोन और प्लास्टिक से बने बरसाती प्रचलित हुए। विभिन्न प्रकार के उच्च तकनीक वाले पदार्थ जैसे गोरे-टेक्स और माइक्रोफ़ाइबर से आधुनिक बरसाती बनाये जा रहे हैं। आज बाँस और केला के तने के तन्तु (फ़ाइबर) का भी उपयोग हो रहा है।

गुल्लक (पिगी बैंक)

मध्य काल के दौरान धातु पूरे यूरोप में बहुत महँगा था और उसको उपलब्ध कराना मुश्किल था। इसलिए परिजनों ने मिट्टी का उपयोग कर अनेक प्रकार के घरेलू बर्तन, मर्तबान, कटोरा, चिलमची आदि बनाना प्रारम्भ कर दिया। मध्य काल की अंग्रेज़ी में पिग (pygg) एक नारंगी रंग के मिट्टी के लिए सन्दर्भित था, जिससे सामान्यत: इस तरह की वस्तुएँ बनाते थे। लोग अक्सर रसोई के बर्तनों और मर्तबान को इसी से बनाकर पैसे बचा लेते थे। प्रारम्भिक अंग्रेज़ी में स्वरों (vowels) का उच्चारण आजकल से अलग ध्वनि उत्पन्न करता था, तो सेकसन के कालखण्ड में शब्द pygg का उच्चारण पग (pug) की तरह होता था। लेकिन जैसे ही y का उच्चारण उ (u) से आई (i) में परिवर्तित हुआ, पग (pygg) फलत: पिग (pig) की तरह उच्चारित होने लगा। शायद, संयोग से पुरानी अंग्रेज़ी में खेत के पशु pig के लिए picga शब्द था, मध्य अंग्रेज़ी में सम्भवत: इस जानवर के क्रिया कलाप, जो मिट्टी और गन्दगी में लोटता था इसी कारण पिगी (pigge) शब्द की उत्पत्ति हुई।

अगले दो सौ से तीन सौ वर्षों तक मिट्टी (pygg) और जानवर (pigge) एक ही समान उच्चारित किये जाने लगे और यूरोपियन धीरे-धीरे ये भूल गये कि पग (pygg) एक समय मिट्टी निर्मित बर्तनों मर्तबान और कप के लिए सन्दर्भित था। अठारहवीं शती तक pygg के अक्षर विन्यास बदल गये और पग जार के स्थान पर पिग बैंक विकसित हो गया। उन्नीसवीं शती में जब अंग्रेज़ कुम्हारों के पास पग बैंक बनाने के लिए अनुरोध आया तो उन्होंने पिग के स्वरूप का बैंक उत्पादित करना शुरू कर दिया। यह देखने में सुन्दर, ग्राहकों तथा बच्चों के लिए आकर्षक व प्रसन्न करने वाला था। एक बार जब मिट्टी पदार्थ से विशेष आकृति में हस्तान्तरित हो गया तब उसके बाद पिगी बैंक (गुल्लक) अन्य पदार्थों से जैसे काँच, सिरेमिक, पोर्शलीन, प्लास्टर और प्लास्टिक से भी बनने लगे।

एक वैकल्पिक सिद्धान्त जर्मनी और आसपास के देशों में प्रचलित है, कि पिग सौभाग्य का सूचक है। यह विश्वास किया जाता था कि पिग के आकार वाले गुल्लक में पैसे रखने से क़िस्मत चमक जायेगा। नववर्ष पर तथाकथित भाग्यशाली पिग जर्मनी में उपहार स्वरूप आदान-प्रदान किये जाते थे।

केवल पश्चिमी यूरोप ही गुल्लक नहीं बनाते थे, बल्कि जापान में मनिको निको या पैसे वाली बिल्ली, अक्सर घरों में सौभाग्य लाने के लिए, गृहस्थी की तक़दीर सँवारने के लिए, रखा जाता था। मनिको निको अक्सर गुल्लक की तरह परिवार के लिए चिल्लर और पैसे रखने के लिए उपयोग में लाया जाता था।

और भी दिलचस्प बात है, कि पहला असली गुल्लक, टेरेकोटा बैंक जो पिग की आकृति का, जिसके ऊपर सिक्के डालने के लिए खाँचा बना होता था उसे जावा में चौदहवीं शती में बनाया गया था। इन घरेलू बैंक का वर्णन करते हुए इंडोनेशिया की भाषा में इसे सेलेनगन कहा गया, जिसका अर्थ 'जंगली सूअर की तरह' है।

अभिनन्दन पत्र (ग्रीटिंग कार्ड)

विश्व में ग्रीटिंग कार्ड के सबसे बड़े उत्पादक होलमार्क कॉर्ड्स और अमेरिकन कॉर्ड्स हैं। अनुमान लगाया जाता है कि अकेले यूके में ही प्रत्येक व्यक्ति एक साल में औसतन 55 कार्ड भेजता है, और ग्रीटिंग कार्ड के व्यापार को 10 करोड़ पौंड का बनाता है। ग्रीटिंग कार्ड भेजने का प्रचलन की शुरुआत के लिए इतिहास में झाँकने पर, प्राचीन चीनी नववर्ष मनाने के लिए शुभ सन्देशों का आदान-प्रदान करते थे, और प्रारम्भिक मिस्र के लोग जो पेपरिस पौधे से बने घुमावदार काग़ज़ पर शुभ सन्देश सम्प्रेषित करते थे। पन्द्रहवीं शती के प्रारम्भ में यूरोप में हाथ से बने ग्रीटिंग कार्ड का आदान-प्रदान होता था। जर्मनी के लोगों को लकड़ियों के साँचे से नववर्ष का अभिनन्दन पत्र मुद्रित कराने का ज्ञान 1400 ई. के प्रारम्भ से था, और पन्द्रहवीं शती के मध्य में यूरोप के विभिन्न भागों में हाथ से बने काग़ज़ के प्रेम-पत्रों की अदला-बदली होती थी।

1850 ई. तक ग्रीटिंग कार्ड एक अपेक्षाकृत महँगा, हस्त निर्मित और हाथ से दिये जाने वाले उपहार के स्थान पर, एक लोकप्रिय, व्यक्तिगत संचार का सस्ता माध्यम बन गया। इसने नयी प्रवृत्तियों को प्रारम्भ किया जैसे 1843 ई. में लन्दन में सर हेनरी कोले द्वारा विशेष रूप से बनाया गया क्रिसमस कार्ड, 1849 ई. में यूएस में इस्थर हॉलैंड द्वारा वेलेंटाइन कार्ड का प्रथम संस्करण और 1860 ई. में कम्पनियाँ जैसे मार्कस वार्ड ऐंड कम्पनी, गूडाल और चार्ल्स बेनेट ने बहुतायत में ग्रीटिंग कार्ड उत्पादित किये। हालाँकि, अमेरिका में ग्रीटिंग कार्ड उद्योग प्रारम्भ करने का श्रेय 1856 ई. में लुइस प्रांग को दिया जाता है। 1870 ई. के प्रारम्भ में प्रांग ने क्रिसमस कार्ड का भव्य संस्करण निकाला जिसे इंग्लैंड में तैयार बाज़ार मिल गया। 1875 ई. में उन्होंने अमेरिकावासियों के लिए क्रिसमस कार्ड का पहला पूरा पंक्ति शुरू कर दिया।

आज के बहुत से अग्रणी ग्रीटिंग कार्ड के प्रकाशक 1906 ई. में चित्रों के बनिस्पत भावनाओं के प्रदर्शन के चलन पर अधिक ध्यान देने की शुरुआत की। उन्होंने छपाई की तकनीक में, कलात्मकता और साज-सज्जा प्रक्रिया जैसे प्रमुख नवाचारों को ग्रीटिंग कार्ड के लिए सम्मिलित किया। 1930 ई. में रंगों की लियोग्राफ़ी एक ऐसी ही खोज थी। द्वितीय विश्व युद्ध के दौरान अमेरिका ग्रीटिंग कार्ड उद्योग ने अपने संसाधनों को जमा किया और सरकार की सहायता करने के लिए युद्ध बोंड बेचकर समुद्रपार स्थित सैनिकों को कार्ड प्रदान कराया। इस अवधि को यूएस डाक सेवा के साथ इसके घनिष्ठ सम्बन्धों की शुरुआत के रूप में चिह्नित किया जाता है। हास्यपूर्ण ग्रीटिंग कार्ड जिन्हें स्टूडियो कार्ड के नाम से भी जाना जाता है 1940 ई. के उत्तरार्द्ध और 1950 ई. में लोकप्रिय हो गया। इंटरनेट के आगमन के साथ इलेक्ट्रॉनिक कार्ड, ई-कार्ड अब बहुत ही लोकप्रिय हो गये हैं।

पैराशूट्स

पैराशूट्स के लिए प्राचीनतम सबूत 1470 ई. में इटली की पाण्डुलिपि में दिखाई देता है। लियोनार्डो डा विंकी ने 1485 ई. के लगभग एक अधिक जटिल रचना को स्केच किया था। 2000 ई. में अंग्रेज़ ऐडरीयन निकोलस द्वारा उसके प्रारूप की सम्भाव्यता को सत्यापित किया गया था। हालाँकि आधुनिक पैराशूट अठारहवीं शती के अन्त तक आविष्कृत नहीं हुआ था जब तक कि फ्रांस में लुइस सेबेस्टिन लेनोरमंड द्वारा 1783 ई. में पहला सार्वजनिक छलाँग नहीं लगायी गयी। दो साल बाद उन्होंने पैराशूट शब्द पर मुहर लगायी जिसका अर्थ 'वह जो गिरने से सुरक्षित रखता है।' 1802 ई. में ऐंड्रे जैक्युइस गारनेरिन ने इंग्लिश चैनल को गुब्बारे पर पार किया और लन्दन में गुब्बारा और पैराशूट अवरोहण का प्रदर्शन किया। 1808 ई. में पोलिश गर्म हवा के ग़ुब्बारे से उड़ान भरते समय जोरदाकी पूपेरेंटो के गुब्बारे में आग लगने के बाद पहली बार पैराशूट द्वारा उन्हें बचाया गया। 1837 ई. में, अंग्रेज़ कलाकार रॉबर्ट कोकिंग पहले व्यक्ति थे जो पैराशूट दुर्घटना में जान गँवा दिये। 1887 ई. में अमेरिकन गुब्बारेबाज़ और विमानन अग्रणी मेजर थॉमस ऐस बल्डविन ने पहली बार पैराशूट से काम लेने का आविष्कार किया। 1911 ई. में कैलिफ़ोर्निया के वेनिस बीच के ऊपर हवाई जहाज़ से ग्रांट मॉर्टन ने पहली पैराशूट से छलाँग लगायी थी। 1912 ई. में रूस के अन्वेषक ग्लेब कोटेलनिकोव ने पैराशूट में ब्रेक या दिशा निर्देश का प्रदर्शन एक रूसोबेल्ट मोटर गाड़ी जो उच्चतम गति से चल रही थी उसकी गति को अवरोधित करते हुए किया। उन्होंने पहला थैला पैराशूट का विकास किया।

स्टीफ़ेन बेनिक ने 1914 ई. में पहला सेना के लिए पैराशूट बनाया जिसने प्रथम विश्व युद्ध में यूएस के वायुसेना के बहुत से उड़ाकाओं को सुरक्षित रखने में मदद की। पागल मेजर के नाम से विख्यात, थॉमस ओर्डी लीज़, ने प्रदर्शित किया कि पैराशूट का उपयोग कम ऊँचाई से सफलतापूर्वक किया जा सकता है। 1916 ई. में

सोलोमन ली वेन मीटर जूनियर ने पिट्ठू (पीठ पर रखने वाला) विमानन सुरक्षा पेटी में निम्न को जोड़ दिया, जिसमें त्वरित खुलने वाले यन्त्र, जो खींचने वाली रस्सी से जुड़ा होता, गिरते हुए उड़ाका के सुरक्षित होने के बाद ही केनोपी का विस्तार होता था। सभी आधुनिक पैराशूट में खींचने वाली रस्सी होती है।

1927 ई. में इटली के साथ बहुत से देशों ने पैराशूट का उपयोग कर दुश्मनों की पंक्ति के पीछे सिपाहियों को उतारने का प्रयोग किया। मार्केट गार्डन ऑपरेशन 1944 ई. में द्वितीय युद्ध के दौरान सहयोगियों द्वारा संचालित अभी तक का सबसे बड़ा वायु सेना का ऑपरेशन माना जाता है। 1937 ई. में आर्कटिक में सोवियत हवाई जहाज़ों ने पहली बार उत्तरी ध्रुव के प्रथम उत्तरी ध्रुव अभियान में मानव युक्त बहते हुए बर्फ़ स्टेशन को खींचने में ढलान पैराशूट द्वारा सहारा प्रदान किया। ये ढलान विमानों को छोटे बर्फ़ के प्रवाह पर सुरक्षित रूप से उतरने की अनुमति प्रदान किया था। 1960 ई. के प्रारम्भ में नये खेल पैराशूट का विकास हुआ। 1970 ई. के अन्त तक पैराफोइल्स बहुत लोकप्रिय हुआ, जो पंखों की तरह दिखता है और विमान की तरह संचालित किया जा सकता है।

टेनिस गेंद

टेनिस शब्द फ्रेंच के tenez शब्द से आया है, जिसका उच्चारण टेने, जिसका अर्थ 'स्थान ग्रहण करना' या बस 'शुरू करो'। यह खेल हज़ारों वर्ष पहले शुरू हुआ। इसे साधुओं द्वारा खेला जाता था और jeu de paume या हाथ की हथेली नाम से जाना जाता था। सम्भवतः अनुमान यही है, कि रेकेट एक हाथ की हथेली में पकड़ा जाता था, और गेंद लकड़ी का बना होता था। बाद में खिलाड़ी चमड़े का दस्ताना और चमड़े की गेंद का उपयोग करने लगे, आदमी या जानवर का बाल, ऊन, भूसा या कुछ भी जो हाथ में आ जाये उसे भरकर तन्तु से सिल देते थे। इन प्रारम्भिक गेंदों में उछाल नहीं होता था जो वास्तविक खेल को आज से बहुत अलग बनाता था।

यह विकासशील खेल रईसों को बहुत पसन्द आया और असली टेनिस को दरबारी खेल की तरह खेला जाने लगा। 1480 ई. में फ्रांस के लुइस XI ने गेंदों के अन्दर चाक, बालू, भूसा या मिट्टी भरने पर रोक लगा दी और कहा कि अच्छे

चमड़े में ऊन को भर कर बनाया जाये। अन्य प्रारम्भिक टेनिस गेंद स्कॉटिश शिल्पी द्वारा भेड़ या बकरी के ऊनी पेट से बनाकर रस्सी द्वारा बाँध दिया गया। सोलहवीं शती के दौरान कुछ अंग्रेज़ों ने टेनिस गेंद को, आदमियों के बाल और पुट्टी को साथ मिलाकर बनाया। सोलहवीं शताब्दी का एक अन्य संस्करण जानवरों के फ़र, जानवरों की आँत और मांस से बनी रस्सी और पाइन की लकड़ी से बना गेंद स्कॉटिश महलों में पाया गया। अठारहवीं शती में ऊन की पट्टियों को एक मूल के चारों तरफ़ कस कर घेरा बनाकर, कई पट्टियों को रोल कर छोटा-सा गेंद बनाया, विभिन्न दिशाओं से रस्सी को गेंद के ऊपर बाँधा और सफ़ेद कपड़ा को चारों ओर से ढकते हुए सिल दिया।

1870 ई. के प्रारम्भ में मेजर वाल्टर क्लोपटन विंगफ़िल्ड और हेरी जेम के अग्रणी प्रयास से ब्रिटेन में लॉन टेनिस संशोधित खेल के रूप में प्रकट हुआ। विंगफ़िल्ड ने टेनिस सेट का व्यापार किया, जिसमें जर्मनी से मँगाया गया ठोस रबर का गेंद भी सम्मिलित था। ये हल्के, राखी या लाल रंग के, बिना कवर के थे। रबर कोर पर चारों ओर से फ़्लेनल से ढक कर सिलने से उसके पहनने और दिखने के गुण में सुधार हो गया था। 1882 ई. तक विंगफ़िल्ड ने, मेल्टोन मोब्रे, इंग्लैंड में बने मोटे कपड़े में लिपटे अपने टेनिस गेंद का प्रचार किया था।

उसके बाद गेंद के आन्तरिक भाग को खोखला बना कर विकसित किया गया और 1920 ई. के उत्तरार्ध में इसे गैस के साथ दबा कर बनाया। इस परिवर्तन से टेनिस में बहुत उन्नति हुई, क्योंकि नये गेंद में बेहतर और ज़्यादा उछाल था, जो तेज़ी से शॉट्स की अनुमति देता था। 1972 ई. से आधिकारिक रूप से टेनिस की गेंद का रंग टेलिविज़न पर दृश्यता को बेहतर करने के लिए पीला कर दिया गया। केवल विम्बलडन ने इस अभियान का विरोध किया। उन्होंने 1986 ई. तक पारम्परिक सफ़ेद गेंद का उपयोग किया था।

कन्फ़ेटी

कन्फ़ेटी अक्सर ख़ुशी दर्शाने के लिए, परेड, उत्सव और शादी के अवसर पर छोड़ा जाता है। यह अधिकतर छोटे काग़ज़ के टुकड़े, पतले पोलिस्टर की परत और धातु पदार्थ से बना होता है। यह विभिन्न रंग और आकार में उपलब्ध है जैसे सितारा और बर्फ़ीले कण। अंग्रेज़ी का यह शब्द कन्फ़ेटी इटली के एक इसी नाम के मिष्ठान से सम्बन्धित है, एक छोटी-सी मिठाई जिसे पारम्परिक कर्निवाल (मेला) के दौरान फेंका जाता था। पन्द्रहवीं शती के दौरान केन्द्रीय इटली के L' Aquila प्रान्त के सुलमोना टाउन में सम्भवतः खोजा गया, जहाँ आज भी इसका बनना और बेचना जारी है। ड्रेगी नाम से भी इसे जाना जाता है, इटली की कन्फ़ेटी में जॉर्डन बादाम, चीनी लेपित बादाम या अन्य चीनी लेपित नट, निहित रहता है। यह शब्द इटली के शब्द कंफिट से उत्पन्न हुआ, जैसे कंफिटर में इसका अर्थ फल या जेम को संरक्षित रखना है। इटैलियन शब्द पेपर कन्फ़ेटी के लिए कोरियंडोलि है, जिसका अर्थ धनिया (कोरियंडर) है, जिसका अर्थ हो सकता है कि मूल रूप से मिठाई में बादाम के नहीं अपितु धनिया के बीज होते हों। परम्परानुसार इटैलियन कन्फ़ेटी विभिन्न रंगों में बने होते थे, और उत्सव के दिन अतिथियों को दिये जाते थे, अक्सर छोटे बैग में लपेटकर जो हल्के जाल (रेशमी पतली जाली) से बने होते थे। रंगों का अलग-अलग पारम्परिक अर्थ होता था–नीला या गुलाबी रंग बेप्टीसम के लिए, लाल जन्मदिन या ग्रेजुएशन के लिए, हरा सगाई के लिए, सफ़ेद शादी के लिए और बहुत से रंग सालगिरह के लिए। शादी के अवसर पर, कहा जाता है कि ये नव दम्पती को आशा देते हैं कि उनका विवाह उर्वर (फलदायक) होगा। अंग्रेज़ों ने उन्नीसवीं शती में कन्फ़ेटी को विवाह के अवसर के लिए पारम्परिक चावल, पत्ती और फूल को अपनाया, असली मिठाई के स्थान पर प्रतीक रूप में रंगीन काग़ज़ के टुकड़ों का उपयोग किया। साइंटिफ़िक अमेरिकन पत्रिका के 1885 अंक में दर्ज किया है कि

पेरिस में 1881 ई. के नववर्ष की संध्या पर रंगीन काग़ज़ के टुकड़े लोगों के ऊपर छोड़े गये। 1900 ई. के प्रारम्भ में कन्फ़ेटी मशीन से निर्मित होने लगा और पूरे विश्व में बिकने लगा। उन्नीसवीं शताब्दी के दौरान मेक्सिको में उत्सव की छुट्टियों में जैसे ईस्टर, सिंको डी मायो और मेला में एक लोकप्रिय खेल विकसित हुआ जिसमें अंडे के शेल से भरे कन्फ़ेटी को दोस्तों के सिर पर फोड़ना होता था। शादी समारोह में प्राकृतिक फूलों की पंखुडियों की कन्फ़ेटी, फ्रीज़ से फूलों की पंखुड़ियों को सुखा कर बनाते हैं, आजकल सूखे फूलों की कन्फ़ेटी बहुत लोकप्रिय हो गया है।

क्या आप जानते हैं?

कन्फ़ेटी गिनिस बुक ऑफ़ वर्ल्ड रिकोर्ड में सूचीबद्ध किया गया है। कैलिफ़ोर्निया के केसे लरायन के पास कुछ 1700 विशिष्ट आकार के कन्फ़ेटी का संग्रह है जिसमें हॉट डॉग, ऐलविस प्रेसले (प्रसिद्ध गायक), परियाँ, समुद्री लुटेरे, हेयर ड्रायर, नेलपोलिश और लिपस्टिक आकृति की कन्फ़ेटी भी शामिल है।

1800 ई. तक के अविष्कार

बिंगो

बिंगो खेल का इतिहास जानने के लिए, इसके सदृश अन्य खेल जैसे हाउज़ी, टमबोला, और केनो के लिए पीछे वापस 1530 ई. तक जाना होगा, राज्य से संचालित होने वाली इटैलियन लॉटरी जिसका नाम Lo Giuoco del Lotto d'Italia था, जो आज भी प्रत्येक शनिवार को इटली में खेला जाता है। 1770 ई. के अन्त तक यह खेल इटली से फ्रांस में शुरू हुआ। जहाँ इसे 'ले लोट्टो' कहा गया, यह रईसों के बीच खेला जाता था। जल्दी ही इस लॉटरी जैसे बिंगो खेल के लिए पूरा यूरोप बावला हो गया। 1850 ई. में जर्मन भी इस खेल के एक संस्करण को खेलने लगे, लेकिन वे इसका उपयोग विद्यार्थियों की शैक्षणिक सहायता के रूप में, उन्हें हिज्जे, जानवरों के नाम और पहाड़ा याद कराने में करने लगे।

जब यह खेल बीसवीं शती में उत्तरी अमेरिका में पहुँचा तो इसे बीयानो नाम से जाना गया। यह एक देश के मेला का खेल था, जहाँ एक विक्रेता सिगार के डिब्बे से नम्बर डिस्क चुन कर देता था और खिलाड़ी फलियों के साथ अपने कार्ड को चिह्नित करता था। यदि वो जीत गया तो बीयानो चिल्लाता था। 1920 ई. के पूर्वार्द्ध में पीट्सबर्ग, पेनिसिलवानिया के आसपास, हग जे वार्ड ने आन्दोत्सव के अवसर पर आधुनिक खेल को मानकीकृत किया।

1929 ई. में दिसम्बर की एक शाम, न्यूयॉर्क के एक खिलौनों के सेल्समेन जिनका नाम ऐडविन ऐस लावे था, जेक्सनविल्ली, फ़्लोरिडा के पास देश के आन्दोत्सव (मेला) में आया। एक कोष्ठ को छोड़ मेले के सारे बूथ बन्द पड़े थे, जिसमें लोग ठसाठस भरे थे।

एक घोड़े की नाल के आकार की मेज़ पर ही सारे क्रियाकलाप केन्द्रित थे, जो नम्बर लिखा हुआ कार्डबोर्ड शीट, नम्बर किये हुए रबर स्टैम्प और सूखी फलियों से ढका हुआ था। लोट्टो खेल में थोड़ा परिवर्तन के साथ वार्ड के नियमों के अनुसार

इसे बीयानो नाम से खेला जा रहा था। उस रात लावे ने बीयानो खेलने का बहुत प्रयास किया परन्तु, याद करते हुए उन्होंने कहा कि 'मैं एक स्थान प्राप्त नहीं कर सका...खिलाड़ियों को व्यावहारिक रूप से खेल का नशा हो गया था।' न्यूयॉर्क से

घर वापस आने के बाद लावे ने बीयानो खेल जिसको उसने देखा था संचालित करना शुरू किया। उसके मित्रों ने उसे पसन्द किया। जल्दी ही वे उसी उत्साह और तनाव के साथ बीयानो खेलने लगे जैसा उन्होंने मेले में देखा था। एक सत्र के दौरान, विजेताओं में से एक कूद गया, उत्साह और जोश में घिग्घी बँध गयी और बीयानो चिल्लाने की जगह हकलाते हुए बोला बी-बी-बी-बी-बिंगो! लावे ने बाद में बताया कि उसी क्षण उसने निर्णय कर लिया कि इस खेल का व्यापार बिंगो के रूप में करेगा। बिंगो की त्वरित सफलता ने लावे की कम्पनी को अपने पैरों पर खड़ा कर दिया। बिंगो खेल के इतिहास में, 1930 ई. में न्यूयॉर्क के टिनेक शस्त्रागार में सबसे बड़ा बिंगो खेल 60,000 खिलाड़ियों के साथ खेला गया, जबकि अन्य 10,000 दरवाज़े पर से वापस कर दिये गये, और 10 मोटर गाड़ी पुरस्कार में दी गयी थीं। 1940 ई. तक बिंगो खेल पूरे यूएस में खेला जाने लगा। आज अकेले उत्तरी अमेरिका में ही प्रत्येक सप्ताह $ 900 लाख से अधिक बिंगो खेल पर ख़र्च होता है।

श्रवण सहायक यन्त्र

श्रवण सहायक यन्त्र (hearing aid) का प्रथम प्रमाण 1588 ई. में प्रकाशित Magiae Naturalis (प्राकृतिक जादू) नामक पुस्तक में मिला। इस ग्रन्थ में इटैलियन लेखक जीयोवनी बट्टिस्ता पोर्टा ने नक्काशीदार लकड़ी के, बेहतर श्रवणेन्द्रियों वाले जानवर के कान की आकृति के श्रवण यन्त्र का वर्णन किया है, जैसे बिल्ली। 1600-1700 ई. के दौरान श्रवण यन्त्र नाल (तुरही) लोकप्रिय था। वो एक सिरे पर ध्वनि को इकट्ठा करने के लिए चौड़ा, दूसरे सिरे पर पतला जो ध्वनि को सीधे आवर्धित कर कान में पहुँचाता था, जो जानवरों के सींग, समुद्री सीप (शंख), काँच और बाद में ताँबा और पीतल से बनता था। लुडविग वेन बीथोवन तुरही वाली श्रवण यन्त्र के ख्यातिप्राप्त उपयोगकर्ता थे।

1700 ई. के दौरान हड्डी संचालन की खोज हुई। इस प्रक्रिया में ध्वनि कम्पन सीधे मस्तिष्क को, खोपड़ी (Skull) द्वारा संचारित होता है। छोटे पंखे के आकार का यन्त्र कान के पीछे लगाते हैं जो ध्वनि तरंगों को एकत्र कर कान के पीछे की छोटी हड्डी द्वारा सीधे मस्तिष्क को भेजती है। लन्दन के फ्रेड्रिक रेन ने 1800 ई. में पहले पूर्णरूपेण श्रवण यन्त्र का उत्पादन किया। उन्होंने कर्ण नाल, श्रवण पंख और वार्तालाप नलिका का उत्पादन किया।

उन्नीसवीं शती के दौरान छुपे हुए या दिखाई न देनेवाले श्रवण सहायक यन्त्र लोकप्रिय हुए। कोच, कोलर, हेयर स्टाइल या वस्त्रों में जोड़कर ये साज सज्जा का सामान बन गया। कुछ ने अपनी बड़ी दाढ़ी में उसे छुपाने का प्रयास किया। राज दरबार के सदस्यों ने तो श्रवण यन्त्रों को अपने सिंहासन में ही बनवाया था। घुटनों के बल बैठकर बोलने वाली प्रजा की आवाज़ को इकट्ठा कर विशेष नलिका द्वारा उनके आरामदायक राजगद्दी के हत्थे में शामिल कर दिया जाता था। इन्हें एक

नलिका द्वारा विशेष इको चेम्बर में भेजते थे, जो सम्राट के सिर के पास खुलने के पहले संवर्धित होता था।

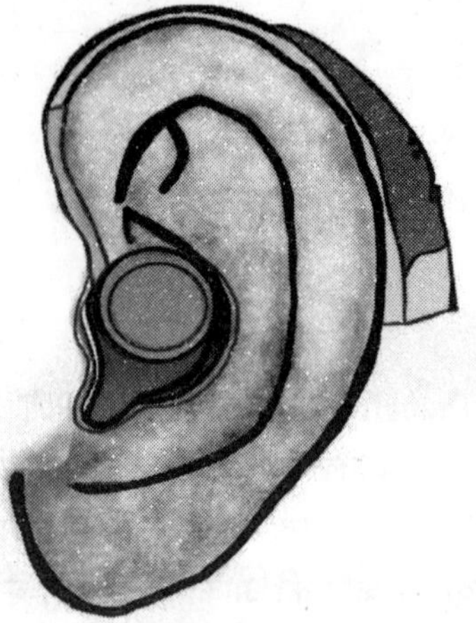

1876 ई. में अलेक्ज़ेंडर ग्राहम बेल के टेलिफ़ोन के आविष्कार के बाद पहला इलेक्ट्रॉनिक श्रवण सहायक यन्त्र बना। बेल ने अपने टेलिफ़ोन में ध्वनि को इलेक्ट्रॉनिकली संवर्धित करने के लिए कार्बन माइक्रोफ़ोन और बैटरी का उपयोग किया था। इसी अवधारणा को श्रवण यन्त्र उत्पादकों ने अपनाया था। सबसे पहले में से एक, मोंटाना से जे सी चेस्टर द्वारा पहला वहन करने योग्य श्रवण यन्त्र लिखित रूप में पाया गया था। इन श्रवण यन्त्रों को जटिल बक्सों में दृश्य तार और भारी बैटरी के साथ रखते थे, जो कुछ घण्टे ही चलता था। 1899 ई. में अकौफ़ोन कम्पनी के मिल्लर रीज़ हचिसन ने पहला व्यावहारिक इलेक्ट्रिकल श्रवण यन्त्र कार्बन ट्रांजिस्टर और बैटरी का उपयोग कर पेटेंट कराया। ये इतना बड़ा था कि इसे मेज़ पर ही रखना पड़ता था। इसके बाद श्रवण यन्त्र के विकास में ध्यान इसे छोटा करने पर केन्द्रित किया गया, पहले वैक्यूम ट्यूब का उपयोग होता था, तब ट्रांजिस्टर और अन्त में इंटिग्रेटेड सर्किट। जेनिथ ने पहली बार आल ट्रांजिस्टर श्रवण यन्त्र 1952 ई. में शुरू किया। आज पूर्ण डिजिटल प्रोग्रामेबल इतना छोटा श्रवण यन्त्र आ गया है जो कान के पीछे आराम से फिट हो जाता है।

परकार

परकार (Drawing Compasses) या जोड़ा परकार एक तकनीकी चित्र बनाने वाला यन्त्र है जिससे विद्यालय का बच्चा-बच्चा वाक़िफ़ है। स्कूलों में रेखागणित की क्लास में उत्तम गोला या चाप बनाते वक़्त इसका उपयोग करते हैं। मानचित्रों पर दूरी नापने के लिए भी जोड़ा परकार का उपयोग कर सकते हैं। मनुष्य प्राचीन काल से ही परकार को जानता है और इसका उपयोग भी करता रहा है। वस्तुत: प्राचीन मिस्र में मूलभूत शिक्षा के साधन के रूप में इसका उपयोग होता था। यूक्लिड के सारे सिद्धान्त मात्र दो उपकरणों से सिद्ध हो जाते हैं, एक जोड़ा परकार का और दूसरा सीधा किनारे वाली इंच पटरी। परकार के मूल बनावट में तभी से कोई परिवर्तन नहीं हुआ, परन्तु इसे बनाने के लिए पीतल आदि के स्थान पर स्टील और प्लास्टिक जैसे पदार्थों का उपयोग होने लगा। कुछ मध्यकालीन यूरोपियन कलाकृति में ईश्वर के मूल सृजन के प्रतीक रूप में परकार को दिखाया गया है, अर्थात् उत्पत्ति।

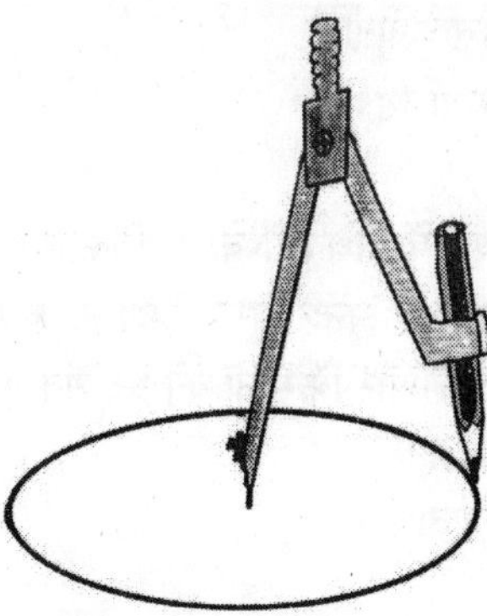

1606 ई. में प्रसिद्ध इटली के वैज्ञानिक गैलीलियो गैलिली ने परकार को समर्पित कर एक निबन्ध प्रकाशित किया जिसका नाम 'Le operazioni del compasso geometrico et militare' (ज्यामितिक और सैनिक परकार की क्रियाविधि)। उन्होंने ड्रॉइंग परकार में अंकित पैमाना भी जोड़ा और चक्रवृद्धि ब्याज तथा अन्य फलन को चित्रमय (graphical) संगणना द्वारा दर्शाया। परकार का सबसे प्रसिद्ध साहित्यिक उपयोग 1611 ई. में जॉन डोनी द्वारा उनकी रचना A Valediction : Forbidding Mourning (विदाई भाषण : शोक निषेध) में दिखता है। कवि ने आध्यात्मिक प्रेम के सामर्थ्य को दर्शाने में परकार की उपमा दी है। उन्होंने अपने प्रेमी को परकार के स्थिर पैर के समान और स्वयं को मुक्त गतिमान पैर की तरह से तुलना की :

यदि वे दो हैं तो वे दो ही हैं
जैसे परकार के दृढ़ जुड़वाँ पद दो हैं
तेरी आत्मा, एक स्थिर पैर,
जो दिखावा नहीं करती गति के लिए,
जब पहला स्थिर रहता है, तभी दूसरा चलता है
जबकि वो केन्द्र में बैठी है,
तभी तक, जब तक दूसरा दूर तक घूम रहा है,
यह झुक जाती है, और उसके बाद सुनती है,
और सीधी हो जाती है, जैसे ही वो घर आता है,
तू मुझ पर ऐसे ही फ़िदा हो, कौन सा चाहिए,
वही जो दूसरे पैर की तरह झुककर दौड़ती है
तेरी दृढ़ता बस मेरा वृत्त बनाती है,
जहाँ से मैंने प्रारम्भ किया था।

क्या आप जानते हैं ?

पूर्वी जर्मनी के पूर्व देशों में हथियारों के आधिकारिक कोट पर हथौड़ी और परकार को एक राई के छल्ले के अन्दर मुख्य अंश के रूप में शामिल किया गया था। ये वस्तुएँ श्रमिक, बौद्धिक और किसानों को प्रदर्शित करती थीं।

दादा घड़ी

दादा घड़ी, सच कहें इसे बड़े केस वाली घड़ी कह सकते हैं, ऊँची, मुक्त रूप से खड़ी, वज़न चालित पेंडुलम घड़ी जिसके केस के अन्दर ही पेंडुलम स्थित होता है। दादा, दादी और पोती ये शब्द लम्बे केस वाली घड़ी के लिए लागू किये जाते हैं। एक सामान्य सहमति से मान लिया गया कि 5 फ़ीट से छोटी घड़ी पोती, 5 फ़ीट से 6 फ़ीट के बीच दादी और 6 फ़ीट से ज़्यादा बड़ी दादा घड़ी है। अधिकतर लम्बे केस की घड़ियाँ प्रत्येक घण्टे पर या आधे घण्टे पर घण्टा बजाती हैं। 1680 ई. में ब्रिटिश घड़ीसाज़ विलियम क्लिमेंट ने पहली लम्बे केस वाली घड़ी निर्मित की। किंवदन्ती है कि पीयर्सब्रिज, उत्तरी योर्कशायर, इंग्लैंड के ज़ॉर्ज होटल के गोष्ठी कक्ष में एक विशेष लम्बे केस वाली घड़ी रखी थी, जो आज भी वहीं खड़ी है। कहा जाता था कि यह असाधारण रूप से सटीक समय बताती थी। होटल मालिक के पास एक जोड़ा कुँवारे, जेनक्सिंस भाई थे। जब एक भाई गुज़र गया तब सटीक समय बताने वाली घड़ी आश्चर्यजनक ढंग से धीमी पड़ गयी। शुरू में यह एक दिन में 15 मिनट सुस्त हो जाती थी, लेकिन अनेक घड़ीसाज़ इसके समय को दुरुस्त करने का बहुत प्रयास किये और अन्ततः छोड़ दिये, तो वह एक दिन में एक घण्टा से भी ज़्यादा सुस्त हो गयी। दूसरे भाई की मृत्यु के उपरान्त घड़ी ने पूर्ण रूप से

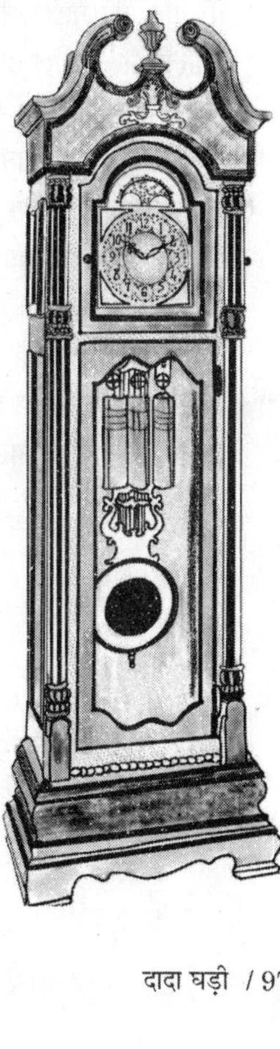

चलना बन्द कर दिया। होटल के नये प्रबन्धक ने उसे मरम्मत कराने का कभी प्रयास भी नहीं किया। उसने गोष्ठी कक्ष के एक कोने में जहाँ धूप आती थी वहीं खड़ी कर छोड़ दिया, माना जाता है कि जिस समय अन्तिम जेनकिंस भाई ने अन्तिम साँस ली घड़ी की सूई उसी पल वहीं थम गयी। क़रीब 1875 ई. में हेनरी क्ले वर्क नामक एक अमेरिकन गीतकार इंग्लैंड की यात्रा के दौरान उसी ज़ॉर्ज होटल में रुके हुए थे। उन्होंने जब इस पुरानी घड़ी की दास्ताँ सुनी, तब उसे देखते हुए उन्होंने उस पर एक गीत की रचना करने का निश्चय किया। 1876 ई. में वापस अमेरिका आने के बाद एक गीत प्रकाशित किया जिसके बोल थे 'My Grandfather's Clock'। गीत को बड़ी सफलता मिली, इस संगीत की लाखों से अधिक प्रतियों की बिक्री हुई और दादा घड़ी बोल लोकप्रिय हो गया। गीत का प्रथम पद और कोरस निम्नलिखित है :

मेरे दादा की घड़ी अलमारी के लिए बहुत बड़ी थी,
इसलिए नब्बे साल तक ज़मीन पर खड़ी थीं;
ख़ुद उस बूढ़े व्यक्ति से डेढ़ गुना ऊँची थी,
हालाँकि उसका वज़न ज़रा सा भी ज़्यादा नहीं था।
ये उस दिन की सुबह ख़रीदी गयी जिस दिन वो जन्म लिए,
और वो हमेशा उनका ख़ज़ाना और गौरव था ;
लेकिन वो तुरन्त रुकी–फिर नहीं चली–जब वो बूढ़ा गुज़र गया।
कोरस
नब्बे साल बिना थप्पड़ मारे चली (टिक, टिक, टिक, टिक),
उसकी ज़िन्दगी के पल गिने (टिक, टिक, टिक, टिक),
वो तुरन्त रुकी–फिर नहीं चली–जब वो बूढ़ा गुज़र गया।

डाक टिकट

अनेक व्यक्तियों ने डाक टिकट की संकल्पना का दावा किया है। 1680 ई. में विलियम डोकरा और उनके पार्टनर रॉबर्ट मूर्रे ने लन्दन में पेनी पोस्ट की स्थापना की थी। जो लन्दन में पत्र तथा छोटे पार्सल एक पेनी में पहुँचाते थे। अधिकतर इतिहासकार इसे ही दुनिया की पहली आधुनिक डाक सेवा मानते हैं। हालाँकि आजकल से भिन्न, पत्र के पहुँचने और प्राप्त करने के बाद ही डाक शुल्क का भुगतान किया जाता था। 1835 ई. में ऑस्ट्रो-हंगेरियन एक प्रशासनिक कर्मचारी लोवरेंक कोसरि ने दबाये हुए काग़ज़ के वेफ़र्स का उपयोग कर कृत्रिम ढंग से डाक शुल्क को चिपकाने का सुझाव दिया था। 1838 ई. में जेम्स चालमर्स एक स्कॉटिश मुद्रक और प्रकाशक ने भी चिपकाने वाले डाक टिकट की खोज का दावा किया और अपना प्रस्ताव ब्रिटिश सामान्य डाक घर में जमा किया।

हालाँकि, जहाँ तक हमारी जानकारी है, कि सबसे पहले यूके में 1840 ई. में डाक विभाग में शिक्षकों, आविष्कारकों और समाज सुधारक सर रोलैंड हिल, द्वारा डाक में सुधार कर उसको बढ़ावा देने के लिए, डाक टिकट को शुरू किया गया। हिल का मुख्य उद्देश्य डाकखाने के स्थायी वित्तीय घाटे को पलटना था, जिसके लिए वह डाकघर में वृहद् सुधार के नाम से अपने प्रस्ताव को लाये। उन्होंने समान रूप से चार पैसा पोस्ट को अपनाने के लिए संसद को आश्वस्त किया, जो 1839 ई. से प्रभावी हुआ। पहला पेशगी (प्रीपेड) डाक टिकट ब्लैक पेनी मई 1840 ई. में बिक्री के लिए उपलब्ध हो गया। दो दिन बाद दो पेन्स ब्लू डाक टिकट भी शुरू किया गया। दोनों ही टिकटों पर युवा महारानी विक्टोरिया का चित्र उकेरा गया था, लेकिन काला रंग टिकट के लिए उपयुक्त नहीं था क्योंकि कैंसिल करने का निशान उस पर मुश्किल से दिखता था। इसलिए 1841 ई. के बाद सारे टिकट लाल ईंट के रंग के छपने लगे। जल्दी ही दूसरे देश ने भी इसका अनुसरण कर अपने स्वयं के टिकट बनाना प्रारम्भ किया। 1843 ई. में स्विट्ज़रलैंड ने ज्यूरिक 4 और 6 रेप्पन (स्विट्ज़रलैंड के मुद्रा की इकाई) का डाक टिकट जारी किया। ब्राज़ील ने उसी साल बैल की आँख वाला टिकट जारी किया, सम्राट पेड्रो II ने अपने चित्र के स्थान पर अमूर्त रचना का चयन किया, जिससे डाक चिह्न से उनकी छवि ख़राब न हो। भारत में पहली बार अक्टूबर 1854 ई. में चार प्रकार के मूल्यों वाला टिकट जारी किया गया–आधा आना (पुरानी भारतीय मुद्रा की इकाई), एक आना, दो आना (हरा) और चार आना। अन्त वाला दुनिया का, पहला में से एक, दुरंगा (लाल और नीले रंग का) टिकट था। सभी चारों पर युवा महारानी विक्टोरिया के विभिन्न रूपों को चित्रित किया गया जो कलकत्ता में बनाया व छापा गया था। डाक टिकटों के शुरू करते ही यूके में पत्रों की संख्या, अविश्वसनीय रूप से बढ़ गयी। 1850 ई. तक भेजे गये पत्रों की संख्या 760 लाख से बढ़ कर 3500 लाख तक हो गयी, और 20वीं शती के अन्त तक लगातार बढ़ता रही। आजकल ई-मेल ने डाक टिकटों का उपयोग ज़बरदस्त ढंग से घटा दिया है।

दफ़्ती/गत्ता (कार्डबोर्ड)

कार्डबोर्ड शब्द का उपयोग बहुत पहले क़रीब 1683 ई. में हुआ था, जब यह कहा गया था कि 'पिछली सदी के प्रिंटर व्याकरण में वर्णित म्यान/कोश गत्ता या दफ़्ती के थे'। पहले व्यावसायिक गत्तों के बक्से 1817 ई. में इंग्लैंड में उत्पादित किये गये थे। ये भारी मोटे काग़ज़ को मोड़कर और काटकर बक्स के आकार के बनाये गये थे।

नालीदार या परतदार काग़ज़ सामान्य काग़ज़ से अधिक मज़बूत होता है। 1856 ई. में इंग्लैंड में हीले और ऐलेन ने इसे पेटेंट कराया, और मूलरूप से इसे लम्बे फ़र वाले हेट के अस्तर के तौर पर लोकप्रियता दिलायी। 1871 ई. तक एक तरफ़ नालीदार गत्ता पेटेंट हुआ और जलपरिवहन में उपयोग किया गया। न्यूयॉर्क शहर के अल्बर्ट ऐल जॉन्स को यह पेटेंट प्राप्त हुआ, जिन्होंने बोतल और लालटेन की काँच की चिमनी को लपेटने के लिए उपयोग किया। 1974 ई. में जी स्मिथ ने बहुतायत में नालीदार दफ़्ती निर्मित करने के लिए मशीन बनायी। उसी साल ओलिवर लोंग ने जॉन्स की रचना में सुधार कर आधुनिक दोनों तरफ़ से नालरनुमा गत्ते का खोज की। 1884 ई. में स्वीडिश रसायनज्ञ कार्ल ऐफ डहल ने पाया कि यदि काग़ज़ की लुग्दी मृदुवृक्ष की लकड़ी, जैसे पाइन से बनायी जाये तो क्राफ़्ट काग़ज़ दृढ़ बन सकता है। आज नालीदार गत्ता क्राफ़्ट पेपर के कई परतों को बारम्बार S आकार में सिकोड़कर बनाया जाता है जिसे नालीदार या धारीदार नाम से जाना जाता है। क्राफ़्ट पेपर की और परतें अस्तर कही जाती हैं जिसे धारीदार पेपर के दोनों तरफ़ चिपकाते हैं। स्कॉटलैंड में पैदा हुए रॉबर्ट गायर जो ब्रूकलिन, न्यूयॉर्क में मुद्रण और काग़ज़ से थैला बनाने का कार्य करते थे, उन्होंने 1890 ई. में पहले से गत्ते को काटकर या गत्ते से ही डिब्बा बनाने का आविष्कार किया। गायर ने अकस्मात् ही इसको खोजा था। एक दिन बीज के बैग पर छपाई का आदेश पाने के उपरान्त, छपाई करते समय थैले को मोड़ने का निशान बनाने वाली धातु की पटरी अपने स्थान से थोड़ा खिसक

गयी और क्रीज़ बनने की जगह गत्ता कट गया, जल्दी ही गायर ने खोजा कि वो एक ही क्रिया में गत्ते को काटकर और मोड़कर, सस्ता पहले से बना बनाया गत्ते का

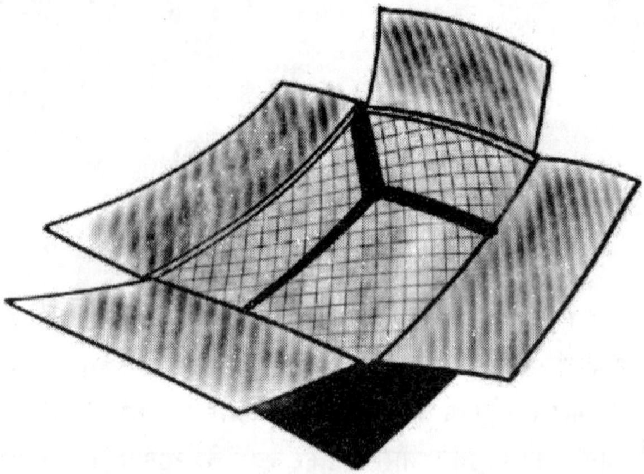

डिब्बा बना सकते हैं। बीसवीं शती में गायर ने नालीदार गत्ते के उपलब्ध होने पर, अपने विचार का उपयोग उस पर भी किया। जल्दी ही नौपरिवहन में गत्ते के डिब्बों ने लकड़ी के सन्दूक और पेटी का स्थान ले लिया। इससे नौवहन का सम्पूर्ण भार कम हो गया और अन्ततः लदान की लागत भी कम हो गयी। केल्लोग कम्पनी ने सर्वप्रथम अनाज के लिए दफ़्ती के डिब्बों का उपयोग किया, और शिकागो की किचेफ़र कंटेनर कम्पनी ने दूध के लिए दफ़्ती के डिब्बों को विकसित किया।

सुप्रसिद्ध केनेडियन-अमेरिकन वास्तुकार फ़्रेंक गेहरी ने 1969 ई. और 1973 ई. के बीच ईज़ी ऐजेस दफ़्ती के फ़र्नीचर की रचना दुनिया के लिए शुरू किया। बहुत-सी कम्पनियाँ आज दफ़्ती के मेज़, कुर्सी और डेस्क बना और बेच रही है जो हज़ारों पौंड का भार सह सकती हैं।

कैमरा

फ़ोटोग्राफ़ी कैमरा प्राचीन चीन और मिस्र में प्रकाशयुक्त कैमरा (काला कैमरा) के आधार पर कार्य करता है। किसी बाहरी दृश्य का उल्टा प्रतिबिम्ब एक पिनछिद्र या लेंस का उपयोग कर प्राप्त करते हैं। 1685 ई. में जर्मन के जोहान जान ने पहला प्रकाशयुक्त कैमरा, फ़ोटोग्राफ़ी के आविष्कार के 150 वर्ष से अधिक पहले बनाया था, जो छोटा, सुवाह्य (सुगमता से वहन करने योग्य) और फ़ोटो खींचने के लिए व्यावहारिक था। लगभग 1827 ई. में फ्रांस के जोसेफ़ निप्से ने प्राचीनतम ज्ञात फ़ोटो लिया था। उसके बाद जल्दी ही अन्य अन्वेषकों ने डेग्यूरियो और केलो की तरह कि फ़ोटोग्राफ़ी की बेहतर प्रक्रिया को खोजा। लेकिन इस फ़ोटोग्राफ़िक प्रक्रिया का आधार भी 17वीं शताब्दी के जान के कैमरे के समान ही था। इनमें एक खिसकाने वाला लेंस वाला डिब्बा, अगले हिस्से में रहता था, और दूसरा उसके पीछे थोड़ा छोटा डिब्बा जो फ़ोकस करने के लिए खिसकाया जा सकता था। 1870 ई. में यान्त्रिक शटर खोजा गया, जिससे प्रकाश का संसर्ग समय कम किया जा सके।

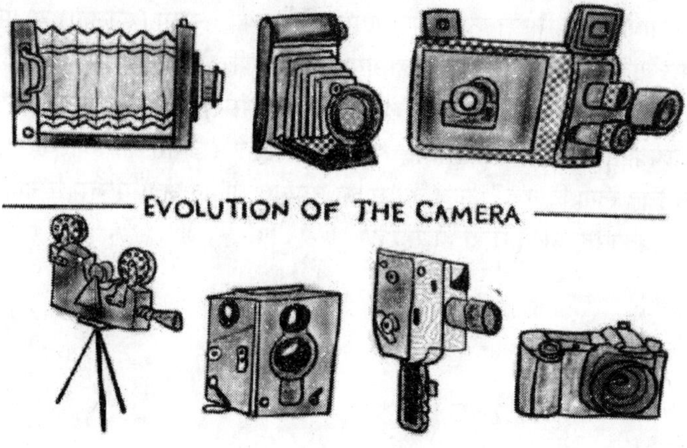

फ़ोटोग्राफ़िक फ़िल्म पहले काग़ज़ का होता था और बाद में 1885 ई. में अमेरिकन ज़ॉर्ज ईस्टमेन द्वारा सेल्यूलॉयड से बनाया गया। उन्होंने पहला सफल कैमरा बनाया कोडक, जो 1888 ई. में बिक्री के लिए गया। यह एक साधारण सस्ता डिब्बा, साथ में एक नियत फ़ोकस दूरी वाला लेंस, एक गतिशील शटर और 100 एक्सपोज़र के लिए फ़िल्म। 1900 ई. में ईस्टमेन ने और सरल, सस्ता कैमरा डिब्बा, ब्राउनी को शुरू किया जो जल्दी ही बहुत लोकप्रिय हो गया। ब्राउनी ने व्यापक रूप से शौक़िया फ़ोटोग्राफ़ी, जैसे कि अनौपचारिक तस्वीर और पोस्टकार्ड तस्वीर के लिए सक्षम बना दिया। जर्मन कम्पनी लिट्ज़ में कार्यरत ओस्कर बरनेक ने एक सुगठित कैमरे का आविष्कार किया, जिसमें छोटे निगेटिव का उपयोग होता था, जैसे 35 मिमी. चौड़ा सिनेमा फ़िल्म। लिट्ज़ ने दुनिया का पहला 35 मिमी. कैमरा Leical शुरू किया। एक लेंस परावर्ती (SLR) कैमरा अपने ही लेंस का उपयोग कर, जो फ़ोटो लेना है उसको वैसा ही पहले दिखा देता है। 1936 ई. में Kine Ex-akta, 35 मिमी. के फ़िल्म का उपयोग करने वाला पहला कैमरा था। पोलरोयड मॉडल 95 दुनिया का पहला तत्क्षण कैमरा था, जिसे अमेरिका के ऐडविंड लैंड ने खोजा और बनाकर 1948 ई. में आरम्भ कर दिया। यह एक मिनट से अल्प समय में अनावरित निगेटिव को तैयार पोज़िटिव प्रिंट में निर्मित कर देता था। पहला सस्ता पोलरायड कैमरा मॉडल 20 Swinger का शुभारम्भ 1965 ई. में किया गया, जो सर्वकालिक सबसे ज्यादा बिकने वालों में से एक, सफलतम कैमरा था। फूज़ी ने सदाबहार उपयोग कर फेंकने वाला या एक बार उपयोग करने वाले कैमरा से 1986 ई. में परिचित कराया।

आधुनिक डिजिटल कैमरा के आगमन के साथ, अनुरूप (ऐनलॉग) या फ़िल्म कैमरा बाज़ार से पूर्णरूपेण ग़ायब हो गया, तस्वीर खींचने के लिए यह फ़ोटोग्राफ़िक फ़िल्म के स्थान पर इलेक्ट्रानिक छवि संवेदक (सेंसर) और स्मृतिपटल (मेमोरी) का उपयोग करता है। स्मार्ट मोबाइल ने आम जीवन में कैमरा की उपस्थिति पर ही प्रश्न चिह्न लगा दिया है? आज कैमरा का उपयोग सीमित क्षेत्रों में जैसे सिनेमा, टी. वी., पत्रकारिता आदि में ही हो रहा है।

नेलपोलिश और रिमूवर

चीन और जापान में प्राचीन काल से ही नाख़ूनों को रँगने की परम्परा चली आ रही है। प्राचीन मिस्र के लोग भी मेहँदी से नाख़ूनों को रँगते थे, जबकि इंकास (दक्षिण अमेरिका की एक जनजाति) अपने उँगलियों के नाख़ूनों को ईगल (बाझ) के चित्र से सजाते थे। सत्रहवीं और अठारहवीं शताब्दी के यूरोप में, चित्रों में चमकदार, पोलिश किये हुए नाख़ून चित्रित हैं। उन्नीसवीं शती के प्रारम्भ तक, नाख़ूनों को सुगन्धित लाल तेल से रंगकर, सिर्फ़ पोलिश करने की जगह मुलायम चमड़े जैसे कपड़े से रगड़कर चमकाते थे। यूरोप और अमेरिका की उन्नीसवीं शती की पाककला की पुस्तकों में यहाँ तक कि नाख़ून पेंट बनाने के दिशा निर्देश दिये हुए हैं। तब उन्नीसवीं और बीसवीं शती के प्रारम्भ में नाख़ून रंगने के स्थान पर वापस पोलिश करने लगे। लोग अपने नाख़ूनों पर रंगीन पाउडर और क्रीम से मालिश कर, रगड़ कर चमकदार बनाते थे। 1911 ई. में स्टेनफ़ोर्ड, कनेक्टिकट की नोरदेन वारेन कम्पनी ने क्यूटेक्स को शुरू किया। यह उत्पाद क्यूटिकल ऐवस्ट्रेक्ट था इसलिए इसका नाम क्यूटेक्स पड़ा। क्यूटेक्स ने पहला नाख़ून रँगने का उत्पाद 1914 ई. में शुरू किया। 1917 ई. में उन्होंने पहला रंगीन तरल नेल पोलिश, मोटरगाड़ी के पेंट के अन्तिम स्वरूप को अपनाकर शुरू किया। 1925 ई. तक तरल नेल पोलिश बाज़ार में छा गया। 1928 ई. में क्यूटेक्स ने ऐसीटोन आधारित रिमूवर शुरू किया, जो घरेलू उपयोग के लिए सुरक्षित था, इसने किशोरियों के बीच नेल पोलिश की बिक्री को बढ़ा दिया। चार्ल्स रेवसन, उनके भाई मार्टिन रेवसन और एक रसायनविद् चार्ल्स लेचमेन ने न्यूयॉर्क में चार्ल्स रेवसन कम्पनी की शुरुआत की। उनके लिए फ्रांस के मिशेल मेनार्ड श्रृंगार कलाकार की तरह कार्यरत थे। मेनार्ड इनेमल से प्रेरित होकर, कार पर उपयोग होने वाली तकनीक से आश्चर्यजनक रूप से लम्बे समय तक चलने वाला नेलपोलिश बना लिए। कम्पनी के संस्थापक ने सोचा कि

यह सशक्त उत्पाद है, इसे निर्मित करने के लिए कार्यशाला स्थापित करें। कम्पनी ने अपना नाम बदलकर रेवलोन किया यहाँ ऐल लेचमेन के लिए निर्धारित है, और 1932 ई. में पहला आधुनिक नेलपोलिश, शृंगार प्रसाधन तथा सैलून में बिकना शुरू हो गया। कालान्तर में 1937 ई. तक उन्होंने लिपस्टिक को भी नेलपोलिश के साथ, मेल के कारण दवा की दुकानों और विभागीय स्टोर द्वारा बेचना शुरू करा दिया। आज भी क्यूटेक्स और रेवलोन दोनों मुख्य ब्रांड हैं।

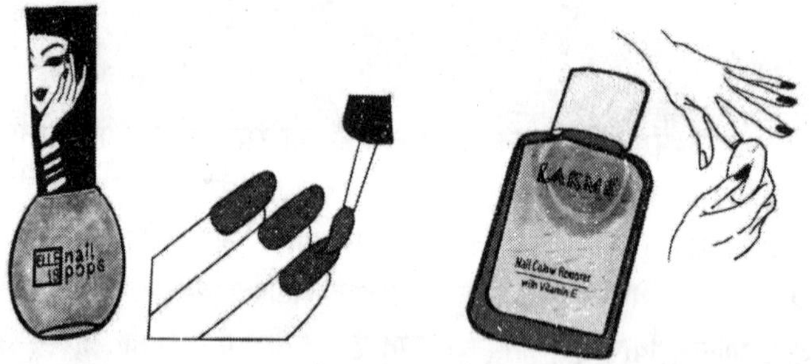

सबसे आम तरह का नेलपोलिश रिमूवर में आज भी ऐसीटोन का उपयोग होता है, जो शक्तिशाली और प्रभावशाली है परन्तु त्वचा और नाख़ून के लिए कठोर है। आमतौर पर ऐक्रिलिक से बने कृत्रिम नाख़ून को हटाने के लिए भी इसका उपयोग कर सकते हैं। सामान्य विकल्प के रूप में ऐसीटोन रहित, इथाइल ऐसिटेट वाला नेलपोलिश रिमूवर उपयोग किया जाता है। यह मृदु विलायक होता है इसलिए कृत्रिम नाख़ूनों पर से केवल नेलपोलिश को ही हटाता है। स्वास्थ्य को ध्यान में रखते हुए आज कल इसे पूर्ण प्राकृतिक पदार्थों से जैविक अपघट्य उत्पाद की तरह बनाते हैं।

क्रेडिट कार्ड

1730 ई. में क्रिस्टोफ़र थॉमसन, एक अंग्रेज़ फ़र्नीचर के व्यापारी ने पहला ज्ञात क्रेडिट का विज्ञापन दिया जिसमें उन्होंने फ़र्नीचर के मूल्य के भुगतान प्रक्रिया के लिए साप्ताहिक भुगतान करने की पेशकश की। इस विचार को लेकर एक मुंशी की तरह साप्ताहिक भुगतान की गणना करने वाले व्यक्ति का उपयोग बीसवीं शती के प्रारम्भ तक किया गया। मुंशी जी कपड़े बेचते थे और हिसाब रखते थे जिससे ग्राहक हफ़्ते-हफ़्ते, छोटा-छोटा भुगतान कर सकते थे। लोग जो भी ख़रीदते थे, उसकी गणना रखते थे एक लकड़ी के स्टिक पर चिह्न लगा कर चिह्नित करते थे। 1800 ई. के उत्तरार्द्ध में, व्यापारी नियमित रूप से क्रेडिट पर माल का आदान-प्रदान, मुद्रा के रूप में कार्य करने वाले क्रेडिट सिक्कों और प्रभावी प्लेट्स के साथ विनिमय करते थे। 1900 ई. के प्रारम्भ में अमेरिकन तेल कम्पनी और विभागीय दुकानों ने मालिकाना कार्ड जारी किया जिसे वो केवल अपने व्यापार में स्वीकार करते थे। क्रेडिट का यह तरीक़ा 1914 ई. में एक क़दम और आगे बढ़ा, जब वेस्टर्न यूनियन ने अपने नियमित ग्राहकों को धातु की मुद्रा, एक धातु का कार्ड ब्याज़ रहित भुगतान में अन्तर के लिए जिसका उपयोग किया। 1930 ई. के दौरान, अन्य उद्योग जैसे, पेट्रोलियम, टेलिफ़ोन, रेलमार्ग और वायुमार्ग ने लोगों के लिए इसी प्रकार के कार्ड को पेश करना शुरू किया।

द्वितीय विश्व युद्ध के दौरान सारे क्रेडिट और प्रभावी कार्ड्स पर यूएस ने रोक लगा दी। हालाँकि, युद्ध समाप्ति के बाद व्यापार फिर से फलने-फूलने लगा। 1946 ई. में, ब्रूक्लिन, न्यूयॉर्क में एक साहूकार जॉन बिग्गिंस द्वारा पहले बैंक कार्ड को शुरू किया गया जिसका नाम चार्ज ईट था। ख़रीदारी केवल स्थानीय स्तर पर हो सकती थी, और कार्डधारक का खाता बिग्गिंस बैंक में होना आवश्यक था।

1949 ई. में फ्रेंक मेकनामरा नामक व्यक्ति ने न्यूयॉर्क के एक जलपानगृह में व्यापारिक रात्रिभोज दिया, लेकिन वो अपना बटुआ (wallet) लाना भूल गये थे। इस अनुभव ने उन्हें नगद के विकल्प की आवश्यकता को समझाया। अगले वर्ष मेकनामरा और उनके साथी ने एक छोटा 'डिन्नर्स क्लब कार्ड', नामक कार्डबोर्ड कार्ड शुरू किया। मुख्यरूप से यात्रा और मनोरंजन के लिए इसका उपयोग होता था, असल में यही पहला क्रेडिट कार्ड था। हालाँकि, तब भी हर महीने पूरे बिल का भुगतान करना होता था। 1958 ई. में अमेरिकन एक्सप्रेस ने अपना क्रेडिट कार्ड, डिनर्स क्लब से मुक़ाबला करने के लिए शुरू किया।

1958 ई. में बैंक ऑफ़ अमेरिका ने पहला रिवॉल्विंग क्रेडिट कार्ड जारी किया। बैंक अमेरिकार्ड, पहला था जिसने कार्ड धारकों को भुगतान करने की सुविधा पेश की; उन्हें हर महीने पूरे बिल का भुगतान देने की आवश्यकता नहीं थी।

1966 ई. में अमेरिकन बैंक के एक समूह ने एक साथ मिलकर लेनदेन क्रियान्वित करने के लिए कार्ड जारी किया, इंटर बैंक कार्ड एसोसिएशन (IBCA) बनाया, जिसे आज MasterCard के नाम से जानते हैं। बैंक ऑफ़ अमेरिका ने उसी साल बैंक अमेरिका सर्विस कॉर्पोरेशन की स्थापना की, जिसे अब VISA कहते हैं। आज VISA और MasterCard दुनिया का प्रमुख क्रेडिट कार्ड समूह है।

रोलर स्केट्स

सर्दियों में डच के जमे हुए नहरों पर स्केटिंग लम्बे समय से यात्रा का लोकप्रिय साधन रहा। लेकिन एक अज्ञात डच आविष्कारक के मन में, अठारहवीं शती के प्रारम्भ में, गर्मी में स्केट करने की चाहत उत्पन्न हुई। उन्होंने लकड़ी की चर्खी (रील) को कील से लकड़ी की प

इस तरह सूखी ज़मीन पर स्केट या स्कीइंग का आविष्कार हो गया। पहले लिखित रोलर स्केट की खोज बेल्जियम के जॉन जोसेफ़ मर्लिन ने की थी। 1760 ई. में उन्होंने धातु के पहिये वाले प्राचीन रेखीय स्केट का प्रदर्शन किया और यहाँ तक कि एक बहाने से पार्टी में अपनी नयी धातु के पहिये वाले बूट को पहनकर सम्मिलित हुआ। वह एक भव्य प्रवेश चाहता था, मर्लिन ने वायलिन बजाते समय स्केट पर रोल करते हुए प्रवेश किया। हालाँकि, वो नृत्य कक्ष के सामने दीवाल के आकार के दर्पण से टकरा गया, गम्भीर चोट के कारण उन्हें अपने आविष्कार को

त्यागना पड़ा। 1819 ई. में फ्रांस के एम पेट्टिब्लेड को रोलर स्केट का पहला पेटेंट प्राप्त हुआ। इसको निर्मित करने के लिए, लकड़ी का सोल बनाकर, बूट के तल में जोड़ा गया, जिसमें दो से चार ताँबा, लकड़ी या हाथी दाँत से बना रोलर एक सीधी रेखा में जड़ दिया गया था। 1823 ई. में पिकेडली, लन्दन के फल विक्रेता रॉबर्ट जॉन टायर ने वोलिटो नामक स्केट को पेटेंट कराया, और वर्णन कुछ इस तरह किया, 'उपकरण जिसे यात्रा या आनन्द के लिए बूट में जोड़ा जाता है।' ये प्रारम्भिक स्केट मुड़ नहीं सकते थे, लेकिन विशेषज्ञ (ऐक्सपर्ट) स्केटर्स अपनी कुछ गतियों को दोहरा लेते थे। 1850 ई. तक बड़ा सार्वजनिक स्केटिंग के लिए बर्फ़ का मैदान कई यूरोपियन शहरों में खुल गया। न्यूयॉर्क शहर में 1863 ई. में एक अमेरिकन खोजी जेम्स लियोनार्ड प्लिमपटन ने पहले की रचना में सुधार का प्रयास किया, चार पहियों वाला मुड़ने वाला रोलर स्केट या चतुरस्केट, चार पहियों के समूह को अगल-बगल जोड़ों में स्थित करके बनाया। यह रचना आसानी से मुड़ सकती थी, स्थिति बदल सकती थी, इसमें पीछे जाने का भी सामर्थ्य था और तुरन्त रुकने की क़ाबिलियत भी थी, इस कारण इसे अपार सफलता मिली। परिणामस्वरूप, प्लिमपटन आधुनिक रोलर स्केट के जनक बन गये।

1880 ई. तक अमेरिका में रोलर स्केट्स बहुतायत में उत्पादित होने लगा। 1884 ई. में लिवेंट एम रिचर्ड्सन ने स्केट के पहियों में स्टील की बॉल बीयरिंग का उपयोग कर, पेटेंट प्राप्त किया, जिस कारण स्केट्स हल्के और घर्षण रहित हो गये। सौ वर्षों से अधिक समय तक, यह चतुष्पदीय स्केट अनिवार्य रूप से अपरिवर्तित और उद्योग पर प्रभावी रहा। अन्त में एक पंक्ति में लगे पहिए वाले स्केट, रेखीय स्केट लोकप्रिय हो गये। 1980 ई. में मिनिपोलीस, मिनेसोटा के स्कोट्ट और ब्रेनान ओलसन भाइयों ने एकरेखीय स्केट बनाया और बेचा, रोलरब्लेड नामक यह स्केट ख़ासकर बाहर बहुत अच्छा चलता है। आजकल ऐसा ही स्केट बाज़ार में छाया हुआ है।

झिलमिली वेनेटियन ब्लाइंड्स

खिड़की की झिलमिली या पट्टीनुमा पर्दा सबसे अधिक उपयोग में लाये जाने वाला खिड़की का पर्दा है। ये प्लास्टिक, धातु, बाँस और यहाँ तक कि लकड़ी से बना, एक पट्टी पर दूसरा उसके ऊपर तीसरा, अर्थात् एक पर एक पट्टी रखे जाते हैं। रस्सी या टेप से सारी पट्टियाँ लटका दी जाती हैं। सारी रेखीय पट्टियाँ एक ही समय में इस प्रकार घुमायी जा सकती हैं, कि एक पट्टी दूसरे पर आच्छादित रहे। यह कमरे में आने वाली प्रकाश की मात्रा को नियन्त्रित करता है। रस्सी से एक अतिरिक्त व्यवस्था प्रत्येक क्षैतिज पट्टी में स्थित होती है, जो उस पट्टी विशेष को ऊपर या नीचे कर सकती है। पट्टियों के बीच की दूरी को अमूमन 25 मिमी. तक बढ़ाया जा सकता है।

18वीं शताब्दी के मध्य तक इतिहास में वापस जाने पर खिड़की पर लगने वाली झिलमिल पट्टी का पता चलता है, परन्तु इसका प्रारम्भिक इतिहास अधिकतर अनुमान पर आधारित है। हालाँकि, इंग्लैंड के गोविन नाइट और ऐडवर्ड बिरेन को झिलमिल पट्टी के खोज का श्रेय दिया जाता है, जिसके लिए उन्हें पेटेंट मिला, यह उल्लिखित है। यह माना जाता है कि इसके पहले भी फ्रांसीसी लोग इन पट्टियों का उपयोग करते थे। हालाँकि, फ्रांसीसियों ने इन पट्टियों को 'les persiennes' के रूप में सन्दर्भित किया, जो एशियन मूल का सुझाव देता है। कुछ लेख बताते हैं कि वो वेनिस वासी थे, जिन्होंने पारसियों से इन पट्टियों के बारे में सीखा, और वो वेनिस वासी दास थे जिन्होंने इसे फ्रांस में आरम्भ किया। 1761 ई. में फ़िलाडेलफ़िया, यूएस में सेंट पीटर्स चर्च पहली इमारत थी जहाँ झिलमिली लगाया गया था। 1767 ई. में यूएस में सर्वप्रथम झिलमिली को बेचने और उसका उपयोग करने का श्रेय जॉन वेबस्टर को प्राप्त होता है। 1787 ई. में झिलमिली जे ऐल ज़िरोम फेरिस द्वारा बनायी गयी पेंटिंग में दिखा जिसका नाम 'The Visit of Paul Jones to the constitutional convention' है। फ़िलाडेलफ़िया के स्वतन्त्रता कक्ष में, यूएस की आज़ादी की घोषणा के लिए तैयार मसौदा पर हस्ताक्षर करते वक़्त अन्य चित्रों में भी झिलमिली दिखाई दिया।

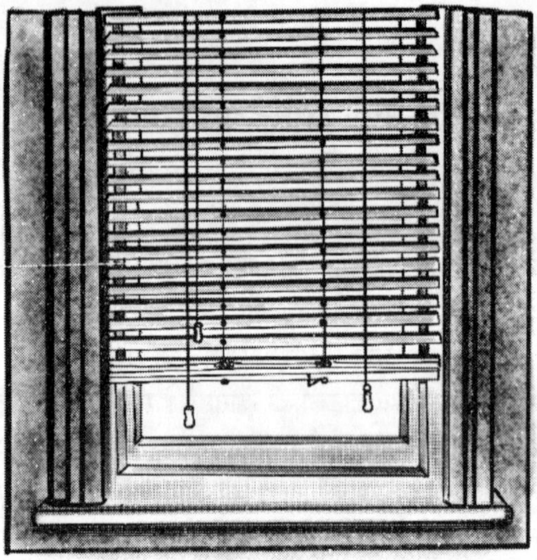

19वीं शताब्दी और 20वीं शताब्दी के मध्य, यूएस के अधिकतर कार्यालयों की इमारतों में, झिलमिली पट्टी का उपयोग, कार्यस्थल पर प्रकाश के प्रवाह को नियन्त्रित करने के लिए किया गया। 1930 ई. के दौरान, न्यूयॉर्क शहर के रेडियो सिटी म्यूज़िक कक्ष और एम्पायर स्टेट इमारत पहला बड़ा आधुनिक कार्यालय कॉम्पलेक्स था जहाँ उनकी खिड़कियों पर झिलमिल पट्टियों का उपयोग किया गया। बर्लिंगटन, वरमोंट की बर्लिंगटन वेनेटियन ब्लाइंड कम्पनी को पूरे एम्पायर स्टेट इमारत के 102 मंज़िल पर फैले हुए 6,500 खिड़कियों को ढकने के लिए इतने बड़े पैमाने पर झिलमिली पट्टियों को भेजने का आदेश प्राप्त हुआ।

इरेज़र (रबर)

कृत्रिम रबर से आदर्श इरेज़र या रबर बनाया जाता है। इरेज़र ग्रेफ़ाइट के कणों को चुन लेता है इसलिए काग़ज़ की सतह पर से पेंसिल का निशान मिटा देता है। रबर के अणु और ग्रेफ़ाइट के अणुओं के बीच आकर्षण बल के सापेक्ष, ग्रेफाईट और काग़ज़ के अणुओं के बीच का आकर्षण बल कम है। इसलिए रबर को पेंसिल से लिखे निशान पर रगड़ते हैं तो ग्रेफ़ाइट काग़ज़ की जगह रबर पर चिपक जाता है।

रबर इरेज़र के पहले, रबर के टेबलेट या मोम का उपयोग काग़ज़ पर से चारकोल या लेड के निशान को मिटाने के लिए किया जाता था। खुरदुरे पत्थर के टुकड़े जैसे बालू काग़ज़, झाँवा पत्थर का उपयोग चर्मपत्र या पेपिरस दस्तावेज़ पर स्याही से लिखे छोटी ग़लतियों को मिटाने के लिए किया गया था। पपड़ी रहित रोटी भी इरेज़र की तरह उपयोग में लाया जाता था; असल में, मेईज़ी काल (1868-1912) में टोकियो के एक विद्यार्थी ने कहा–रबर के स्थान पर रोटी इरेज़र का प्रयोग होता था, और वह किसी भी मात्रा में उन्हें बिना किसी प्रतिबन्ध के मिल जाता था, इसे लेने के लिए इन्होंने कुछ नहीं सोचा और ठोस रोटी को खाकर कम से कम कुछ हद तक अपनी भूख को मिटा लिया था...। पुरानी दुनिया में जब तक प्राकृतिक रबर प्राप्त नहीं हुआ था, तब तक सभी पेंसिल के निशान मिटाने वाले पदार्थों में रोटी सर्वोत्तम पदार्थ था। अंग्रेज़ रसायनशास्त्री और ब्रह्मज्ञानी जोसेफ़ प्रीस्टले ने सबसे पहले पेंसिल का लिखा मिटाने के लिए इसके उपयोग का वर्णन किया था। 1770 ई. में उन्होंने अपनी किताब 'फ़ेमिलियर इंट्रोडक्शन टू द थ्योरी & प्रेक्टिस ऑफ़ पर्सपेक्टिव' में पाठकों को बताया कि रबर से बना पहला इरेज़र कहाँ से ख़रीदें–'मैंने एक पदार्थ देखा जो काग़ज़ पर काली लेड पेंसिल से लिखे निशान को काग़ज़ पर से अच्छे से साफ़ करने के काम

आता है। इसलिए जो लोग चित्र बनाते हैं, उनके लिए यह विलक्षण रूप में उपयोगी होगा। रॉयल एक्सचेंज के सामने, मेथमेटिकल इंस्ट्रुमेंट मेकर में यह मिस्टर नैरने द्वारा बेचा जा रहा है। एक लगभग आधे इंच का चौकोर रबर का टुकड़ा तीन शिलिंग का बिकता है; और वो कहते हैं कि यह कई सालों तक चलेगा।'

हालाँकि प्राकृतिक रबर भी नष्ट होता है। 1839 ई. में अमेरिकन आविष्कारक चार्ल्स गुडईयर ने वलकनीकरण (Vulcanisation) की प्रक्रिया को खोजा, जिसमें सल्फ़र को रबर में मिलाकर, शोधित कर उसे टिकाऊ बनाते हैं। वलकनीकरण के बाद रबर इरेज़र सामान्य हो गया। 30 मार्च 1858 ई. में फ़िलेडेल्फ़िया, यूएसए के हाइमेन लिप्मेन ने पेंसिल के एक अन्तिम छोर पर रबर जोड़कर पहला पेटेंट प्राप्त किया। उनकी पेंसिल में अन्तिम छोर पर सिलिंडर नुमा ख़ाली स्थान बनाकर उसमें रबर को चिपका दिया गया था। 1761 ई. में जर्मनी में सुप्रसिद्ध फेबर केसल कम्पनी की स्थापना हुई, जो आज भी जाना माना नाम है, जो रबरयुक्त पेंसिल बनाती थी। तदोपरान्त, जल्दी ही अन्य कम्पनियाँ भी इसी प्रकार की पेंसिल बनाने लगीं, ये बहुत सस्ती होती थीं इसलिए इसे पेनी पेंसिल भी कहते थे। ये जल्दी ही बेहद लोकप्रिय हो गयी। आज ख़ुशबूदार कार्टून की आकृति वाले रबर बच्चों की पहली पसन्द है।

तत्क्षण कॉफ़ी (इंस्टेंट कॉफ़ी)

तत्क्षण कॉफ़ी जिसे घुलनशील कॉफ़ी या कॉफ़ी पाउडर भी कहते हैं, जो कॉफ़ी की फलियों को, कम ताप और कम दाब पर सुखाकर, या गरम गैस के बीच सुखाकर, फिर उसे पीसकर कॉफ़ी निर्मित किया जाता है। तत्क्षण कॉफ़ी का प्राचीनतम संस्करण ब्रिटेन में लगभग 1771 ई. में खोजा गया होगा। ब्रिटिश सरकार द्वारा इसे कॉफ़ी यौगिक के रूप में पेटेंट दिया गया। पहला अमेरिकी संस्करण 1853 ई. में विकसित हुआ, अमेरिका के गृहयुद्ध के दौरान इसके व्यावहारिक संस्करण का क्षेत्र परीक्षण हुआ। इंवरकारगिल, न्यूज़ीलैंड के मिस्टर डेविड स्ट्रेंज़ द्वारा 1889 ई. में एक तरह के त्वरित कॉफ़ी या विलेय कॉफ़ी को खोजा और पेटेंट कराया। इसे 'स्ट्रेंज़ कॉफ़ी 'के व्यापारिक नाम से बेचा गया, सूखा गरम हवा प्रक्रिया के लिए पेटेंट कराया था। 1901 ई. में शिकागो में कार्यरत एक जापानी वैज्ञानिक सटोरी काटो ने इसी प्रकार के उत्पाद को खोजा, और उस प्रक्रिया का उपयोग कर इसे बनाया, जिसे उन्होंने स्वयं मूलरूप से त्वरित चाय बनाने के लिए विकसित किया था। 1906 ई. में जॉर्ज कोंस्टेंट लुइस वाशिंगटन नामक एक अंग्रेज़ रसायनज्ञ ने अपने ढंग से तत्क्षण कॉफ़ी बनाने की प्रक्रिया को विकसित किया। उसका कॉफ़ी पाउडर 'रेड इ कॉफ़ी 'ब्रांड नाम से 1909 ई. में पहली बार बाज़ार में आया। यूएस के बाज़ार में क़रीब अगले तीन दशक तक यह बाज़ार में हावी रहा, जबकि बहुत से लोग ऐसे थे जो इसके स्वाद को पसन्द नहीं करते थे। 1938 ई. में स्विट्ज़रलैंड की नेस्ले ने नेस्केफ़े ब्रांड प्रारम्भ किया। इसने स्वाद को सुधारने के लिए समान मात्रा में कॉफ़ी सत के साथ घुलनशील कार्बोहाइड्रेट को साथ-साथ सुखाया, और जल्दी ही त्वरित कॉफ़ी का सर्वाधिक लोकप्रिय ब्रांड बन गया।

सेना में त्वरित कॉफ़ी को तत्काल बाज़ार मिल गया। प्रथम विश्व युद्ध में कुछ सिपाहियों ने प्यार से इसका उपनाम 'जॉर्ज की कप' रखा। 1918 ई. में एक

अमेरिकन सैनिक के इस उद्धरण से, इसकी लोकप्रियता पता चलती है जो उसने खाई से अपने घर भेजे गये पत्र में लिखा था : मैं चूहे, बरसात, कीचड़, सूखा, तोप की गर्जना और गोले की चीख़ के बावजूद खुश हूँ। केवल एक मिनट लगता है मुझे अपना छोटा-सा तेल चूल्हा जलाने में और थोड़ा जॉर्ज वाशिंगटन कॉफ़ी बनाने में ... प्रत्येक रात मैं मिस्टर वाशिंगटन के स्वास्थ्य और भलाई के लिए विशेष याचिका दा

द्वितीय विश्व युद्ध तक, तत्क्षण कॉफ़ी सैनिकों के बीच आश्चर्यजनक ढंग से लोकप्रिय था, जॉर्ज वाशिंगटन कॉफ़ी, नेस्केफ़े और अन्य सभी इनकी माँग को पूरा करने के लिए उभरे थे। जल्दी ही द्वितीय विश्व युद्ध के बाद उच्च वेक्यूम में ताप और दाब कम कर सुखाया गया कॉफ़ी विकसित किया गया। 1950 ई. तक बोर्डेन कम्पनी ने तत्क्षण कॉफ़ी बनाने के लिए कार्बोहाइड्रेट मिलाये बिना शुद्ध कॉफ़ी सत को लिया, जो और पसन्दीदा बन गया। 1963 ई. में मेक्सवेल हाउस ने कम ताप और दाब पर कॉफ़ी के दानों को सुखाकर बेचना शुरू किया जो स्वाद में काफ़ी कुछ ताज़ा पिसे कॉफ़ी से मिलता-जुलता था। आज तक़रीबन 15 प्रतिशत यूएस में कॉफ़ी की खपत तत्क्षण रूप में होता है।

तरंगपट्ट (सर्फ़बोर्ड्स)

प्राचीन हवाई में इसका आविष्कार हुआ था। हवाईन भाषा में इसे 'पापा हे'ई नालू' के नाम से बेहतर रूप में जाना जाता है। उन दिनों लहरों पर बहना, लहरों पर सवारी करने की कला से, अच्छी लहर के लिए प्रार्थना करना, तरंगपट्टी के आस-पास की इमारतों के लिए अनुष्ठान करना पूर्णत: उच्च आध्यात्मिक कार्य माना जाता था। लहरों/तरंगों पर बहना मात्र मनोरंजन के लिए नहीं अपितु प्रमुखों के लिए प्रशिक्षण तथा संघर्षों/समस्याओं के समाधान हेतु भी होता था। प्राचीन लहरपट्ट दो प्रकार का होता था : ओलो, जो 14-16 फ़ीट लम्बा और इसकी सवारी प्रमुख तथा धनाढ्य लोग ही कर सकते थे, और 10-12 फ़ीट लम्बी अलाइया, जो आम आदमी के लिए होता था। दोनों ही स्थानीय पेड़ों जैसे विली विली, उला और कोआ की दृढ़ लकड़ी से बनाया जाता था, जिसका वज़न 100 पौंड (45 कि. ग्रा.) या उससे थोड़ा अधिक होता था। इनमें डैने (पंख) नहीं होते थे इसलिए किसी भी दिशा में गति नहीं करायी जा सकती थी। हवाई के बिशप संग्रहालय में आज भी सबसे पुराना तरंगपट्ट देखा जा सकता है, जिसका अस्तित्व 1778 ई. में आया था।

उन्नीसवीं शती के मध्य में बहुत से ईसाई धर्म के प्रचारक हवाई आये और तरंगपट्ट का उपयोग क़रीब-क़रीब समाप्त हो गया। बीसवीं शती के उत्तरार्द्ध में

हवाई के लोग, यूरोप और अमेरिका के बाशिन्दे, साथ मिलकर फिर से तरंगपट्ट से लहरों पर बहना शुरू किये। एक पूर्व लहरों पर बहने वाले जॉर्ज फ्रीथ ने 16 फ़ीट के हवाई के तरंगपट्ट को आधा काटकर छोटा पट्ट बनाकर प्रयोग किया। लॉस ऐंजल्स, कैलिफ़ोर्निया में एक रेलवे कम्पनी को बढ़ावा देने के लिए फ्रीथ पहले व्यावसायिक सरफर बने।

अगला मुख्य बदलाव 1926 ई. में हुआ जब टॉम ब्लेक ने पहला खोखला तरंगपट्ट निर्मित किया। यह रेडवुड का बना था जिसमें ड्रिल करके सैकड़ों छेद बनाये गये थे और दोनों तरफ़ से उसे लकड़ी के पतले परत के बीच बन्द कर दिया गया था। ब्लेक का, यह खोखला तरंगपट्टी पानी में बहुत तेज़ बहता था। यह बहुत सफल हुआ और 1930 ई. में वो पहला पट्ट था जो बहुतायत में उत्पादित किया गया। 1935 ई. में ब्लेक ने नियत डैने की खोज की। यह छोटा-सा पंख जो पट्ट के तल से जुड़ा था, उसने पट्ट को किसी भी दिशा में तेजी से मुड़ने की क्षमता और पट्ट को स्थिरता प्रदान की।

1932 ई. तक दक्षिणी अमेरिका के हल्के वज़न वाला बाल्सा वुड तरंगपट्टी बनाने के लिए सर्वाधिक लोकप्रिय था। द्वितीय विश्व युद्ध के बाद हल्के और मज़बूत फ़ाइबरग्लास, प्लास्टिक और स्टाइरोफ़ोम प्रचुर मात्रा में उपलब्ध थे। 1946 ई. में पिटे पीटरसन नामक व्यक्ति ने पहला फ़ाइबरग्लास का पट्ट बनाया। 1950 ई. के अन्तिम दौर में, हवाई के जॉर्ज डाउनिंग ने लोकप्रिय गन तरंगपट्ट विकसित किया, बड़ी लहरों को मार गिराने की क्षमता रखने के कारण यह नाम दिया गया। लगभग 6 फ़ीट लम्बे, ये छोटे पट्ट 1960 ई. के उत्तरार्द्ध में अपने हल्के वज़न, गति

और चारों ओर तेज़ी से मुड़ने के कारण बहुत लोकप्रिय हुए। इन्हें मूलरूप से पॉकेट रॉकेट के नाम से जाना जाता था, और अक्सर इनके पास दो या तीन डैने पानी में अधिक स्थिरता के लिए होते थे। 1970 ई. में ऑस्ट्रेलिया के शेन सटेडमेन ने सस्ता 'पोपआउट' छोटा पट्ट खोजा जो आजकल बाज़ार में प्रभावी हो गया, हालाँकि, पारम्परिक लम्बे पट्ट आज भी लोकप्रिय हैं।

यन्त्रिक पेंसिल

बीसवीं शती के प्रारम्भ में निर्माता, वास्तविक यान्त्रिक पेंसिल के स्थानपर लेड धारक पेंसिल का उत्पादन करने लगे। लेड धारक (होल्डर) एक साधारण नली है जो लेड स्टिक को पकड़े रहती है, लेड के उपयोग के बाद उसे आगे बढ़ाने या उसी राह पर फिर से चलाने का कोई तरीक़ा नहीं था। प्राचीनतम लेड धारकों में से एक ऑस्ट्रेलिया के तट के निकट, ब्रिटिश युद्धपोत HMS पेंडोरा, जो 1791 ई. में ग्रेट बेरियर रीफ़ पर चलने के बाद डूब गया था, उसके मलबा पर पाया गया था। यह लेड धारक दो हिस्सों में बँटा था, अपनी लम्बाई का तीन चौथाई एक तरफ़, ताकि एक आधा नया ग्रेफ़ाइट लेड अन्दर रखने के लिए एक आधा हटाया जा सके। 1783 ई. में वाइट चेपल, लन्दन के थॉमस जोंस ने इस तरह के पेंसिल को पेटेंट कराया। ब्रिटेन के सेम्पसन मोर्डेन और जॉन होकिंस ने रीफ़िल करने वाला पेंसिल, और लेड को सही दिशा में आगे बढ़ाने वाले युक्ति के साथ, 1822 ई. में पहला पेटेंट प्राप्त किया। यह खोज सही अर्थों में यान्त्रिक पेंसिल नहीं था, क्योंकि उपयोगकर्ता को लेड के एक समान छोटे-छोटे टुकड़े अपनी जेब में रखना होता था, ताकि जब आवश्यकता हो उपयोग कर सके। मोर्डेन की कम्पनी सिल्वर नाम से

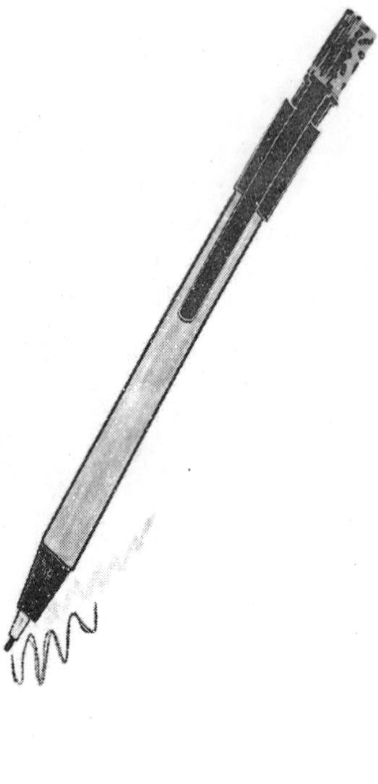

पेंसिल की विस्तृत शृंखला का उत्पादन द्वितीय विश्व युद्ध तक लगातार करती रही। 1822 ई. से 1874 ई. के बीच, 160 से अधिक, यान्त्रिक पेंसिल से सम्बन्धित पेटेंट जारी किये गये। उदाहरण के लिए 1860 ई. के लगभग जर्मनी के ए डब्ल्यू फेबर ने एक मॉडल बनाया। यह पेंसिल वास्तु ड्राफ़्टमेन के लिए विक्रय किया गया, और वो पेंसिल खोखला था जिससे लम्बे लेड को फिट कर सकते थे। 1861 ई. में फेबर ने मरोड़ी क्लच नियन्त्रित तंत्र वाले पेंसिल को भी पेटेंट कराया। 1877 ई. में स्प्रिंग से लेड को पेंसिल में डालने वाले यान्त्रिक पेंसिल पेटेंट हुआ, और मोड़ कर लेड डालने वाले तंत्र को 1895 ई. में पेटेंट प्राप्त हुआ। 1915 ई. में, जापान के टोकूजी हयाकावा ने, नुकीली लेड वाली, स्क्रू आधारित, निकल से बना हुआ टिकाऊ, शेफ्ट युक्त Ever-Ready Sharp Pensil से परिचित कराया। ये पेंसिल बहुत तेज़ी से बड़ी संख्या में बिकने लगा। हयाकावा ने ख़ुद ही शार्प कॉर्पोरेशन की स्थापना, अपनी पेंसिल के नाम पर ही की, आज यह मल्टीनेशनल इलेक्ट्रॉनिक्स कम्पनी है।

तक़रीबन उसी समय अमेरिकन चार्ल्स आर कीरिन ने उसी प्रकार का पतले लेड वाला पेंसिल विकसित किया, जो आजकल की अधिकतर उपलब्ध पेंसिलों में अग्रदूत बन गया। उसकी रचना जिसका नाम उन्होंने Eversharp रखा, जिसका नाम कर्मचारियों के परिस्थिति विज्ञान के अनुरूप उच्चारित, उत्पादन में आसान, टिकाऊ और विश्वसनीय था। यह शेफ्ट आधारित था जबकि हयाकावा का स्क्रू आधारित था। शिकागो की वाह्ल कम्पनी ने 1917 ई. में कीरिन की कम्पनी को ख़रीद लिया और उसकी यान्त्रिक पेंसिल को लाखों में बेचा। दूसरे उत्पादक, जैसे शेफ़र, पार्कर, और वाटरमेन ने जल्दी ही इसका अनुसरण किया। आज इन उत्कृष्ट पेंसिलों के वंशज किसी भी स्टेशनरी या कार्यालय आपूर्ति भण्डार में पाये जा सकते हैं।

डिब्बाबन्द भोजन

डिब्बाबन्द भोजन की कहानी तब शुरू हुई, जब फ्रांस सरकार ने कहा कि, जो कोई भी व्यक्ति, भोजन को संरक्षित रखने का तरीक़ा खोजेगा, उसे 12,000 फ्रेंक के बड़े पुरस्कार से पुरस्कृत किया जायेगा। नेपोलियन का प्रसिद्ध उल्लेख है कि सेना अपने पेट पर यात्रा करती है, क्योंकि उसकी टुकड़ी किसी संग्राम की तुलना में भूख और बीमारी से अधिक नष्ट हुई।

पर्शियन निकोलस ऐप्पर्ट 15 वर्षों के प्रयोग के बाद सफलतापूर्वक अधपका भोजन, हवाबन्द बोतल में रखकर, कॉर्क से सील कर, उबलते पानी में डुबा कर बनाते थे। ऐप्पर्ट के खाद्यपदार्थ का नमूना नेपोलियन की टुकड़ी पर ले जाया गया, जो समुद्री यात्रा पर चार महीने से अधिक समय तक था, और तरोताज़ा था। 1810 ई. में सम्रांट द्वारा उसकी इस खोज के लिए सम्मानित भी किया गया। उसने एक

पुस्तक 'पूरी गृहस्थी पर लिखी थी जिसका नाम आमिष और निरामिष पदार्थों को वर्षों तक संरक्षित करने की कला।' ब्रिटिश व्यापारी पीटर डूरंड ने हवाबन्द टिन के डिब्बे में खाद्य पदार्थ और अन्य ख़राब होने वाले पदार्थ को संरक्षित करने का तरीक़ा 1810 ई. में पेटेंट कराया। संरक्षित करने की शेष प्रक्रिया ऐप्पर्ट के समान ही थी। जंग को रोकने के लिए टिन की एक परत, लोहे के डिब्बे पर होती थी, ऐप्पर्ट के ग्लास बोतल की अपेक्षा इसका उपयोग आसान था। 1812 ई. में डूरंड ने अपना पेटेंट £ 1,000 में दो अंग्रेज़ ब्रायन डोंकिन और जॉन होल को बेच दिया। ब्रमोंडसी, इंग्लैंड में उन्होंने व्यावसायिक डिब्बाबन्द का कारख़ाना स्थापित किया, और 1813 ई. तक ब्रिटिश थल सेना और जल सेना के लिए डिब्बा-बन्द माल उत्पादित करने लगे। पौष्टिक डिब्बाबन्द सब्ज़ियों ने जल्दी ही सेना में स्करवि जैसी बीमारियों को पूर्णत: समाप्त कर दिया।

1820 ई. में सर विलियम ऐडवर्ड पेरी, आर्कटिक के उत्तर पश्चिमी मार्ग के दो अभियान पर गये, और अपनी दोनों यात्रा पर डिब्बाबन्द खाद्यपदार्थ ले गये थे। एक चार पौंड का डिब्बाबन्द भुना हुआ बछड़े का मांस दोनों बार ले गये पर कभी खोले नहीं, उसे एक म्यूज़ियम में संरक्षित रखा गया था, जब तक कि 1938 ई. में उसे खोला नहीं गया, उसके अन्दर की सामग्री को जो सौ साल से अधिक पुराना हो गया था, पूर्णरूपेण खाने योग्य पाया गया था ! लेकिन पहले ये डिब्बे लेड सोल्डर से सील किये जाते थे, जो कभी-कभी लेड विषाक्तता उत्पन्न कर देते थे। 1845 ई. के आर्कटिक अभियान के सुप्रसिद्ध सदस्य सर जॉन फ्रेंकलिन, डिब्बाबन्द कुत्ते के मांस खाने के तीन साल बाद लेड विषाक्तता से गम्भीरता से पीड़ित हुए थे। 1865 ई. में डिब्बे को खोलने वाला आधुनिक यन्त्र खोजा गया, जिससे डिब्बाबन्द उत्पाद और सुविधाजनक हो गया। 1904 ई. में न्यूयॉर्क की सेनिटरी केन कम्पनी द्वारा शीर्ष खुला डिब्बा या सेनिटरी डिब्बा शुरू किया गया। जल्दी ही यह बाज़ार में छा गया क्योंकि यह उत्पादन में आसान, इसमें किसी सोल्डरिंग की आवश्यकता नहीं, जिससे लेड विषाक्तता की सम्भावना भी दूर हो जाती है। आज 600 से अधिक आकार के और स्टाइल के डिब्बे उत्पादित किये जा रहे हैं, और डिब्बाबन्द खाद्य पहले से अधिक लोकप्रिय हो रहे हैं।

स्टेपलर

कागज़ों को एक साथ टाँकने/बाँधने का पहला ज्ञात यन्त्र 18वीं शती में केवल फ्रांस के राजा लुईस XV के उपयोग के लिए बना था। और यहाँ तक कि प्रत्येक हाथ से बना स्टेपल शाही अदालत के प्रतीक चिह्न के साथ अंकित किया गया था। यह मशीन कभी भी बेची नहीं गयी थी, जब 19वीं शती में कागज़ों की माँग बहुत बढ़ गयी थी तब भी नहीं। अमेरिका और ब्रिटेन के खोजी, जल्दी ही अनेक प्रकार के स्टेपलर जैसे यन्त्रों को पेटेंट कराना प्रारम्भ किये और कई प्रतिस्पर्धी, प्रौद्योगिकी बाज़ार में आ गये। यह युद्ध 1940 ई. के अन्त तक इसलिए चलता रहा क्योंकि कोई भी स्टेपलर बहुत उपयुक्त नहीं पाया गया था। उदाहरण स्वरूप 1895 ई. में नोर्वक, कनेक्टिकट की एक ई ऐच होचकिस कम्पनी ने, तथाकथित नम्बर 1 पेपर टाँकने वाला उपकरण बेचना शुरू किया। इस मशीन से तार की एक लम्बी पट्टी का उपयोग कर एक साथ टाँकते थे। इसके आसान उपयोग के कारण यह बहुत लोकप्रिय हो गया और इसका नाम 'होचकिस' पड़ गया। हालाँकि इसकी रचना ऐसी थी, कि काग़ज़ के पुलिन्दे को बाँधने के बाद पत्ती और स्टेपल को अलग करने के लिए एक ज़ोर का आघात/झटका देना पड़ता था। असल में होचकिस का उपयोग करने वाले इस कार्य के

लिए एक मुंगरी तैयार रखते थे। पेटेंट्स के अलावा 1901 ई. में अमेरिकन मुंसेज पत्रिका में पहला स्टेपलर शब्द का उपयोग सेंचुरि पिन पेपर स्टेपलर के प्रचार के रूप में प्रकाशित हुआ था। जिसे हम आज स्टेपलर कहते हैं, इसके लिए 1920 ई. तक पेपर फास्नर, स्टेपलिंग मशीन और स्टेपल बाइंडर जैसे शब्दों का वर्णन मिलता है।

स्टेशनरी के थोक विक्रेता जेक लिंक्सी ने स्विंगलाइन का स्थापना की। जिसे सर्वोत्तम ज्ञात दस्तावेज़ों को टाँकने वाले ब्रांड के रूप में पहचान मिली। 1937 ई. में स्विंग्लाइन ने स्विंगलाइन स्पीड स्टेपलर न॰ 3, पहली बार ऊपर से भरा जाने वाला स्टेपलर विकसित किया। उपयोग में सरल होने के कारण यह तुरन्त लोकप्रिय हो गया। पूर्व निर्मित मॉडल में जहाँ स्क्रू ड्राइवर और हथौड़ी की आवश्यकता स्टेपल को धँसाने के लिए होती थी, वहाँ लिंस्की और उसके इंजीनियर्स ने एक पेटेंट किये हुए इकाई को सृजित किया जिसमें मशीन को बस ऊपर से खोलकर दबाना होता था, स्टेपल सही जगह पर धँस जाता था।

आधुनिक स्टेपलर आभासी रूप में बिल्कुल नहीं बदला, चूँकि, 1937 ई. में लिंस्की ने इसे आदर्श बना दिया था। स्विंगलाइन को एक और श्रेय, सृजनात्मक उत्पाद के लिए मिलता है जो पॉप संस्कृति में मील का पत्थर साबित हुआ, जैसा कि लाल मॉडल कल्ट का ऑफ़िस स्थान। 1950 ई. में स्टेपलर का विद्युत मॉडल खोजा गया, जिससे दस्तावेज़ों को बाँधना पहले से बहुत आसान हो गया।

क्या आप जानते हैं?

आज भी, जापान में स्टेप्लर के लिए 'होचिकिशु' शब्द ही उपयोग में लाया जाता है जबकि यह कम्पनी बहुत पहले ही बाज़ार से बाहर हो गयी थी।

1900 ई. तक के अविष्कार

टाइपराइटर

व्यावसायिक रूप से सफल टाइपराइटर के विकास में अनेक व्यक्तियों का योगदान है। इटली के पेल्लेग्रिनो तुर्री ने 1808 ई. में पहला कार्यकारी टाइपराइटर खोजा। उनके मशीन से टाइप किये गये पत्र आज भी मौजूद हैं। तुर्री ने अपनी मशीन के लिए स्याही उपलब्ध कराने के लिए कार्बन पेपर का भी आविष्कार किया। बहुतेरे प्रारम्भिक मशीन, तुर्री के मशीन भी, इस प्रकार विकसित किये गये थे, कि दृष्टिहीन व्यक्ति भी उस पर लिख (टाइप) सकते थे। 1829 ई. और 1870 ई. के मध्य यूरोप और अमेरिका के बहुत से आविष्कारकों ने छापने या टाइप करने वाली मशीन को पेटेंट कराया, परन्तु उनमें से एक भी व्यावसायिक उत्पादन के लिए नहीं गये। 1843 ई. में, इनमें से कुछ मशीन, जिसमें अमेरिकन चार्ल्स थर्बर की खोज भी सम्मिलित थी, दृष्टिहीनों की सहायता हेतु था। 1855 ई. में, इटली के गियुसेप्पे रविजा ने 'Cembalo scrivano o macchina da scrivere a tasti' नामक आदर्श टाइपराइटर, कुंजी (key) से लिखने वाला बनाया, और ब्राज़ील के सन्त फ्रांसिस्को जोओ डी अजेवेडो ने भी 1861 ई. में टाइपराइटर बनाया। 1865 ई. में डेनमार्क के माननीय रेसमस मल्लिंग हंसेन ने 'हंसेन राइटिंग बोल' टाइपराइटर का आविष्कार किया, जो व्यावसायिक रूप से बेचा जाने वाला पहला

टाइपराइटर था। यह 1870 ई. में उत्पादन के लिए गया। एक बड़े पीतल के गोलार्द्ध पर 52 कुंजियों का व्यवस्थित होना, इसकी विशिष्ट विशेषता थी। यह मशीन यूरोप में बहुत सफल थी, और लन्दन के कार्यालयों में 1909 ई. तक इसका उपयोग होता रहा।

व्यावसायिक रूप से पूर्ण सफल पहला टाइपराइटर 'रेमिंगटन न.1' था। अमेरिका के आविष्कारक क्रिस्टोफ़र शोल्स ने सेमुआल सोले और कार्लोस ग्लिडन की सहायता से इसको रचित किया था। शोल्स & ग्लिडन टाइप-राइटर के नाम से इसका व्यावसायीकरण हुआ, टाइपराइटर शब्द की उत्पत्ति यहीं से हुई थी। रेमिंगटन कम्पनी ने अपने पहले टाइपराइटर का निर्माण 1863 ई. में $125 के मूल्य पर शुरू किया, जिसे विलियम के जिन्नी ने शोल्स की रचना में आगे सुधार कर बनाया था। रेमिंगटन न॰1 ने फूलों तथा अन्य चित्रों को चित्रित किया था, तथा यह देखने में सिलाई मशीन की तरह लगता था। इसमें बेलनाकार पठार जैसे तत्त्व शामिल थे और चार पंक्तिदार क़तार वाला QWERTY कीबोर्ड था, जो मशीन की सफलता के कारण अन्य टाइपराइटर निर्माताओं द्वारा अपनाया गया। परन्तु यह मशीन केवल बड़े अक्षरों (capital letters) को छाप सकता था। शिफ़्ट, और शिफ़्ट लोक कुंजी टाइपराइटर के इतिहास में एक महत्त्वपूर्ण आविष्कार है, जो बड़े और छोटे अक्षरों (big and small letters) को एक ही कीबोर्ड से छापने की अनुमति देता है। इस विशेषता ने टाइपिस्ट की कार्यप्रणाली का सरलीकरण कर दिया, उत्पादन मूल्य को न्यून कर दिया, और इस प्रकार टाइपराइटर का मूल्य कम हो जाता है। 1878 ई. में पहला टाइपराइटर शिफ़्ट कुंजी के साथ रेमिंगटन न. 2 के नाम से बाज़ार में आया।

1880 ई. के मध्य काल के बाद ही कार्यालयों में यह टाइपराइटर आम हुआ। इसी कारण पहली बार अधिक संख्या में महिलाएँ कार्यबल में शामिल हुई। 1909 ई. तक अकेले यूएस में 89 विभिन्न प्रकार के टाइपराइटर मौजूद थे, और 1910 ई. तक यान्त्रिक टाइपराइटर एक मानकीकृत संरचना तक पहुँच गया। कम्प्यूटर युग ने इस पर पूर्णत: विराम ही लगा दिया है।

केलिडोस्कोप

केलिडोस्कोप दर्पण लगा एक सिलिंडर, जिसमें खुला, रंगीन वस्तु, जैसे मोती, पत्थर और काँच के टुकड़े होते हैं। एक छोर से कोई देखता है तो दूसरे छोर से प्रकाश प्रवेश करता है और दर्पणों से परावर्तित होकर आकर्षक रंगीन आकृतियाँ बनती हैं। केलिडोस्कोप शब्द 1817 ई. में स्कॉटिश आविष्कारक सर डेविड ब्रुस्टर ने दिया। यह प्राचीन ग्रीक शब्द से व्युत्पन्न है, 'केलोस' जिसका अर्थ 'सुन्दर, अतिसुन्दर', 'ऐडोस' मतलब 'आकार, रूप जो देखा गया', 'स्कोपीयो' अर्थात् 'देखना, परखना' कुल मिलाकर अर्थ 'सुन्दर आकृतियों को परखने वाला'।

सर डेविड ब्रुस्टर स्कॉटिश भौतिकविद्, गणितज्ञ, खगोलविद्, आविष्कारक, लेखक और विश्वविद्यालय प्राचार्य थे। 1815 ई. में प्रकाश के ध्रुवीकरण पर प्रयोग करते समय वो केलिडोस्कोप की खोज कर गये। जब वो किसी वस्तु को दो दर्पण के अन्त में देख रहे थे तो ब्रुस्टर ने ध्यान दिया कि आकृति और रंग परावर्तित हो पुनः-पुनः नये और सुन्दर रूप में सृजित हो जाते थे। कौतूहलवश उन्होंने एक यन्त्र बनाने का निर्णय किया जो ऐसी आकृतियों को उत्पन्न कर सके। उनकी प्रारम्भिक युक्ति एक नलिका के रूप में थी जिसके एक अन्तिम छोर पर एक जोड़ा दर्पण स्थित था, एक जोड़ा पारभासी डिस्क के बीच मन के दूसरे छोर पर स्थित थे। ब्रुस्टर ने 1817 ई. में इसका नामकरण कर अपने आविष्कार को पेटेंट करा लिया, और सुप्रसिद्ध वैज्ञानिक उपकरणों को निर्मित करने वाले फ़िलिप कारपेंटर को इसके उत्पादन के लिए चुना। मात्र तीन महीने के अन्दर ही लन्दन और

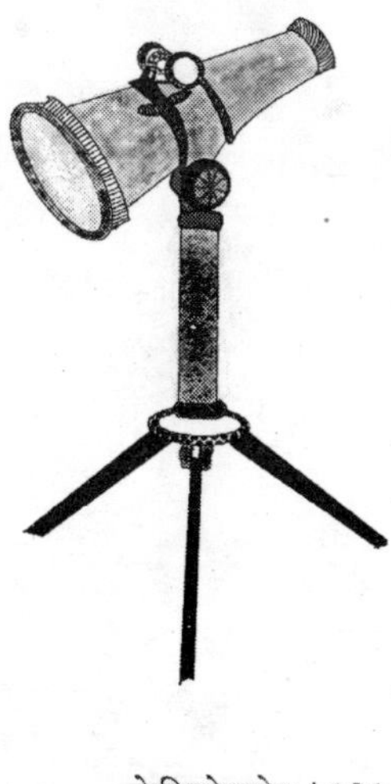

पेरिस में दो लाख केलिडोस्कोप बेचकर अभूतपूर्व सफलता हासिल की। ब्रुस्टर ने सोचना शुरू किया कि वो अपने इस लोकप्रिय आविष्कार से ढेर सारी मुद्रा बनायेंगे परन्तु किसी ने जल्दी ही यह महसूस किया कि इनके पेटेंट के आवेदन, GB 4136, में कुछ गड़बड़ी थी, जिसके फलस्वरूप कोई भी स्वतन्त्र रूप से उसकी नक़ल कर सकता था। जब प्रकट रूप से लन्दन के चश्मा बनाने वालों को इसका मूल रूप दिखाया गया, उन लोगों ने इसका पेटेंट प्राप्त होने के पहले ही उसकी नक़ल कर ली। फलत: केलिडोस्कोप बहुतायत में निर्मित होने लगा परन्तु ब्रुस्टर को सीधे कोई भी आर्थिक लाभ नहीं मिला।

वैज्ञानिक उपकरण के इरादे से बनाया गया केलिडोस्कोप बाद में एक खिलौने की तरह बेचा जाने लगा। विक्टोरियन काल में यह विविध इन्तज़ार करने वाले स्थानों (parlour) पर बहुत लोकप्रिय हो गया। 1870 ई. के दौरान यूएस के सर्वाधिक लोकप्रिय में से एक यूनाइटेड स्टेट केलिडोस्कोप बनाने वाले चार्ल्स बुश थे। उन्होंने अपने पार्लर केलिडोस्कोप को 1873 ई. में पेटेंट कराया। गोल आधार पर बनाये गये या पीछे चार पैर वाले संस्करण के इन खिलौनों की, संग्राहकों ने बहुतायत में माँग किया।

1970 ई. के उत्तरार्द्ध में केलिडोस्कोप की चाहत को पुनर्जीवन मिला, और 1980 ई. में एक प्रदर्शनी ने इस चाहत में घी डालकर कला के रूप में इसे प्रसिद्ध किया। आज सैकड़ों की संख्या में बड़े-बड़े केलिडोस्कोप निर्माता और कलाकार हैं।

दुपहिया (साइकिल)

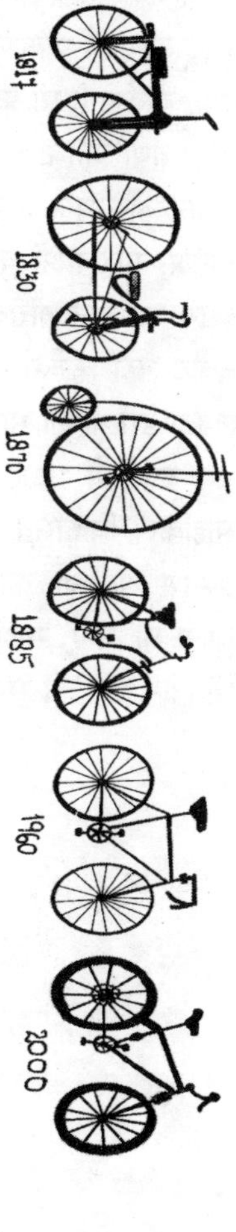

पहला व्यावहारिक दुपहिया साइकिल का आविष्कार जर्मनी के बेरोन कार्ल वोन ड्रैस ने 1817 ई. में किया। ड्रैस की ड्रेसिनी, वेलोसिपेडे, या होबीहोर्स बिना पैडल वाली दो पहिये वाला साधन था। सवार अपने पैरों से ज़मीन पर पीछे की ओर धक्का देकर इसे आगे बढ़ाते थे। ड्रैस के वेलोसिपेडे से प्रेरित होकर 1863 ई. में फ्रांस के धातु कार्यकर्ता चाहे अरनेस्ट मैकोक्स हों, या फिर पियरे ललेमेंट हों, ने एक घूमने वाला हत्था और पैडल को सामने वाले पहिया में जोड़ दिया, और पहला आधुनिक पैडल चालित दुपहिया बनाया। 1868 ई. में मैकोक्स की कम्पनी दुपहिया/साइकिल का पहला वृहद् उत्पादक बना। साइकिल का कठोर फ्रेम और लोहे जड़े पहिये ने उसका वर्णनात्मक उपनाम दिया 'बोनशेकर्स।' बाद में ठोस रबर का टायर और बॉल बीयरिंग से सुधार किया।

1870 ई. के लगभग फ्रांस में युजिन मेयर और इंग्लैंड में जेम्स स्टरले ने उच्च दुपहिया, 'पेनी फरथिंग' और 'ऑर्डिनरी' आविष्कृत किया। पेनी फरथिंग में सामने एक बड़ा पहिया, जो पैडल के प्रत्येक वर्तन पर आगे बढ़ता था। ऑर्डिनरी तेज तो था मगर बहुत असुरक्षित था। फिर भी अंग्रेज़ थॉमस स्टिवंस ने 1884 ई. से लेकर 1886 ई. के बीच इसकी सवारी कर पूरी दुनिया का चक्कर लगाया। 1885 ई. में जॉन केम्प स्टरले ने पहला सफल सुरक्षित साइकिल 'रोवर' निर्मित किया। इसमें सामने का पहिया

मोड़ने योग्य, उसी आकार का पिछला पहिया, जो अगले पहिये से चेन द्वारा जुड़ा, उसी के अनुसार चलता था। 1890 ई. तक बड़ा पहिया पूर्णरूपेण स्थानान्तरित हो गया। इसी बीच 1888 ई. में जॉन डनलप एक आयरिश पशु चिकित्सक, ने अपने छोटे बच्चे की तीनपहिया साइकिल को आरामदायक बनाने के लिए हवा से भरा, वायवीय रबर टायर को खोजा और उसका उपयोग किया। दुपहिया को सुरक्षित, और हल्का तथा और निर्बाध बनाने के कारण इसे अपनाया गया। बीसवीं शती के प्रारम्भ तक दुपहिया क्लब ने बेहतर सड़क की पैरवी की, सच कहा जाये तो इसने मोटर गाड़ियों के लिए मार्ग प्रशस्त किया। ऐडोल्फ शोनिनज़र ने शिकागो की वेस्टर्न व्हील वर्क्स में काम करना शुरू किया, जहाँ उसने अपनी क्रिसेंट दुपहिया के लिए वृहद् उत्पादन प्रक्रिया की पहल की, जिस कारण नाटकीय रूप से लागत कम हो गयी, बाद में हेनरी फ़ोर्ड को इसी ने प्रेरित किया। सुरक्षित दुपहिया ने महिलाओं को घरेलू तथा प्रतिबन्धित दोनों प्रकार के परिधानों से मुक्त किया। सुप्रसिद्ध नारीवादी सुसान बी ऐंथनी ने कहा, 'मुझे लगता है कि दुनिया में किसी भी अन्य वस्तु के सापेक्ष, महिलाओं को साइकिल ने अधिक बन्धनमुक्त (स्वावलम्बी) बनाया है।' दूसरी नामचीन नारीवादी फ्रांसिस विल्लार्ड ने कहा, 'मैं घर्षण में अपनी ज़िन्दगी बर्बाद नहीं करूँगी मैं इसे संवेग में परिवर्तित कर सकूँगी।' 1895 ई. में ऐनि लनदण्डेरी पहली महिला थीं जिन्होंने पूरी दुनिया का चक्कर साइकिल से लगाया।

फ्रांस में 1900 ई. और 1910 ई. के बीच गियर वाला सर्वाधिक आधुनिक साइकिल विकसित किया गया था। आजकल इलेक्ट्रॉनिक गियर बदलने वाला, प्रकाश व्यवस्था, कार्बन फ़ाइबर का बना वायुगतिकी फ्रेम, अत्यन्त जटिल युक्तियों वाली सुविधाएँ, साइकिल को सर्वदा से अधिक लोकप्रिय बना दी हैं। आज जिम में भी लोग ख़ुद को स्वस्थ रखने के लिए साइकिल चला रहे हैं।

दन्त लोमक

दन्त लोमक नायलॉन के पतले तन्तु के बंडल से, या प्लास्टिक जैसे टेफलॉन, या पोली ईथिलिन, या सिल्क के धागे से बनता है, और इसका उपयोग दाँतों के बीच फँसे खाद्य पदार्थ या मैल को निकालने के लिए होता है। यह ख़ास स्वादयुक्त व सुगन्धयुक्त मोमयुक्त या स्वाद रहित गन्धरहित मोम रहित हो सकता है। दन्तचिकित्सक यह मानते हैं कि टूथब्रश के साथ-साथ फ़्लोसिंग करने वालों को गिंगिविटिस (मसूड़ों की बीमारी, जो गन्दगी जमने के कारण होता है), की सम्भावना, केवल ब्रश करने वालों की तुलना में, अधिक न्यून होती है। न्यू ओरलीयंस के एक दन्त चिकित्सक लेवी स्पीयर पर्मली को डेंटल फ़्लोस के पहले स्वरूप को खोजने का श्रेय दिया जाता है। 1819 ई. में उन्होंने अपनी पुस्तक 'A Practical Guide to the Management of the Teeth' में लोगों को अपने दाँतों को सिल्क के धागे से साफ़ करने की सिफ़ारिश की है। हालाँकि, उपभोक्ताओं को डेंटल फ़्लोस तब तक नहीं मिले जब तक कि 1882 ई. में रंडोल्फ, मैसचूसेट्स में कोडमेन और शर्लेफ़्ट कम्पनी ने लोगों के उपयोग लायक़ बिना मोम लगा सिल्क फ़्लोस का उत्पादन और व्यापार प्रारम्भ नहीं किया। इनका अनुसरण करते हुए जॉनसन और जॉनसन कॉर्पोरेशन ने 1896 ई. में अपना पहला डेंटल फ़्लोस का व्यापार शुरू किया जो आज भी जारी है। 1898 ई. में न्यू जर्सी स्थित एक कम्पनी को डेंटल फ़्लोस के लिए पहला पेटेंट प्राप्त हुआ। उनका उत्पाद उसी सिल्क पदार्थ से बना था जिसका उपयोग डॉक्टर

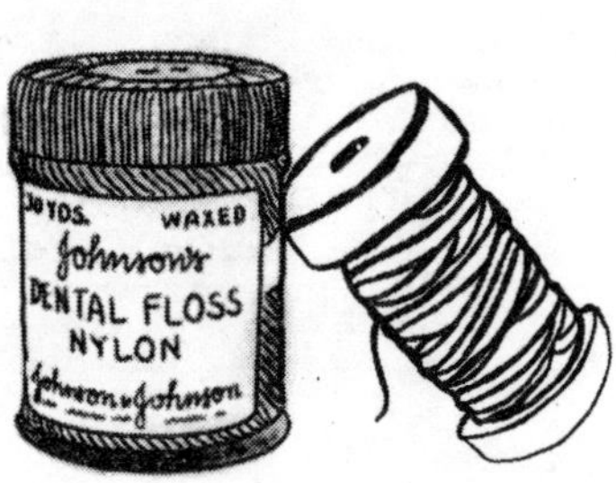

ज़ख्मों को सिलने के लिए करते थे। इसके अन्य प्रारम्भिक ब्रांडों में रेड क्रॉस, साल्टर सिल कम्पनी, और ब्रुंस्विक शामिल थे।

बीसवीं शती के पूर्वार्द्ध में फ़्लोसिंग का साहित्यिक कल्पनाओं में उल्लेख किया गया है। उदाहरणस्वरूप जेम्स जॉयस के प्रसिद्ध उपन्यास Ulysses में एक चरित्र को डेंटल फ़्लोस का उपयोग करते हुए वर्णन किया गया है। परन्तु फ़्लोस का उपयोग द्वितीय विश्व युद्ध के पहले बहुत विस्तृत नहीं था। इस दौरान एक अमेरिकन डॉक्टर चार्ल्स सी बास ने नायलॉन का फ़्लोस विकसित किया क्योंकि सम्भवतः जापान ने अमेरिका को सिल्क की आपूर्ति बन्द कर दी थी उन्होंने पाया कि नायलॉन फ़्लोस, अपनी घर्षण प्रतिरोधक क्षमता तथा लचीलेपन के कारण सिल्क से बेहतर था। इसके बाद जल्दी ही फ़्लोस अमेरिका में बहुत लोकप्रिय हो गया। 1940 ई. में नायलॉन के उपयोग ने मोम लगे फ़्लोस का भी अनुमोदन किया, और 1950 ई. में डेंटल टेप विकसित हुआ। बास ने टूथब्रश करने की अपनी तकनीक को व्यक्त किया और बढ़ावा दिया। इसी कारण कभी-कभी उनको दन्त चिकित्सा निवारक के जनक के रूप में सन्दर्भित किया जाता है।

तभी से विभिन्न प्रकार के डेंटल फ़्लोस के उत्पादन में विस्तार होता जा रहा है। नये-नये पदार्थों से जैसे Gore-Tex, और विभिन्न बुनावट के जैसे स्पोंजी फ़्लोस और मृदु फ़्लोस बन रहे हैं। पर्यावरण को ध्यान में रखते हुए प्राकृतिक रूप से क्षरणशील पदार्थों से भी बने फ़्लोस उपलब्ध हैं। अन्य नये उत्पादों में, अन्तिम सिरों को स्थिर कर, ऐसी रचना करते हैं, जो फ़्लोसिंग को, जिनके दाँत में तार या अन्य दन्त चिकित्सीय उपकरण लगा हो उनके लिए भी सरल बना दे। प्राचीन काल से ही नीम का सींक (खरिका) का उपयोग लोमक के स्थान पर किया जाता था, जिसका प्रचलन आज भी गाँवों में होता है।

संघनित दूध (कंडेंस मिल्क)

जल उड़ा देने के बाद जो गाय का गाढ़ा दूध बचता है वही संघनित दूध है। माइक्रोब्स को पनपने से रोकने के लिए शक्कर मिलाया जाता है, जो रसोई में इसके जीवन काल को बढ़ा देता है। 19वीं शताब्दी के पूर्व दूध पीना स्वास्थ्य के लिए बहुत जोख़िम भरा होता था। गाय से सीधे उपलब्ध दूध ग्रीष्म काल में कुछ ही घण्टों में बिगड़ जाता था, जिससे ख़राब दूध के कारण अनेक दूध जनित बीमारियाँ उत्पन्न हो जाती थीं, जिनमें दुग्ध विषाक्तता, कम्पन, शैतान दुग्ध मुख्य था। 1820 ई. में इन समस्याओं से लड़ने के लिए पहली बार फ्रांस के निकोलस ऐप्पर्ट ने दूध को गाढ़ा किया। यूएस में संघनित दूध 1853 ई. में दिखाई दिया, जो एक डेयरी किसान गेल बोरडेन जूनियर ने उत्पादित किया। 1852 ई. में बोरडेन इंग्लैंड की यात्रा कर समुद्री मार्ग से वापस आ रहे थे, जहाज़ में जो गायें थीं, वो समुद्री बीमारियों के कारण दूध न दे सकीं, जिस कारण आप्रवासी शिशु मर गये। बोरडेन इनकी मृत्यु से क्षुब्ध हो गया और कच्चे दूध को सुरक्षित रखने के प्रयास में लग गया। अन्ततोगत्वा वह एक धार्मिक समूह शेकर्स द्वारा उपयोग में लाये जाने वाले हवा रोधी वैक्यूम भगोने से प्रेरित हुआ, जो फलों के रस को गाढ़ा करती थी, और वह दूध को भी बिना फटे बिना जमे गाढ़ा करने में सक्षम था। उसका पहला संघनित दूध बिना ख़राब हुए तीन दिन तक चला। 1856 ई. में

बोरडेन को मीठे संघनित दूध के लिए पेटेंट प्राप्त हुआ। परन्तु उत्पाद लोगों तक अच्छे हाल में प्राप्त ना हो सका, उन्हें तो पानीदार दूध, सफ़ेदी के लिए चाक, और मलाईदार बनाने के लिए शीरा मिला हुआ दूध ही उपयोग के लिए मिलता था। उन्होंने संघनित दूध के स्वाद और रूप दोनों के लिए शिकायत किया। बोरडेन का मूल उत्पाद मलाई रहित दूध से बनता था, जिसमें पोषक तत्त्वों की कमी होती थी, उस पर तो यहाँ तक आरोप लगाया गया कि तत्कालीन बच्चों में सूखा रोग की महामारी फैलाने के लिए यही दूध ज़िम्मेदार था। फलतः बोरडेन के पहले दो कारख़ाने विफल हो गये केवल तीसरा, वस्सेक, न्यूयॉर्क स्थित कारख़ाना, उपयोगी उत्पाद लम्बे समय तक उत्पादित करता रहा, जिसे शीतलन (रेफ्रिजेशन) की भी आवश्यकता नहीं थी। लेसली के सचित्र समाचारपत्र की खोजी पत्रकारिता की एक ख़बर ने उसके व्यापार की अप्रत्याशित सहायता की थी। उनकी रिपोर्ट विचलित करने वाले तथ्यों को उजागर करती थी, ताज़ा दूध के आपूर्तिकर्ता प्रतिस्पर्धा में मूल्य को कम करने के लिए न्यूयॉर्क में गायों को डिस्टिलरी मेश (शराब बनाते समय आसवन के बाद बचा मिश्रण) खिला रहे थे।

1858 ई. तक बोरडेन का दूध 'ईगल बर्ड' के नाम से बेचा गया, शुद्धता, स्थायित्व और अर्थ के लिए इसने प्रतिष्ठा प्राप्त कर ली थी। अमेरिका के गृह युद्ध के कारण इसकी माँग और तेज़ी से बढ़ गयी। यूएस सरकार ने युद्ध के दौरान संघीय सैनिकों को मैदान में ही राशन के तौर पर संघनित दूध देने के लिए वृहद् मात्रा में आदेश दिया। घर वापसी के बाद सैनिकों ने पूरी दुनिया में इसका प्रचार किया और संघनित दुग्ध 1860 ई. तक एक प्रमुख उद्योग बन गया।

बोतलबन्द पानी

मौलिक रूप से मिनरल युक्त पानी और झरने का पानी सबसे लोकप्रिय बोतलबन्द जल था। बहुत से लोग विश्वास करते थे कि मिनरल पानी का औषधीय प्रभाव है तथा झरने का पानी विशेष रूप से शुद्ध है क्योंकि वह तुरन्त ज़मीन से निकलता था और जिसका उपयोग नहीं हुआ रहता था। बहुत से प्रसिद्ध झरने भी प्राकृतिक रूप से कार्बोनेटेड, फ़ेन वाला पानी जैसे विचि केटलन, फेररले, वाटविलर, अपोलिनारिस, और पेरियर का जल। निदरसेल्टर्स शहर के दक्षिण-पश्चिम जर्मनी में एक ऐसा ही झरना है, सेल्टज़र पानी के लिए ही उसका नाम है। वो एक फ्रेंच थे जिन्होंने इवीयन लेस बेंस शहर के नाम पर इवीयन के प्राकृतिक जल स्रोत का व्यावसायिक उपयोग करने की माँग की। 1821 ई. में जेनेवा झील के निकट केचेट झरना ऊष्मीय स्नान के लिए खोल दिया गया था। 1829 ई. में पानी की बिक्री, मिट्टी के बर्तनों में बन्द कर प्रारम्भ की गयी। जोहान जेकब श्वेपे ने जेनेवा में अंग्रेज़ी शीतल पेय श्वेपे कम्पनी की स्थापना की, जिसने कार्बोनेटेड मिनरल जल के निर्माण की प्रक्रिया को विकसित किया। श्वेप्स पहले व्यक्ति थे जिनको यूरोप में 1851 ई. में एक अनूठा विपणन अवसर, बहुत बड़ी प्रदर्शनी में मिला, और बोतलबन्द पानी से पहली बार लोग परिचित हुए। पानी जिसे कम्पनी बोतल में

बन्द करती थी वह इंग्लैंड के प्रसिद्ध झरना मालवेर्न से आता था।

माइने का वृहद् परिवार, 1845 ई. में अज्ञात स्रोत का पानी बोतल में भरकर बेचना शुरू किया। उनका छोटा-सा प्रयास बहुत तेज़ी से बढ़ा और यह मानते हुए कि झरने के पानी में औषधीय गुण होते हैं, इसका लाभ उठाते हुए अन्ततः पोलैंड स्प्रिंग्स वाटर कम्पनी प्रसिद्ध हो गयी, जो आज भी मौजूद है।

218 ई.पू. रोम के लिए जाते समय हन्निबाल ने फ्रांस के दक्षिण में पेरियर झरने का उपयोग किया था। 1888 ई. में फ्रांस के सम्राट नेपोलियन III ने डॉक्टर लुईस पेरियर और एक स्थानीय किसान को झरने का अधिकार बेच दिया। झरने के प्राकृतिक कार्बोहाइड्रेट जल का व्यापार करने का मौलिक विचार अंग्रेज़ रईस सेंट जॉन हर्मस्वरथ का था। उसने डॉक्टर पेरियर के झरने को ख़रीद लिया और तैयार उत्पाद को उसके बाद चिकित्सा प्राधिकरण की भावना प्रदान करने के लिए उनका ही नाम दिया। बीसवीं शताब्दी के पूर्वार्द्ध तक प्राकृतिक बोतलबन्द पानी का बहुत थोड़ा विकास हुआ। 1950 ई. में बोतलबन्द कम्पनियों ने समूह का गठन कर अपने उत्पाद को बढ़ावा देने के लिए अपनी पैरवी ख़ुद करने लगीं, परन्तु प्रथम दृष्टया बिक्री की बढ़त बहुत धीमी लगी। इवीयन 1950 ई. में फिर से इस जल को बेचने के लिए एक शक्तिशाली दावे साथ आगे आया कि 'स्तनपान कराने वाली माताओं के लिए सहायक और शिशुओं के लिए प्रमुख खनिज पदार्थ प्रदान करता है'। तभी से बोतलबन्द जल के परिदृश्य में ज़बरदस्त विस्तार हुआ। अब बोतलबन्द जल की सैकड़ों कम्पनियाँ और हज़ारों ब्रांड नाम दुनिया भर में अरबों डॉलर का पानी बेच रहे हैं।

टिन का डिब्बा खोलने वाला (कैन ओपनर)

1822 ई. तक डिब्बाबन्द भोजन ब्रिटेन, फ्रांस, और यूएस में मिलने लगा था। प्रारम्भिक डिब्बों का वज़न उसमें निहित खाद्य पदार्थ से अधिक होता था, उसे खोलने के लिए उस समय उपलब्ध साधनों/औज़ारों का उपयोग किया जाता था। उन डिब्बों पर निर्देश लिखा रहता था, 'बाहरी किनारे के पास ऊपर से गोलाई में छेनी और हथौड़ी से काटें।'

1850 ई. में टिन का डिब्बा खोलने वाला आदिम पंजा के आकार का, या लीवर की संरचना वाला दिखाई देता था। 1855 ई. में लन्दन के रॉबर्ट येटेस ने पहला पंजे के आकार का टिन खोलने वाला आविष्कृत किया। 1858 ई. में वाटरबरी, कनेक्टिकट के इजरा वार्नर ने लीवर की संरचना वाला, ओपनर पेटेंट कराया। यह तेज़ हँसिया की तरह जिसके नुकीले हिस्से को टिन में धँसा कर आरी की तरह किनारों से काटा जाता था। अमेरिका में गृह युद्ध के दौरान वहाँ की सेना

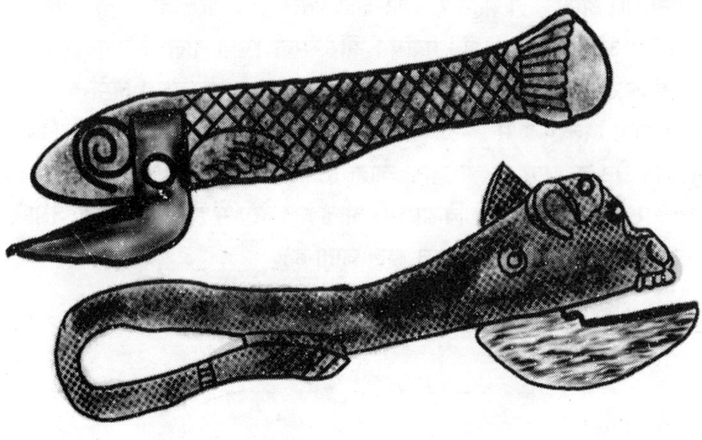

ने इस ओपनर को अपनाया था। लेकिन चाकू की तरह का हँसिया घरेलू उपयोग के लिए बेहद ख़तरनाक था, इसलिए किराने की दुकान से ग्राहक टिन का डिब्बा घर ले जाने के पहले दुकानदार से खुलवा लेता था। जुलाई 1870 ई. में मेरिडेन, कनेक्टिकट के विलियम लाइमन द्वारा पहिया पर घूमने वाला पहला ओपनर पेटेंट कराया और उसे 1890 ई. में बौमगरटन फ़र्म द्वारा उत्पादित कराने लगा। काटने वाला दाँतेदार पहिया डिब्बा के चारों ओर रिम पर घूमते हुए काट देता था। लेकिन इसको पहले डिब्बे के बीच में धँसाना पड़ता था। 1925 ई. में सेन फ्रांसिस्को कैलिफ़ोर्निया की स्टार केन ओपनर कम्पनी ने लाइमन की रचना में एक और दाँतेदार पहिया जोड़ा, इससे रिम पर पकड़ मज़बूत हो गयी और प्रारम्भ में धँसाने की ख़तरनाक प्रक्रिया अनावश्यक हो गयी। एकसाथ डिब्बा पकड़कर खोलने वाला, जो मज़बूती से डिब्बा पकड़े रहता था और साथ ही उसे खोलता भी था, काटते समय डिब्बा को पकड़े रहना अनावश्यक हो गया। इस तरह का ओपनर 1931 ई. में कंसास शहर, मिस्सौरी के बंकर क्लेंसी कम्पनी द्वारा पेटेंट कराया गया, इसीलिए इसको बंकर कहा गया। इसकी रचना स्टार की तरह था, रिम पर मज़बूत पकड़ के लिए प्लास की तरह हत्था होता था, यह कारगर रचना आज भी उपयोग में है। एक विद्युत चालित बंकर के समान रचना वाला ओपनर 1931 ई. में पेटेंट कराया गया परन्तु वह 1950 ई. तक सफल नहीं हो पाया। 1866 ई. में एकदम अलग रचना वाला ओपनर जे ओस्टर्होड ने पेटेंट कराया, डिब्बे में धँसाने के स्थान पर ढक्कन के ठीक नीचे पहले से निर्मित पट्टी पर इसे घुमाते हैं, जो ढक्कन को अलग कर देता है, इसे कुंजी (ताली) कहते हैं क्योंकि यह दरवाज़े की चाबी जैसा ही होता था। आज कल बहुत से छोटे-छोटे पतले परत वाले डिब्बों के साथ ही इस प्रकार का ओपनर बिकता है। मज़बूत और सरल रचना वाला ओपनर विशेष रूप से सेना के उपयोग के लिए विकसित किया गया। उदाहरणस्वरूप अमेरिका वासियों द्वारा द्वितीय विश्वयुद्ध में P-38 और P-31 का भरपूर उपयोग किया गया। P-38 को जॉन वेन के नाम से भी जाना जाता है, क्योंकि एक प्रशिक्षण फ़िल्म में इस कलाकार ने इसका उपयोग किया था। आजकल केन में ही ऊपर चाबी जैसा लगा रहता है जिसे पीछे घुमाने पर केन खुल जाता है।

पेंसिल शार्पनर

उपयुक्त पेंसिल शार्पनर के विकास के पहले लोग चाकू या ब्लेड/पत्ती का उपयोग कर पेंसिल को चोख (नुकीला) बनाने के लिए छीलते/तराशते थे। कुछ विशेष प्रकार के पेंसिल, जैसे बढ़ई की पेंसिल, लुढ़कने से रोकने के लिए चपटे आकार का होता है उसे आज भी चाकू से ही नुकीला बनाते हैं। 1828 ई. में फ्रांस के गणितज्ञ बरनार्ड लेसिमोन ने पहला यान्त्रिक पेंसिल शार्पनर खोजा और पेटेंट के लिए आवेदन किया। शार्पनर में छोटे धातु की पत्तियाँ 90 अंश पर लकड़ी के डिब्बे में स्थित रहती थीं। जो पेंसिल की नोक को छीलता और चिकना बनाता था। हालाँकि उनकी खोज पारम्परिक पेंसिल छीलने की गति से तेज़ नहीं थी, इसलिए बहुत चल नहीं पायी। 1847 ई. में थेर्री डेस इस्टवोच नामक एक अन्य फ्रांसीसी ने लेसिमोन की रचना में सुधार कर ऐसी युक्ति बनायी जो कोन के आकार की आकृति में पेंसिल को घुमाकर (Twisting) नुकीला बनाया जाता था। आजकल इस रचना को प्रिज़्म शार्पनर कहते हैं। 1855 ई. में बँगोर, मायने के वाल्टर फ़ोस्टर ने इस्टवोच की रचना में सुधारकर सरलीकरण किया, जिस कारण आसानी से इस यन्त्र का बहुत ज़्यादा

उत्पादन हुआ, 1880 ई. तक बहुत-सी कम्पनियाँ बड़ी संख्या में प्रिज़्म शार्पनर का उत्पादन करने लगीं।

1880 ई. और 1910 ई. के बीच बहुत से अन्वेषक और कम्पनियों ने यान्त्रिक पेंसिल शार्पनर में सुधार को, चुनौती के रूप में लिया। आभासी आविष्कार का यह काल 1910 ई. के मध्य में समाप्त हुआ, जब पेंसिल शार्पनर, सतह पर सर्पिल कट किनारों वाले दो घुमावदार सिलिंडर का उपयोग कर बनाया गया जो बाज़ार में छा गया। यह रचना सफल रही, क्योंकि लोग समझ गये, कि पेंसिल और शार्पनर दोनों को स्थिर पकड़ेंगे, तो अन्दरूनी कार्य समान रूप से पेंसिल को आगे बढ़ाते हुए नोकदार बना देगा। पहले प्रयास में इस रचना में बालू काग़ज़ या ब्लेड्स का प्रयोग किया गया, दोनों में से एक भी बहुत सही कार्य नहीं कर पाया। तब 1896 ई. में ए बी पिक ने घुमावदार पेंसिल शार्पनर को पेटेंट करा लिया। इस शार्पनर में दो घूमने वाले डिस्क जो अपने अक्ष के परितः चक्कर लगाते थे, चूँकि ये पेंसिल के नोक के चारों ओर चक्कर लगाते थे इसलिए इसे ग्रहिय प्रक्रिया कहते थे। 1904 ई. में ओलकोट क्लाइमेक्स पेंसिल शार्पनर ने ग्रहिय प्रक्रिया में सिलिंडर कट का शीर्ष और सर्पिल कट किनारों के साथ आगे सुधार किया। पूर्णरूप से अपवाद के रूप में, सरल, सस्ता प्रिज़्म शार्पनर, बाज़ार में अपनी साख बनाये रखा। मुख्य बदलाव तब से आज तक इतना ही हुआ कि काटने वाले सिरे को बिजली से घुमाने लगे। इस तरह के बिजली वाले पेंसिल शार्पनर कार्यालय के लिए बनाये गये थे। क़रीब 1917 ई. तक ये बनाये जाते रहे, परन्तु 1940 ई. तक व्यापारिक रूप से व्यवहार्य नहीं हुआ। काग़ज़ मुक्त कार्यालय अभियान के तहत पेंसिल का उपयोग ही समाप्तप्राय हो गया तो ज़ाहिर तौर पर लगता था कि शार्पनर भी लुप्त हो जायेगा। परन्तु कलाकारों और विद्यार्थियों के लिए ये आवश्यक था, है और रहेगा। क्योंकि पेंसिल की नोक जब भी मोटी होकर बेकार हो जाती है, शार्पनर उसे फिर से उपयोगी बना देता है।

दवा कैप्सूल

आजकल मुख्यरूप से दो तरह के ड्रग कैप्सूल होते हैं, एक कठोर कवच वाला जो सूखे पाउडर पदार्थ के लिए उपयोग होता है, और दूसरा मृदु कवच वाला जो तैलीय तरल पदार्थों के लिए बनाया जाता है। 1834 ई. में फ्रांस के फ्रांसोईस मोथ्स नामक फ़ार्मेसी के विद्यार्थी और उसके सहयोगी फ़ार्मासिस्ट जोसेफ़ डबलंक ने एक खण्ड वाले मृदु (मुलायम) जिलेटिन का कैप्सूल बनाने की प्रक्रिया को खोजा, और एक बूँद जिलेटिन से इसे सील कर दिया। कैप्सूल बनाने के लिए लोहे के साँचों का उपयोग किया और दवा के ड्रॉपर से अलग-अलग प्रत्येक को भर दिया गया।

मोथ्स और डबलंक ने ख़ाली और भरे हुए दोनों प्रकार के मृदुल कैप्सूल को पेटेंट कराया, जो तत्काल प्रभाव से फ्रांस में लोकप्रिय हो गया। परन्तु उन्होंने 1837 ई. में ख़ाली कैप्सूल को बेचना बन्द कर दिया। परिणामस्वरूप ख़ाली कैप्सूल की माँग बढ़ गयी, और उस पेटेंट पर क़ाबू पाने के लिए, नयी रचना बनाने के अनेक प्रयास किये गये। पेरिस के फ़ार्मासिस्ट जूल्स लहोबि ने पहला दो खण्डों वाले कठोर कैप्सूल की खोज की, जिसके निचले भाग में दवा रहती है और ऊपरी भाग उसे अच्छे से ढक देता है, ठीक वैसा ही जैसा आजकल उपयोग होता है। कवच मूलत: स्टार्च या कसावा की जड़ (साबूदाना) के स्टार्च

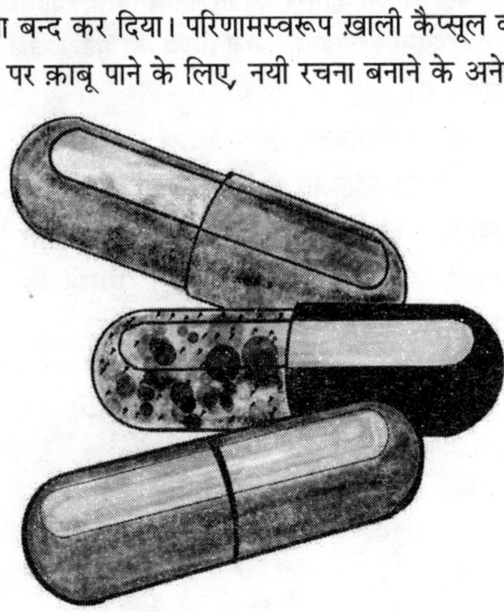

सिरप से मीठा कर बनाया जाता था। 1848 ई. में लन्दन के जेम्स मार्डोक को पहला पूर्णरूपेण जिलेटिन से बना दो खण्डो वाले कठोर कैप्सूल के लिए ब्रिटेन से पेटेंट प्राप्त हुआ। मार्डोक एक पेटेंट ऐजेंट थे वो हो सकता है लहोबि के लिए कार्य करता होगा। कठोर कैप्सूल दो खण्डों में बनता था और उन्हें हाथ से जोड़ना पड़ता था। परन्तु, अत्यन्त सफ़ाई के साथ भलीभाँति हाथों से फ़िट करना एक दुरूह कार्य था। 1913 ई. में डेट्रोईट, मिशिगन की कोल्टन कम्पनी ने इस समस्या के समाधान के लिए अमेरिक फ़ार्मास्यूटिकल कम्पनी इलि लिली के साथ मिलकर स्टेकर मशीन का आविष्कार किया। आज जो मशीन कठोर कैप्सूल बनाती है वो उन्हीं की खोज पर आधारित है।

समस्त आधुनिक मृदु जेल कैप्सूल को बनाने की प्रक्रिया को 1933 ई. में बहुज्ञ, अमेरिकन खोजी रॉबर्ट शीयरर ने विकसित किया। उन्होंने कैप्सूल बनाने के लिए घूर्णन डाई प्रक्रिया का उपयोग किया और ब्लो मोल्डिंग से उन्हें भरने का कार्य किया। इस प्रक्रिया ने बर्बादी को कम किया, और अत्यधिक दोहराव वाले सटीक खुराक के साथ कैप्सूल को उत्पादित किया। शीयरर ने अपने पिता की मेटल की दुकान के तहख़ाने में तीन साल तक इस मशीन को विकसित करने के लिए कार्य किया। अपनी खोज को व्यावसायिक रूप देने के लिए उन्होंने जिलेटिन प्रोडक्ट कम्पनी की स्थापना की। नयी कम्पनी ने त्वरित सफलता हासिल की और 1947 ई. में यह आर पी शीयरर कॉर्पोरेशन बन गया। शीयरर तकनीकी के वर्तमान मालिक केटलेंट फ़ार्मा सोलुशंस, आज विश्व का मृदुल जेल कैप्सूल बनाने का सबसे बड़ा उत्पादक है।

क्या आप जानते हैं ?

जिलेटिन कॉलेजन से निर्मित होता है, जो पशुओं की त्वचा और हड्डियों से बनाया जाता है। शाकाहारियों के लिए, कुछ और जो विशेष धार्मिक नियमों को मानते हैं, उनके लिए यह एक बड़ी समस्या थी, इसलिए अब शाकाहारी जेल कैप्सूल उपलब्ध हैं।

शिशु आहार

यह निर्विवाद रूप से सत्य है, कि शिशु के लिए माँ का दूध ही सर्वोत्तम आहार है। प्राचीन काल में जो महिलाएँ अपने शिशुओं को स्तनपान कराने में अक्षम थीं वो दूध पिलाने वाली धाय धात्री पर निर्भर रहती थीं जो उनके शिशुओं को स्तनपान कराती थीं। हालाँकि, 19वीं शताब्दी के दौरान, लोगों ने शिशुओं को गाय, बकरी, घोड़ा, और यहाँ तक कि गधी का दूध पिलाना शुरू कर दिया था। गाय का दूध सबसे आम था।

हालाँकि ऐसे बोतल से दूध पीने वाले शिशु, स्तनपान करने वाले शिशुओं के सापेक्ष कम स्वस्थ होते थे, और डीहाइड्रेशन तथा पेट की गड़बड़ी से पीड़ित रहते थे। 1838 ई. में जर्मन वैज्ञानिक जोहान फ़रंज साइमन ने पाया कि मानव दूध के सापेक्ष गाय के दूध में प्रोटीन अधिक, और कार्बोहाइड्रेट कम होता था। डॉक्टरों ने तब गाय के दूध को माँ के दूध जैसा बनाने के लिए थोड़ा पानी, थोड़ा शक्कर, और थोड़ा क्रीम मिलाने की सलाह दिया।

पहला वास्तविक शिशु आहार 1860 ई. में जर्मन वैज्ञानिक जस्टस वोन लीबिग द्वारा विकसित किया गया। लीबिंग का घुलनशील शिशु आहार में गेहूँ का आटा,

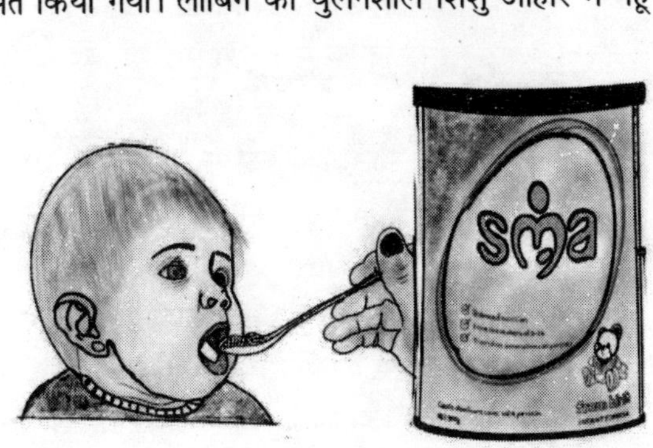

सुखाया हुआ गाय का दूध, जौ का आटा और पोटेशियम बाइकरबोनेट का पाउडर जैसा मिश्रण था जिसे गाय के गरम दूध में मिलाना होता था। स्विट्ज़रलैंड की नेस्ले कम्पनी ने जल्दी ही अपने तरीक़े से शिशु आहार बनाया, जो लीबिंग के आहार से काफ़ी मिलता था परन्तु उससे सस्ता था। 1919 ई. में एक नया शिशु आहार SMA (सिंथेटिक मिल्क ऐडेप्टेशन) मिशिगन की SMA न्यूट्रिशन द्वारा विकसित किया गया। इसमें दूध के वसा के स्थान पर पशु और सब्ज़ियों के वसा थे, और यहाँ तक कि इसमें मछली का तेल भी था। कुछ वर्षों बाद नेस्ले ने लेक्टोजन, सब्ज़ियों के तेल से बना कर शुरू किया जो SMA के प्रतिस्पर्धक के रूप में आया था। 1920 ई. के मध्य में बूस्टन, मेसचुशेट्स के जाइंट सिमिलेक ने नया तरीका प्रारम्भ किया, उनके सूत्र में गाय के दूध, सब्ज़ी का तेल, कैल्शियम और फ़ास्फोरस नमक शामिल था। इसको यह नाम इसलिए दिया गया क्योंकि माना जाता था कि माँ के दूध से यह काफ़ी मिलता-जुलता (सिमिलर से) था।

फिर भी अधिक मूल्य के कारण यह आम लोगों की पहुँच से बाहर था। 1883 ई. में जॉन बी मीयनबर्ग ने एक प्रक्रिया खोजी जो वाष्पित दूध से शक्कर को अलग करती थी। गाय के दूध के अतिरिक्त, इसमें मक्के का रस, और पानी मिलाया गया जो इसे शक्कर मुक्त, सस्ता, सरलता से पचने वाला शिशु आहार बनाता है। जो शिशु इस आहार को ले रहे थे उनका विकास ठीक वैसा ही था जैसा स्तनपान करने वाले शिशुओं का था, इसलिए 1930 ई. तक शिशु आहार बहुत ही लोकप्रिय हो गया। 1950 ई. के अन्त तक सिमिलेक ने आयरन मिलाना भी शुरू कर दिया, क्योंकि स्तनपान करने वाले शिशुओं के सापेक्ष, शिशु आहार लेने वाले शिशुओं की प्रवृत्ति में आयरन की कमी पायी गयी थी। 1970 ई. से बहुत से सुधार शिशु आहार में किये गये, ताकि जहाँ तक सम्भव हो माँ के दूध जितना फ़ायदा मिल सके।

कैमरा फ़्लैश

फ़ोटोग्राफ़ी के लिए कृत्रिम प्रकाश का उपयोग 1939 ई. में ही अत्यन्त सूक्ष्म वस्तुओं का फ़ोटोग्राफ़ लेते समय ऐल इब्बेटसन ने ओक्सी हाइड्रोजन प्रकाश का उपयोग किया था, जिसे लाइम लाइट भी कहते थे। हालाँकि, तेज प्रकाश के परिणामस्वरूप तस्वीर दुधिया सफ़ेद और चेहरा धुँधला हो जाता था।

फ़ेलिक्स नडार, एक फ्रांस के फ़ोटोग्राफ़र और पत्रकार ने मात्र बैटरी से कार्य करने वाले प्रकाश का उपयोग कर पेरिस के गन्दे नाले का फ़ोटोग्राफ़ लिया। हेनरी वेन डर वेडे ने लन्दन में पहला स्टूडियो, विद्युत प्रकाश का उपयोग कर खोला जो

1977 ई. तक सम्भव नहीं था। एक गैस डायनमो द्वारा संचालित, इतना तीव्र प्रकाश देता था, कि मात्र दो से तीन सेकेंड का अनावरण पर्याप्त होता था। इससे भी कम अनावरण समय, मैगनीशियम का उपयोग कर प्राप्त कर सकते थे, जो ज्वलनशील और प्रकाश के तीव्र फ़्लैश के साथ ही जल्दी से जल जाता था। 1864 ई. तक मैगनीशियम के तार और रिबन बिकते थे। घड़ी की कलदीप (Clockwork lamps) में, धातु को परावर्तकों की रोशनी से जलाते थे, कभी-कभी धातु पूरा नहीं जलता था। इसलिए अनावरण के समय काफ़ी हद तक बदल जाता था। यह प्रक्रिया भी असुरक्षित थी, और ढेर सारा धुआँ और राख निकलता था। फिर भी मैगनीशियम लैम्प 1880 ई. तक लोकप्रिय रहा। 1887 ई. में जर्मन रसायनज्ञ ऐडोल्फ मीयथे और जोहानस गेडिक ने बारीक मैगनीशियम पाउडर के साथ ओक्सिडाईज़र पोटेशियम क्लोरेट को मिलाकर ब्लिट्ज़लिच्ट (जो हवा में प्रकाश निर्मित करता है) बनाया। यह पहला बहुतायत में उपयोग होने वाला चमकवाला पाउडर था। ब्लिट्ज़लिच्ट में इतनी क्षमता थी, कि वो रात में भी, तेज़ गति के शटर के साथ भी फ़ोटो खींच सकता था, इस कारण यह बहुत लोकप्रिय हुआ। हालाँकि यह मिश्रण कभी-कभी विस्फोट भी कर देता था, जिस कारण गम्भीर घटनाएँ भी हुईं।

1899 ई. में अमेरिकन जोशुआ कोहेन ने फ़्लेश बल्ब का आविष्कार किया। इसमें ड्राई सेल बैटरी का उपयोग कर इलेक्ट्रॉनिकली, फ़्लेश पाउडर को प्रज्वलित किया जाता था। 1929 ई. में जर्मनी के हाउज़र कम्पनी ने पहला असली फ़्लेश बल्ब 'वेकूब्लिट्ज़' शुरू किया। यह कोहेन के आविष्कार से मिलता-जुलता था लेकिन ग्लास बल्ब में एल्युमिनियम फोयल जलता था। फ़्लेश बल्ब सुरक्षित, आवाज़रहित और धुआँरहित था। 1930 ई. तक कैमरे के शटर के साथ फ़्लेश बल्ब को समकालिक कर दिया, जिससे फ़ोटोग्राफ़ी शौक़िया करने वालों के लिए भी आसान हो गया। प्रत्येक बल्ब सिर्फ़ एक बार ही उपयोग में लाया जा सकता था, तो 1960 ई. के पूर्वार्द्ध तक कम्पनियों ने कई बल्ब एक साथ पैक करना शुरू कर दिया, जैसे कोडक के एक फ़्लेश क्यूब में चार बल्ब होते थे। 1931 ई. में एमआईटी के हरोल्ड डोक ऐजरटन ने पहला इलेक्ट्रॉनिक फ़्लेश ट्यूब निर्मित किया। इलेक्ट्रॉनिक फ़्लेश, उच्च विभव का उपयोग कर एक ग्लास नलिका में विद्युत आर्क जेनोन गैस द्वारा निर्मित करता था। ये सस्ते, पुनः चार्ज किये जाने वाले, और इसकी तीव्रता को नियन्त्रित किया जा सकता था। आजकल इलेक्ट्रॉनिक बल्ब ने सभी फ़्लेश बल्बों को स्थानान्तरित कर दिया है। नये-नये मोबाइलों के कैमरों ने इसकी उपयोगिता को सीमित कर दिया है।

रबर बैंड

रबर बैंड, बाँधने वाला, इलास्टिक, या इलास्टिक बैंड, लेगी बैंड, या गम बैंड, एक लूप के आकार का, रबर का बना, सामान्य रूप से छोटी लम्बाई का, बहुत-सी वस्तुओं को बाँधने के उपयोग आता है। रबर बैंड को खींच कर उसकी स्थितिज ऊर्जा को गतिज में बदलकर बहुत से खिलौने बनाये गये जैसे गुलेल, हवाई जहाज़ आदि।

1839 ई. में चार्ल्स गुडइयर नामक अमेरिकावासी ने वलूकनाइज़ेशन प्रक्रिया की खोज की, जो आज भी आधुनिक रबर बनाने में उपयोग की जाती है। 17 मार्च 1845 ई. को स्टीफ़ेन पेरी नामक ब्रिटेन के व्यापारी आविष्कारक ने सर्वप्रथम वल्कनाइज़्ड रबर से रबर बैंड बनाया और पेटेंट कराया। लन्दन के पेरी कॉर्पोरेशन, मेस्सर्स पेरी & कम्पनी, रबर निर्माताओं ने विभिन्न प्रकार के वल्कनाइज़्ड रबर का उत्पादन किया। पेरी ने ऐसे रबर बैंड बनाये जो काग़ज़ या लिफ़ाफ़ा को एकसाथ बाँध सके। दिलचस्प बात है कि एक अन्य अन्वेषक डॉक्टर जरोसलेव कुरेश ने अलग से रबर बैंड को उसी साल खोजा और उसी दिन पेटेंट कराया। सर्वप्रथम रबर बैंड का वृहद् मात्रा में उत्पादन, ऐलियांस, ओहियो में 7 मार्च 1923 ई. में विलियम एच स्पेंसर द्वारा किया गया। वो इसे अपने तहख़ाने में बचे हुए रबर उत्पादों के कतरन जैसे गुडइयर

कम्पनी के टायर के अन्दर का ट्यूब बनाते समय बचे बेकार रबर से बनाया था। पेंसिलवेनिया रेलरोड के ब्रेकमेन स्पेंसर ने अपने रबर बैंड को कार्यालय आपूर्ति, काग़ज़ और सुतली की दुकान पर बेचना शुरू किया। उनको बड़ी पहचान तब मिली जब एक बार उन्होंने देखा कि The Akron Beacon Journal की प्रतियाँ लोन में उड़ रही थीं। उसने अख़बार से इनके उत्पाद को अपने रबर बैंड से बाँधने के लिए राज़ी कर लिया और इस प्रकार दुनिया में वो पहला अख़बार बना जो इस प्रकार का कार्य किया और घरों तक सामान पहुँचाया। उसने बनियों को भी समझाया कि किराने के सामान को सुरक्षित रखने के लिए रस्सी के स्थान पर उसके रबर बैंड का उपयोग करें। स्पेंसर ने अपने ऐलियांस संयन्त्र पर रबर बैंड का व्यवसाय निर्मित करते हुए 14 साल तक रेलरोड के लिए कार्य किया। आज उसकी ऐलियांस रबर कम्पनी दुनिया में रबर बैंड का सबसे बड़ा उत्पादक है। ये कार्यालय के अन्य डाक और पैकेजिंग उत्पाद के अतिरिक्त 17.3 अरब रबर बैंड एक साल में बनाता है। इसके उत्पाद 30 से अधिक देशों में बेचे जाते हैं। स्पेंसर 1986 ई. में 94 बसन्त देखने के बाद स्वर्ग सिधारे।

क्या आप जानते हैं ?

यूके के लोगों ने डाकिया के लिए शिकायत की कि वो डाक को एक साथ रखने के लिए रबर बैंड का उपयोग करते हैं और उसे बाहर फेंक कर कचरा पैदा करते हैं। 2004 ई. में रॉयल मेल ने लाल बैंड अपने कर्मचारियों के लिए शुरू किया।

इससे उन्हें पहचानना आसान हो गया और केवल रॉयल मेल ही इसका उपयोग कर सकते थे। यदि कर्मचारियों से बैंड कहीं गिर गया, तो उसे उठाना उनकी मजबूरी होती थी, जिससे कचरा फैलाने वाली समस्या का समाधान हो गया। वर्तमान में कुछ 3420 लाख लाल बैंड्स प्रति वर्ष उपयोग में लाये जा रहे हैं।

1966 ई. में एक हिन्दी सिनेमा 'लव इन टोक्यो' प्रदर्शित हुई थी, जिसकी तारिका आशा पारिख ने अपने बालों में मोतियों वाला रबर बैंड लगाया। उस तरह के रबर बैंड का नाम ही लव इन टोक्यो पड़ गया था। आज भी किशोरी बालाओं के बालों में लगाने के लिए भाँति-भाँति के सुन्दर-सुन्दर रबर बैंड उपलब्ध हैं। कामकाजी महिलाओं के लिए भी इस प्रकार का रबर बैंड पहली पसन्द है।

थर्मोकोल

पोलिस्ट्रिन एक कड़ा और साफ़ प्लास्टिक है, जिसका आविष्कार अकस्मात् 1839 ई. में ऐडुआर्ड साइमन द्वारा बर्लिन में औषधि तैयार करने के क्रम में हुआ। उसने स्टोरेक्स से तैलीय पदार्थ आसुत किया, टर्किश स्वीटगम पेड़ के रस जिसे स्टाइरोल कहते हैं, कुछ समय बाद साइमन ने पाया कि स्टाइरोल गाढ़ा होकर जेली बन गया। 1866 ई. में रसायनशास्त्री मरसेलिन बरथेलोट ने खोजा कि यह बदलाव स्टाइरिन के पोलीमराइज़ेशन के कारण हुआ, स्टोरेक्स में एक द्रव पेट्रोकेमिकल पाया जाता है जिसे पोलीस्टाइरिन नाम से जाना गया। 1941 ई. में द्वितीय विश्वयुद्ध के कारण

रबर की उपलब्धता कम हो गयी थी, डो कम्पनी के केमिकल फ़िज़िक्स प्रयोगशाला के शोधार्थी एक लचीला रबर जैसा विद्युत कुचालक बनाने का प्रयास कर रहे थे। एक दिन उनकी टीम के नायक ओटिस मेकिंटायर ने आइसोब्यूटिलीन एक वाष्पशील द्रव को स्टाइरिन के साथ अधिक दाब के अन्तर्गत मिलाने का प्रयास किया। उनके आश्चर्य का ठिकाना ना रहा, स्टाइरिन के अन्दर छोटे-छोटे बुलबुले बन गये, एक नया पदार्थ बना जो ठोस पोलीस्टाइरिन से 30 गुना हल्का और ज़्यादा लचीला था। यह सस्ता और नमीरोधी भी था। यह पोलीस्टाइरिन से निकला हुआ पदार्थ शीघ्र ही यूएस के तटरक्षक 6 व्यक्तियों के लिए जीवन रक्षक बेड़ा में उपयोग करने के लिए अपना लिया गया। जल्दी ही इसका अन्य युद्ध कालीन उपयोग होने लगे। डो ने 1944 ई. में इस पदार्थ को स्टाइरोफ़ोम के नाम से पेटेंट कराया और 1954 ई. में यह नागरिक बाज़ार में आ गया। आज यह मुख्य रूप से इमारतों को इंसुलेट करने के लिए, तथा कला और क्राफ़्ट में भी इनका उपयोग होता है। जब पोलीस्टाइरिन को गैस के प्रवाह के सामने रखते हैं तो यह एक दूसरा उपयोगी रूप धारण करता है जिसे EPS (expanded polystyrene) नाम से जाना जाता है। EPS, छोटे-छोटे पोलीस्टाइरिन के मनकों से बना होता है जो लाखों हवा के बुलबुले समेटे रहता है। इसे एक मज़बूत, हल्का और ऊष्मारोधी ठोस के रूप में ढाला जा सकता है जिसे थर्मोकोल भी कहते हैं, 1951 ई. में जर्मनी की केमिकल कम्पनी BAST द्वारा यह नाम दिया गया। 1954 ई. में पीट्सबर्ग, पेंसिलवेनिया में कोप्पर्स कम्पनी ने EPS फ़ोम विकसित किया। 1957 ई. में शिकागो, इल्लिनोईस की वेक्स पेपर कम्पनी ने पोलीस्टाइरिन कप के लिए पहला पेटेंट दायर किया। उनका दावा था कि उनके तरीक़े से बने कप को आराम से पकड़ा जा सकता है, यहाँ तक कि उसमें उबलता पानी भी डाला जाये तब भी। हालाँकि कोप्पर्स कम्पनी ने 1970 ई. में ही आधुनिक फ़ोम कप को प्रारम्भ किया। उनके कप पतली दीवार वाली, मनके के व्यास के दोगुना से कम, और उत्कृष्ट ऊष्मारोधी गुण वाला था। वो जल्दी ही गरम पेय के लिए लोकप्रिय हो गये। EPS ने पात्र, पिकनिक कूलर, औद्योगिक पैकेजिंग और बहुत से उपयोगी उपकरण साथ ले आये। हालाँकि स्टाइरोफ़ोम का व्यापार इमारत इंसुलेशन के लिए मुख्य रूप से किया गया, पर सच कहें तो स्टाइरोफ़ोम कप जैसा कुछ भी नहीं ! शायद EPS कप अधिक उपयुक्त नाम होगा।

आइसक्रीम बनाने वाला उपकरण

शुरुआती आइसक्रीम बनाने वाले उपकरण के कई-कई दावेदार हैं। सुप्रसिद्ध रोमन राजा नीरो से लेकर चीन तक, जो दावा करते हैं कि मार्को पोलो उनके पास से आइसक्रीम बनाने की विधि को यूरोप में लाये। लेटिन और प्राचीन ग्रीक साहित्य में बर्फ़ और फलों के मिश्रण से अनेक प्रकार के मिष्ठान का उल्लेख है। अलग-अलग अनेक व्यक्तियों को पहला आधुनिक आइसक्रीम बनाने वाले यन्त्र की खोज का श्रेय दिया जाता है। कई इतिहासकार यह मानते हैं कि 1843 ई. में अमेरिका के नेंसी एम जॉनसन ने धुरी पर हाथ से घुमाने वाले (पैडलनुमा) आइसक्रीम बनाने वाले यन्त्र को बनाया। उनका विचार व्यावहारिक ज्ञान पर आधारित था। दो डिब्बों से बने इस यन्त्र में एक छोटा डिब्बा जिसमें दूध, चीनी, सुगन्धित स्वाद के मिश्रण के साथ रखा जाता था, इसे बड़े डिब्बे में रखा जाता है जिसमें बर्फ़ और नमक मिला कर रखते थे। एक स्थिर धुरी, हत्था लगा पैडल के साथ जिसे दूध के मिश्रण में रख कर सामग्री को मथते थे। नमक बर्फ़ के तापमान को स्थिर रखता था, और मिश्रण को पैडल घुमा कर लगातार मन्थन किया जाता था, मथते-मथते उसे समांग चिकना मलाईदार स्वादिष्ट बना दिया जाता था। यह प्रक्रिया आइसक्रीम उत्पादन समय को कम कर देती थी, परन्तु जॉनसन उसको पेटेंट नहीं करा पायी।

विलियम यंग से अपनी खोज के लिए उन्हें $ 200 प्राप्त हुए, जिन्होंने उसका नाम जॉनसन पेटेंट आइसक्रीम फ्रिज़र रखा।

कुछ लोग दावा करते हैं कि 1832 ई. में औगस्टस जैक्सन ने पहला आइसक्रीम बनानेवाला यन्त्र आविष्कृत किया था, जो वाशिंगटन डी सी में व्हाइट हाउस का रसोइया था। यह माना जाता है कि जैक्सन ने व्हाइट हाउस में प्रथम महिला डोली मेडीसन के मेहमानों के लिए रात्रि भोज में असाधारण स्वाद वाला मीठा आइसक्रीम पेश किया था। उसने आइसक्रीम बनाने की प्रक्रिया के साथ प्रयोग किया, अपने प्रयास से कम मेहनत वाला, ताप संचालित जिसमें पैडल था, जिसमें नमक और बर्फ़ का उपयोग होता था ऐसा यन्त्र बनाया। यह आइसक्रीम बनाने का क्रान्तिकारी तरीक़ा था, परन्तु उसके पास अपने विचार पेटेंट कराने का समय नहीं था। तभी से अनेक लोगों ने आइसक्रीम बनाने वाले यन्त्र के विकास में अपना योगदान दिया। केवल बर्फ़ जमाने के लिए फ्रिज़र सहित कुछ उल्लेखनीय योगदान लन्दन के ऐगनेस बी मार्शल द्वारा विकसित किया गया। इनका यन्त्र पाँच मिनट के अन्दर एक पिंट (द्रव्यमान की इकाई) आइस जमा सकता था। 1897 ई. में अफ्रीकन अमेरिकन आविष्कारक अलफ्रेड ऐल क्रेल्ले को आइसक्रीम ढालने वाला और उसका पात्र खोजने का श्रेय दिया जाता है। उनकी खोज आइसक्रीम को, जिसमें रखा जाता है उसकी दीवाल से दूर रखता है और रखने-निकालने की प्रक्रिया को आसान कर देता है। 1909 ई. में अमेरिका के जेकब फ़स्सल ने जॉनसन की आइसक्रीम फ्रिज़र को संशोधित कर पहला व्यावसायिक रूप से सफल आइसक्रीम बनाने का यन्त्र बनाया, जो 300 लाख गेलन आइसक्रीम प्रति वर्ष उत्पादित करती है।

सेफ़्टिपिन

साधारण पिन में दो संशोधन कर लें तो सेफ़्टिपिन हो जाता है। पिन में एक स्प्रिंग तंत्र और एक पकड़ने वाला क्लैंप/पकड़, एक बन्द लूप होता है, जो पूरी सुरक्षा के साथ पिन से जोड़ता है, और पिन के खुले नुकीले भाग की चुभन से बचाता है। ये सामान्यत: कपड़े के दो टुकड़ों को एकसाथ जोड़ता है या फटे कपड़ों को या फिर बच्चों के लँगोट/डायपर में उपयोग किया जाता है। हालाँकि पिन का उपयोग जोड़ने के लिए प्राक् ऐतिहासिक काल से हो रहा है। न्यूयॉर्क के बहुज्ञ अमेरिकन यान्त्रिक और आविष्कारक वाल्टर हंट आधुनिक सेफ़्टिपिन के खोजी माने जाते हैं। अपने दोस्त से लिए गये $15 की उधारी को चुकता करने के लिए हंट ने एक दिन कुछ नया खोजने का निर्णय लिया। वो पीतल के तार के टुकड़े को यूँ ही मरोड़ रहे थे, जो लगभग 8 इंच लम्बा था। उन्होंने तार के बीच में एक कुंडली (coil) बनाया, जैसे ही

छोड़ते थे खुल जाता था। तब उन्होंने एक सिरे पर एक पकड़/क्लैंप जोड़ दिया, और दूसरा छोर नुकीला बनाया, नोक को बलपूर्वक दबा कर कुंडली (स्प्रिंग) की सहायता से क्लैंप में डाल देते हैं। पकड़, उँगलियों को सुरक्षा प्रदान करता है, पिन के चुभने की कोई सम्भावना नहीं रहती, इसलिए इसे 'सेफ़्टिपिन' कहते हैं। पूरे अन्वेषण में हंट को मात्र तीन घण्टे लगे। 1849 ई. में हंट ने अपने आविष्कार के लिए पेटेंट प्राप्त किया, लेकिन जल्दी ही अपना अधिकार मात्र $ 400 में डब्लू आर ग्रेस & कम्पनी को बेच दिया, जो आज के परिप्रेक्ष्य में $ 10,000 से थोड़ा अधिक होगा। हंट आने वाले समय को समझने में ग़लती कर गये, डब्लू आर ग्रेस ने उनकी इस खोज से लाखों डॉलर का लाभ कमाया, उनकी कम्पनी आज भी विशिष्ट रसायन और पदार्थों के निर्माता के रूप में प्रतिष्ठित है।

अपनी खोज से पैसा बनाने में नाकाम होना उनकी फ़ितरत थी। वह एक बहुमुखी प्रतिभा के धनी, रचनात्मक आविष्कारक थे, जिसने आश्चर्यजनक नवीन उपकरणों की श्रृंखला बना डाली जिसमें लोक स्टिच सिलाई मशीन, विंचेस्टेर रिपिटिंग राइफ़ल के पूर्वज, एक सफल सूत कातने वाला, चाकू तेज़ करने वाला (आज भी जो निर्मित होता है और जिसका वृहद् उपयोग होता है), फ़ाउंटेन पेन, कील बनाने वाली मशीन, रेस्टोरेंट में काउंटर वाली मेज़, पेड़ काटने वाली आरी, आइसब्रेकर युक्त जहाज़, स्याही स्टेंड, ट्राम की घण्टी, कोयले से जलने वाली स्टोव, कृत्रिम पत्थर, सड़क साफ़ करने वाला यन्त्र, प्रारम्भिक दुपहिया, जूते की हील, सीलिंग पर चलने वाला यन्त्र जिसका उपयोग सर्कस में होता था, और बर्फ़ की कुदाल।

उसका दुर्भाग्य, कि वह कभी भी अपनी खोजों का व्यावसायिक महत्त्व नहीं समझ पाया, या पेटेंट कराने में नाकाम रहा, या फिर थोड़े पैसों के लिए पेटेंट्स बेच देता था।

प्रबलित कंक्रीट

कंक्रीट शब्द की उत्पत्ति लेटिन के शब्द concretus से हुई जिसका अर्थ सघन/संक्षिप्त या गाढ़ा होता है। प्रबलित कंक्रीट में उच्च तन्यता ताक़त के साथ संरचनाओं को मज़बूत करना शामिल है, इसके विपरीत जैसे स्टील का छड़, जिसकी तन्यता शक्ति और प्रत्यस्थता/लचीलापन सामान्य कंक्रीट से कम होता है। नये कंक्रीट के ठोस होने के पूर्व इन सरंचनाओं को उसके बीच सेंडविच की तरह दबा देते हैं। रोमन काल से ही कंक्रीट का उपयोग निर्माण के लिए होता था। लेकिन शुरुआती दौर के कंक्रीट प्रबलित नहीं होते थे और उसकी तन्य शक्ति कम होती थी। पूरे विश्वास के साथ ज्ञात नहीं है कि प्रबलित का खोजी कौन था, परन्तु 1850 ई. के प्रारम्भ में जीन्स लुइस लम्बोट ने छोटी नाव का निर्माण किया सम्भवतः वही पहला सफल उदाहरण था। लम्बोट, एक किसान था, उसने अपने नाव को लोहे की छड़ और तार के जाल से प्रबलित/मज़बूत बनाया। उसने इन पदार्थों का उपयोग इमारत

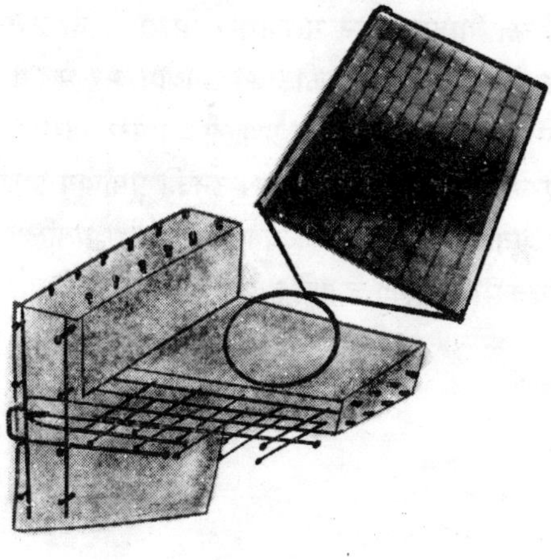

निर्माण में भी करने की सलाह दी। 1854 ई. में इंग्लैंड के न्यूकासल अपोन टाईन शहर के विलियम विल्किंसन, एक प्लास्टर करने वाले ने सेवकों के लिए छोटा दोमंज़िला कुटीर, लोहे की छड़ और रस्सीनुमा तार का उपयोग कर, छत और फ़र्श को प्रबलित बनाया, और इस प्रकार के निर्माण को पेटेंट कराया। विल्किंसन ने इस प्रकार की अनेक संरचनाओं का निर्माण किया, सम्भवतः वही पहला प्रबलित कंक्रीट भवन माना जाता है। जोसेफ़ मोनियर, एक पर्शियन माली जिसने बाग़ के लिए गमले और टब कंक्रीट से बनाया, कंक्रीट के बीच लोहे की जाल डालकर प्रबलित किया। 1867 ई. में पेरिस की प्रदर्शनी में उसने अपनी खोज को प्रदर्शित किया। उसने प्रबलित कंक्रीट को रेलवे स्लीपर्स, पाइप, छत, फ़र्श, आर्क, और पुल के लिए प्रोन्नत किया, लेकिन प्रबलन की सैद्धान्तिक प्रक्रिया को कभी समझ नहीं पाया। फ्रांस के भवन निर्माता फ्रंकोईस कोईगनेट ने पहली बार प्रबलित कंक्रीट का उपयोग बड़े पैमाने पर किया। 1852 ई. में उन्होंने प्रबलित कंक्रीट में लोहे के साथ प्रयोग प्रारम्भ किया। एक साल बाद उन्होंने चार मंज़िला भवन का निर्माण पेरिस के पूर्वोत्तर उपनगर सेंट डेनिस में पूर्णतः प्रबलित कंक्रीट से किया। यह सीमा चिह्न इमारत आज भी खड़ी है।

1879 ई. में, जी ए वेस्स ने मोनियर के प्रणाली के अधिकार को ख़रीद लिया तथा जर्मनी और ऑस्ट्रिया में प्रबलित कंक्रीट निर्माण को प्रारम्भ किया। सेन फ्रांसिस्को, कैलिफ़ोर्निया के अरनेस्ट रेनसम ने 1884 ई. में मरोड़ी वाले चौकोर छड़ का उपयोग कंक्रीट और छड़ के बीच बन्धन को और मज़बूत करने के लिए अपनाया, और प्रबलन की नयी प्रणाली को पेटेंट कराया, तथा इसका उपयोग अनेक बड़ी-बड़ी इमारतों का निर्माण करने में किया। 1870 ई. के उत्तरार्ध में पेरिस के फ्रंकोईस हेन्निबिक ने भी प्रबलित कंक्रीट का उपयोग कर भवनों का निर्माण शुरू किया। 1892 ई. में निर्माण की हेन्निबिक प्रणाली को पेटेंट कराया और मुख्य शहरों में निर्माण के लिए फ्रेंचाइज़ी स्थापित किया। उनकी प्रमापीय प्रणाली कोलम और बीम को मिलाकर एकल अखण्ड तत्त्व बनाती थी, यही प्रबलित कंक्रीट निर्माण, यूरोप में तेज़ी से विकास के लिए काफ़ी हद तक ज़िम्मेदार है।

कँटीला तार

फ्रांस के लीयोंस यूजिन ग्रेसिन बलेडन द्वारा 1860 ई. में सबसे पहले सपाट और पतले तार के साथ बाड़ा बनाने का प्रस्ताव दिया गया, उनकी संरचना में बाड़े का निर्माण करते समय कुछ चुभते/तेज़तर्रार बिन्दु बनाये गये थे, जिसे पार करना कष्टप्रद था। अनेक पेटेंट्स का अनुगमन हुआ परन्तु इनमें से किसी भी तार का कभी भी व्यावसायिक उत्पादन नहीं हुआ। न्यूयॉर्क के एक लोहार, मिशेल केली को 1868 ई. में विशेष रूप से जानवरों को रोकने के लिए बनाये गये बाड़े (fencing) का पेटेंट प्राप्त हुआ। पहला तार बाड़ा एक ही तार से बना था जो अक्सर चौपायों के बोझ से दबकर टूट जाता था, केली ने दो तारों को एक साथ ऐंठकर उसकी मज़बूती में महत्त्वपूर्ण सुधार किया जिसे कँटीला बाड़ा कहा गया। केली के ऐंठन वाले दोहरे तार की रचना ही पहला कँटीला बाड़ा, या सफल कँटीला तार था।

एक अमेरिकी किसान जोसेफ़ एफ ग्लिडेन को अक्सर पहला व्यावसायिक रूप से सफल कँटीला तार बनाने का श्रेय दिया जाता है। 1873 ई. में डिकल्ब,

इल्लिनोईस के एक मेला की प्रदर्शनी को देखकर ग्लिडेन को यह विचार आया। वहाँ उन्होंने गायों को रोकने के लिए तार के फाहों (उभार) वाला लकड़ी का बना हुआ बाड़ा देखा था। किंवदन्ती है कि उनकी पत्नी लुसिंडा ने उन्हें प्रोत्साहित करते हुए उनके विचार को अपने बाग़ को सुरक्षित रखने के लिए परिसीमन की तरह उपयोग करने को कहा। अपनी खोज पर अधिकार पाने के लिए उन्हें कोर्ट में कई-कई युद्ध जीतने पड़े, इसलिए इसका नाम 'द विनर' रखा, इसमें एक साधारण तार की पट्टी एक दोहरे ऐंठन पर बन्द होती है। डिकल्ब में ग्लिडेन और उनके साथी ने 'द विनर' के उत्पादन के लिए बार्ब फेंस कम्पनी की स्थापना की। उन्होंने एक प्रक्रिया खोजी जिससे काँटों को निश्चित स्थान पर ही स्थिर किया जाता था, और वृहद् उत्पादन को अंजाम देने के लिए यन्त्रों को खोजा। ग्लिडेन अपनी मौत के पहले अमेरिका के सर्वाधिक धनिकों में से एक थे। आज भी कँटीले तारों में उसकी रचना सर्वाधिक परिचित शैली बनी हुई है। 1870 ई. के बाद मुख्य परिवर्तन कँटीला तार में बस इतना ही हुआ कि उससे लगने वाले चोटों को कम करने के लिए उसकी दृश्यता (visibility) बढ़ायी गयी। उदाहरण के लिए जेकब और वार्रेन ब्रिंकार्होफ़्फ़ ने 1879 ई. में और 1881 ई. में ऐंठन वाला और चपटा तार शुरू किया। अन्तत: अमेरिकन स्टील और तार कम्पनी इसकी प्रभावशाली निर्माता बनी। उन्होंने उत्पाद के सभी पहलुओं, स्टील छड़ से लेकर विभिन्न प्रकार के तारों और कील उत्पादों को नियन्त्रित किया।

कँटीले तार का महत्त्वपूर्ण समाजिक और आर्थिक प्रभाव, विशेष रूप से पश्चिमी अमेरिका में है। इसने पशुपालकों को अपनी भूमि घेरने और मवेशियों को झुंड में मुक्त क्षेत्र में सीमित करने की अनुमति दो। इसने स्थानीय अमेरिकन की आजीविका को भी बुरी तरह प्रभावित किया, जिस कारण वो इसका शोक-पूर्ण उप-नाम 'शैतान की रस्सी' रखे थे। 1898 ई. में स्पेनिश अमेरिकन युद्ध के प्रारम्भ से ही कँटीले तार का बहुत बड़ा उपयोग युद्ध के समय भी देखा गया। प्रथम विश्व युद्ध में जहाँ तक हमें ज्ञात है टैंक की खोज, सुरक्षा के लिए लगाये गये कँटीले तार, को तार तार (बर्बाद) करने के लिए किया गया था। 1988 ई. में भारत सरकार ने आतंकवाद पर अंकुश लगाने के लिए भारत पाक सीमा पर भी तारबन्दी करायी थी।

पोस्टकार्ड

पहला ज्ञात चित्रित पोस्टकार्ड, हस्त निर्मित पेंट किया हुआ कार्ड था। जिसे 1840 ई. में थियोडोर हुक एक लेखक, संगीतकार और व्यावहारिक जोकर ने लन्दन में पोस्ट किया था, एक पेनी (पैसा) मूल्य का काला स्टेम्प धारक, उन्होंने इस कार्ड पर डाकघर में कार्यरत कर्मचारियों का कार्टून बनाया था।

फ़िलाडेलफ़िया, यूएसए के जॉन पी चार्लटोन ने 1861 ई. में पहला व्यावसायिक कार्ड बनाया और उत्पादित किया। उन्होंने अपनी रचना को पेटेंट कराया, परन्तु अपने अधिकार को हाइमेन एल लिप्मेन को बेच दिया, जिन्होंने इसका पुन: नामकरण कर लिप्मेंस पोस्टल कार्ड रखा। कार्ड सुसज्जित किनारे के साथ बेचा जाता था। हालाँकि, 13 मई 1873 ई. में यूएस सरकार ने व्यक्तिगत दिये गये पोस्टकार्ड पर रोक लगा दी। बाद में उसी साल पोस्टमास्टर जॉन क्रेसवेल ने पहला आधिकारिक, पहले से स्टेम्प लगा, पेनी पोस्टकार्ड प्रारम्भ किया। 1865 ई. में यूरोप में आधिकारिक पोस्टल कार्ड प्रदान करने के विचार का श्रेय जर्मन डाक अधिकारी

डॉक्टर हेनरिच वोन स्टीफ़न को दिया जाता है। जुलाई 1870 ई. तक उत्तरी जर्मनी में डाक राजस्व की हानि के डर से क्रियान्वित नहीं किया गया। डॉक्टर इमेनुअल हर्रमन्न ने इसी प्रकार के विचार की सलाह ऑस्ट्रो-हंगेरियन सरकार को दी थी। यह त्वरित रूप से अनुमोदित हो गयी और पहला कार्ड 1 अक्तूबर 1869 ई. को जारी कर दिया गया था। मुद्रांकित स्टेम्प के साथ इस सरकारी पोस्टकार्ड को कोरेसपोंडेज कार्टे या पत्राचार कार्ड कहा गया।

1870 ई. में फ्रांस में पहला ज्ञात चित्र अंकित पोस्टकार्ड, एक तरफ़ छवि के साथ बनाया गया था। उसपर स्टेम्प लगाने के लिए कोई स्थान नहीं था, और कोई प्रमाण नहीं कि वो बिना लिफ़ाफ़े का कभी पोस्ट किया गया हो। 1872 ई. में ग्रेट ब्रिटेन में पहला प्रचार वाला कार्ड दिखाई दिया। विश्वव्यापी पोस्टल संघ उसी साल बना और विभिन्न देशों के बीच व्यक्तिगत सन्धियों के स्थान पर, मान्य समूह के नियमों से संचालित अन्तरराष्ट्रीय मेल स्थापित हुआ। 1875 ई. के प्रारम्भ से समझौते के अनुसार सरकार ने पोस्टल कार्ड्स उपलब्ध कराये, जिसे विदेशों में भेजने की अनुमति थी। 1880 ई. के दौरान छवि (चित्र) वाले कार्ड की संख्या बढ़ती जा रही थी। 1889 ई. से 1890 ई. के दौरान नवनिर्मित ऐफ़िल टावर के चित्र ने पोस्टकार्ड को गति प्रदान की, और 1890 ई. के मध्य तक छवि वाले पोस्टकार्ड को तथाकथित स्वर्णिमकाल तक ले आया। जुलाई 1879 ई. में भारत सरकार की डाक विभाग ने भी–आना का पोस्टकार्ड चालू किया। इसका अनुसरण करते हुए अप्रैल 1880 ई. में सरकार के उपयोग के लिए विशेष पोस्टकार्ड बनाये गये, 1890 ई. में जवाबी पोस्टकार्ड भी आ गया। पोस्टकार्ड अभी भी भारत और विदेशों में लोकप्रिय है। मोबाइल के व्हाट्सएप, मेसेंजर ने पोस्टकार्ड की उपयोगिता को कम कर दिया है।

क्या आप जानते हैं ?

पोस्टकार्ड को एकत्रित और अध्ययन करने की विधा को Deltiology कहा जाता है। विश्व में सिक्का संग्रहण और डाक टिकट संग्रहण के बाद यह तीसरा सबसे बड़ा संग्रहणीय शौक़ है।

टॉर्च (इलेक्ट्रिक फ़्लेश लाइट)

1866 ई. में फ्रांस के जॉर्ज लेकलाँचे ने तरल सेल का आविष्कार किया। सेल में तरल अवस्था में अम्ल (Acid) होता था, जो पलटने से गिर कर फैल जाता था। 1888 ई. में जर्मन वैज्ञानिक डॉक्टर कार्ल गेसनर ने इस गीले सेल को जिंक के कंटेनर में सील कर रख दिया, और पहला वहनीय (पोर्टेबल) सूखा सेल बन कर तैयार हो गया। 1896 ई. में एक संशोधित सूखा सेल खोजा गया जिसमें द्रव के स्थान पर इलेक्ट्रोलाइट पेस्ट का उपयोग किया गया, इसी बीच इंग्लैंड में जोसेफ़ स्वान और अमेरिका में थॉमस एडिसन ने आधुनिक उद्दीप्त प्रकाश (अत्यधिक चमकीला प्रकाश) बल्ब की खोज 1879 ई. में की। सूखा सेल और लघु प्रकाश बल्ब ने पहला इलेक्ट्रिक फ़्लेश लाइट/टॉर्च बनाया। 1898 ई. में नेशनल कार्बन कम्पनी ने D टाइप सूखा सेल की शुरुआत की जो हाथ में पकड़ने वाले पोर्टबल लाइट को पर्याप्त शक्ति देता था। पहले के उत्पादों में से एक सेल संचालित बहुत छोटे बल्ब के साथ पिन टॉर्च था। तार, बल्ब और बैटरी को जोड़ता था, जो पॉकेट में या रूमाल के पीछे छुपा रहता था, जब ज़रूरत हो स्विच दबा दें बल्ब जल जायेगा। उपयोगकर्ताओं ने जल्दी ही टॉर्च के व्यावहारिक उपयोग

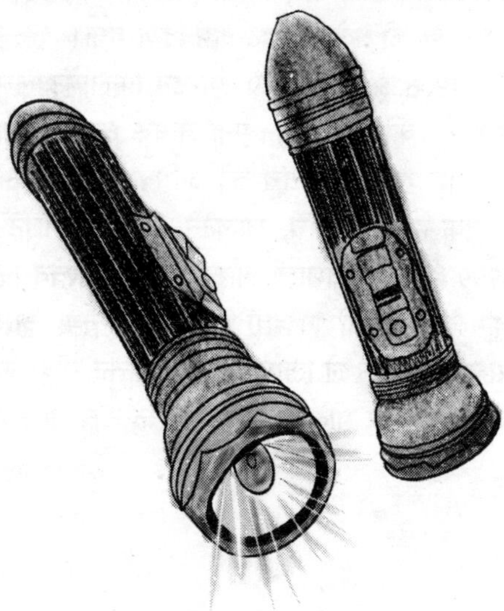

को ढूँढ़ लिया जैसे अँधेरे रेस्टोरेंट और थियेटर में कुछ पढ़ना।

कई वर्षों तक, टॉर्च का अग्रणी नाम ऐवररेडी था, मूलतः यह अमेरिकन इलेक्ट्रिकल नोवेल्टी ऐंड मेनुफेक्चरिंग कम्पनी थी। 1898 ई. में आप्रवासी रूस के कोनरड हबर्ट ने न्यूयॉर्क सिटी में इसे प्रारम्भ किया था। डेविड मिसेल, एक अंग्रेज़ अन्वेषक ने 1897 ई. में हबर्ट के लिए काम करना शुरू किया। 1899 ई. में हबर्ट की कम्पनी ने एक इलेक्ट्रिक यन्त्र के लिए पेटेंट प्राप्त किया। मिसेल द्वारा रचित यह यन्त्र देखने में आधुनिक फ़्लेश लाइट जैसा ही था। एक पेपर नलिका में आगे से पीछे तक D बैटरी (सेलों के योग को बैटरी कहते हैं) रखा जाता था, जो इसे शक्ति प्रदान करती था, साथ में एक छोर पर प्रकाश बल्ब और एक पीतल का परावर्तक होता था। इनमें से कुछ यन्त्रों को कम्पनी ने न्यूयॉर्क सिटी पुलिस को दान में दिया, जिन्होंने उनके अनुकूल व्यवहार किया। 1903 ई. में हबर्ट ने ऑन/ऑफ़ करने वाले स्विच, बल्ब और बैटरी को आधुनिक बेलनाकार आवरण में स्थित कर पेटेंट कराया।

ये शुरुआती फ़्लेश लाइट जिंक-कार्बन बैटरी पर चलती थी, जो स्थिर विद्युत धारा प्रदान नहीं कर सकती थी, इसलिए लगातार कार्य जारी रखने के लिए आवर्ती (सावधि) आराम की आवश्यकता थी। वे कार्बन फ़िलामेंट बल्ब के लिए अक्षम ऊर्जा का उपयोग कर रहे थे, जिस कारण जल्दी-जल्दी आराम चाहिए था। इसलिए ये केवल अल्पकालिक फ़्लेश (चमक) के लिए उपयोग किया जा सकता था, इसी कारण इसको फ़्लेश लाइट नाम दिया गया।

1906 ई. के लगभग टंगस्टन फ़िलामेंट लैम्प का विकास हुआ, जो कार्बन फ़िलामेंट की अपेक्षा तीन गुना अधिक क्षमता वाला था, उसके साथ में उन्नत बैटरी ने फ़्लेश लाइट या टॉर्च को अधिक उपयोगी और लोकप्रिय बना दिया। 1922 ई. तक हाथ का टॉर्च, लालटेन, और सर्चलाइट संस्करण भी उपलब्ध हो गया। 1999 ई. में शक्तिशाली और विश्वसनीय श्वेत LED सेन जोस, कैलिफ़ोर्निया के लूमिलेड्स कॉर्पोरेशन द्वारा प्रारम्भ किया गया। आजकल इसने फ़्लेश लाइट में दीप्त बल्ब का स्थान ले लिया है। विकास की सीढ़ी पर चढ़ते हुए आज भाँति-भाँति के चार्जेबल, और सोलर सेल से चालित टॉर्च भी उपलब्ध हैं।

विद्युत टंकित्र (इलेक्ट्रिक टाइपराइटर)

यूनिवर्सल स्टोक टिकर, एक विद्युत टंकित्र, 1870 ई. में थॉमस ऐलवा एडिसन द्वारा आविष्कृत किया गया। यह लोकप्रिय विद्युत मुद्रक टेलिग्राफ़ तार से संकेत प्राप्त करता था और स्वतः काग़ज़ के टेप पर अक्षर, नम्बर या अधिकतर स्टॉक मूल्य अंकित करता था। कालान्तर में एडिसन ने मैगनेट की श्रृंखला से चालित टाइपराइटर बनाया, परन्तु, वो विशालकाय, महँगा और व्यावसायिक दृष्टि से असफल था। पहला व्यावहारिक इलेक्ट्रिक टाइपराइटर 1902 ई. में अमेरिका के जॉर्ज ब्लिकेंसडरफ़र द्वारा विकसित, स्टेमफ़ोर्ड, कनेक्टिकट में स्थित उसी की कम्पनी ने शुरू किया। ब्लिक इलेक्ट्रिक के बाद के इलेक्ट्रिक टाइपराइटर के सापेक्ष कुछ

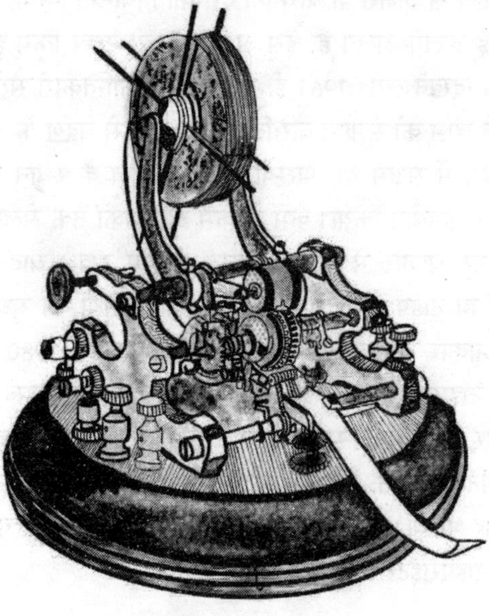

फ़ायदे हैं जिसमें हल्की स्पर्श कुंजी, यहाँ तक कि टाइपिंग और स्वचालित कैरिएज रिटर्न भी शामिल है, मशीन इमरसन इलेक्ट्रिक मोटर से संचालित होता था। लेकिन फिर भी यह व्यावसायिक रूप से सफल नहीं हुआ, सम्भवत: इसलिए कि टाइप करने की गति धीमी थी, या फिर विद्युत आपूर्ति मानकीकृत (स्टैंडराइज़ेशन) नहीं था। मिस्सौरी के कंसास शहर के जेम्स स्माथर्स ने पहला व्यावहारिक, शक्तिशाली कार्यकारी टाइपराइटर का आविष्कार किया। स्माथर्स टाइप करने की गति को बढ़ाना चाहता था और शिथिलता को कम करना चाहता था, उन्होंने 1912 ई. तक कार्यकारी मॉडल पूरा किया। 1923 ई. में रोचेस्टेर, न्यूयॉर्क के नॉर्थ-ईस्ट इलेक्ट्रिक कम्पनी ने स्माथर्स का पेटेंट हासिल कर लिया था। नॉर्थ-ईस्ट ने उनकी रचना को आगे विकसित किया जिससे टाइपराइटर निर्माता व्यापार कर सकें। 1925 ई. में इसका उपयोग कर रेमिंगटन इलेक्ट्रिक टाइपराइटर शुरू हुआ। 1929 ई. में नॉर्थ-ईस्ट, अपने लिए टाइपराइटर के बाज़ार में प्रवेश किया, और पहला इलेक्ट्रोमेटिक टाइपराइटर उत्पादित किया। 1935 ई. में IBM ने इलेक्ट्रोमेटिक तकनीकी को हासिल किया, पुनर्रचित कर, IBM इलेक्ट्रिक टाइपराइटर मॉडल 01 के रूप में प्रारम्भ किया। स्माथर्स IBM में शामिल हो कर, टाइपराइटर पर अपना कार्य जारी रखा। 1941 ई. में IBM ने इलेक्ट्रिक टाइपराइटर मॉडल 04 शुरू किया जिसमें आनुपातिक रूप से अक्षरों के बीच की दूरी को नियन्त्रित किया, जैसे i और w की मोटाई/चौड़ाई अलग-अलग है, इस आविष्कार से टाइप किये हुए दस्तावेज़, छपे पन्ने की तरह दिखने लगे। 1961 ई. में IBM ने क्रान्तिकारी सेलेक्ट्रिक को प्रारम्भ किया, जिसने जाम को समाप्त कर दिया, तीव्र गति से मुद्रण के आकार (font) को परिवर्तित करने में सक्षम था, पारम्परिक टाइप बाल के स्थान पर एक छोटे गोल टाइप बाल का उपयोग किया। कम से कम दो दशकों तक सेलेक्ट्रिक ने कार्यालय हेतु टाइपराइटर बाज़ार में अपना वर्चस्व क़ायम रखा। बाद के संस्करणों में, दस्तावेज़ों में ही टाइप करते समय होने वाली ग़लतियों को सुधार सकते हैं, और अक्षरों के आकार को बदलने का सामर्थ्य रखते हैं। 1980 ई. के प्रारम्भ में इलेक्ट्रॉनिक टाइपराइटर ने इलेक्ट्रिकल का स्थान लेना शुरू कर दिया। इनमें जिरोक्स, ब्रदर, और केनोन मशीनें अग्रणी रहीं जिसमें प्रारम्भिक वर्ड प्रोसेसर भी था। इनमें इलेक्ट्रॉनिक मेमोरी, डिस्प्ले, स्पेलिंग, और व्याकरण सुधार करने वाला और डिस्क ड्राइवर भी था। आजकल पर्सनल कम्प्यूटर और लेसर या इंकजेट मुद्रक ने इलेक्ट्रॉनिक टाइपराइटर का स्थान ले लिया।

नाख़ून कटर और फ़ाइल

नेल क्लिपर, जो नेल ट्रिमर या नाख़ून कटनी के नाम से भी जाना जाता है, अधिकतर स्टेनलेस स्टील का बना होता है, पर प्लास्टिक या एल्युमिनियम से भी बन सकता है। मुख्यत: ये दो प्रकार के होते हैं–एक सरौते की तरह दूसरा यौगिक लीवर की तरह। अमूमन नेलकटर के साथ एक और टूल जुड़ा रहता है, जो नाख़ून की गन्दगी निकालने के काम आता है। अक्सर इसमें एक लघु फ़ाइल भी रहता है जो कटे नाख़ून के खुरदुरे किनारे को चिकना करता है। नेलकटर के वास्तविक अन्वेषक से हम अनभिज्ञ हैं। प्राचीन काल से ही इससे मिलते-जुलते उपकरण नख प्रसाधन के लिए उपयोग में लाये जाते थे। पहला यूएस पेटेंट बोस्टन के वेलेंटाइन फोगर्टि को 1875 ई. में उँगलियों के नाख़ून काटने के लिए ट्रिमर में सुधार के लिए प्राप्त हुआ, जिससे प्रतीत होता है कि ऐसा टूल पहले से था। फोगर्टि का टूल आज के कटर से बिल्कुल भिन्न दिखता था, उपयोगकर्ता को अपनी उँगली एक अवतल गुहा

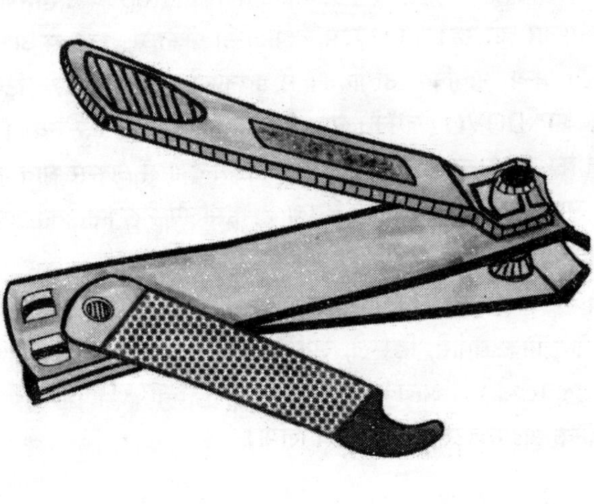

(cavity) में रखना होता था, जिसके एक सिरे पर ब्लेड लगा होता था। नाख़ून कटर में निरन्तर सुधार अगले कुछ वर्षों तक अमेरिकी खोजी करते रहे और उन्हें पेटेंट प्राप्त होता रहा, इस कड़ी में विलियम ऐज, जॉन होलमेन, यूगिन हेम और सेलेस्टिन मट्ज, जॉर्ज कोट्स और चेपल कार्टर का प्रमुख योगदान रहा। लगभग 1928 ई. में, वृहद् मात्रा में व्यापार करने वाले, अनसोनिया, कनेक्टिकट के एच सी कुक कम्पनी के अध्यक्ष कार्टर ने दावा किया कि उनका जेम नेलकटर 1896 ई. के शुरुआत में ही अपनी पहली उपस्थिति को दर्ज कराया था। अन्य प्रारम्भिक निर्माताओं में एल टी स्नो कम्पनी और न्यूयॉर्क की किंग क्लिप कम्पनी भी शामिल थी। 1947 ई. में विलियम ई बेस्सेट, जिहोंने डर्बी, कनेक्टिकट में डब्ल्यू ई बेस्सेट कम्पनी शुरू की जिसमें ट्रिम नेलकटर विकसित किया। वो आधुनिक प्रक्रिया से निर्माण करने वाली पहली कम्पनी बनी, जिस प्रक्रिया को तोपख़ाना घटकों के निर्माण के लिए उसने द्वितीय विश्व युद्ध में अपनाया था, यहाँ भी उसी को अपनाया था। 19वीं शती से यह बेहतर जबड़े की रचना वाला, जिसमें दो निब आधार के पास जुड़ा रहता था, जो बन्द करते समय लीवर हत्था की क्षैतिज गति को रोकता था, पिन कीलक के स्थान पर दाँतेदार कीलक लगाया, और पेटेंट किये हुए झटके से मुड़ने वाले हत्था को लीवर में जोड़ दिया। अभी भी यही रचना बाज़ार में प्रभावी है।

1940 ई. के अन्त में बेस्सेट ने तेज़ अन्तिम छोर वाला क्रोईडोन नेलकटर प्रारम्भ किया, इस्कवैर पत्रिका में आभूषण की दुकान को बढ़ावा देने के लिए इसे एक प्रतीक चिह्न के रूप में मुहर लगाया गया था। दुर्भाग्य से क्रोईडोन को व्यापारिक सफलता नहीं मिली। परन्तु डब्ल्यू ई बेस्सेट व्यक्तिगत सौन्दर्य उपकरणों के प्रमुख निर्माता लगातार बने रहे। उनकी ट्रिम उत्पाद की पंक्ति में, 150 से अधिक उत्पाद शामिल हैं। अन्य आधुनिक उत्पादकों में इवेनफ़्लो (चीन), 777 (ट्रिपल सेवेन, कोरिया), और DOVO (जर्मनी) नामचीन हैं। अभी भी मज़दूर तबका अपने पैरों के नाख़ून को ढंग से साफ़ नहीं करते, फलतः गन्दगी से अक्सर घाव हो जाता है, जो उन्हें लम्बे समय तक परेशान करता है, इसलिए नेलकटर का उपयोग अति आवश्यक है।

पिंग-पोंग (टेबल टेनिस) गेंद

टेबल टेनिस या पिंग-पोंग खेल की उत्पत्ति 1880 ई. के दौरान ब्रिटेन में हुई थी, जहाँ यह दोपहर के भोजन के बाद बैठक में खेला जाता था। यह कहा जा सकता है कि ब्रिटेन के सेना के अधिकारी ने भारत में या दक्षिणी अफ्रीका में इस खेल को विकसित किया। पुस्तकों की पंक्ति, मेज़ के बीच में नेट की तरह खड़ा किया जाता था, दो और किताब रैकेट की तरह उपयोग में लायी जाती थी, और गल्फ़ की गेंद को मेज़ के एक छोर से दूसरे छोर पर और फिर वापस किताब से हिट करते हुए खेलते थे। विकल्प के तौर पर सिगार के डिब्बों के ढक्कन से चप्पू और शेम्पेन के कॉर्क को गेंद बना लेते थे। प्रारम्भिक रैकेट चर्मपत्र के टुकड़ों को एक फ्रेम के ऊपर खींच कर बनाया जाता था, जो सुमधुर ध्वनि उत्पन्न हुई, उसी से इसका पहला उपनाम विफ़्फ़-वाफ़्फ़ और पिंग-पोंग पड़ा। 1901 ई. के पहले तक, बाद वाला नाम ही अधिक उपयोग होता था, ब्रिटेन के खेल उपकरणों के निर्माता जे जेक्स & संस लिमिटेड ने इसे अपना व्यापारिक चिह्न बनाया। जो लोग जेक्स के महँगे उपकरणों का उपयोग करते थे पिंग-पोंग बस उन्हीं में सीमित हो गया था, जबकि अन्य उत्पादक इसे टेबल टेनिस कहते थे। यूएस में जहाँ जेक्स ने अपने अधिकार एक

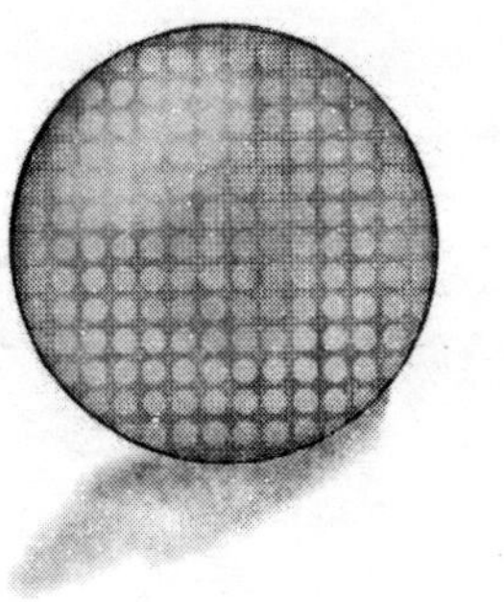

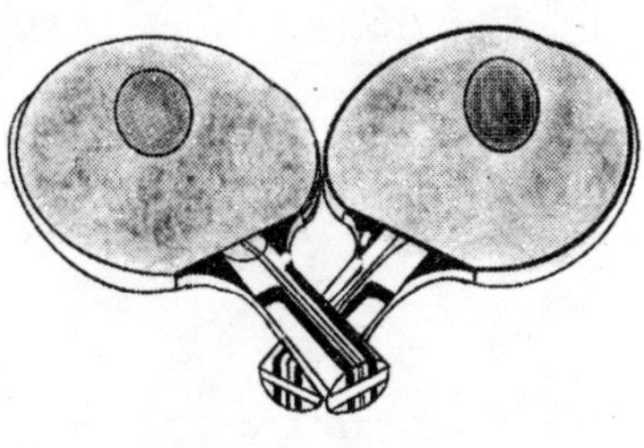

खिलौने की कम्पनी पार्कर ब्रदर्स को बेच दिये वहाँ भी समान परिस्थिति पैदा हुई।

प्रारम्भिक टेबल टेनिस खेल में उपयोग किया जाने वाला गेंद अधिकतर रस्सी, रेशा, रबर या कॉर्क से बनता था। हालाँकि रबर के गेंद में उछाल बहुत अधिक होता था और कॉर्क गेंद की उछाल बहुत ख़राब होती थी। एक मुख्य आविष्कार इस खेल के प्रेमी, अति उत्साही, ब्रिटिश जेम्स गिब्ब द्वारा किया गया। 1901 ई. में यूएस की यात्रा के दौरान यह खोज हुई, सेल्यूलॉयड (एक प्रारम्भिक प्लास्टिक) से बनी गेंद ने खेल में नवीनता ला दी, इस खेल के लिए इसे सर्वोत्तम पाया गया। इसका अनुसरण करते हुए ई सी गुडी ने 1901 ई. में लकड़ी की पट्टी पर दानेदार रबर की परत को स्थित कर, रैकेट के आधुनिक संस्करण को खोजा। 1950 ई. में रैकेट के अन्दर स्पंज की परत जोड़ी गयी, जिसने खेल को नाटकीय रूप से बदल दिया, इससे खेल में स्पिन और गति सम्मिलित हो गयी। गति के उपयोग ने स्पिन में गति को जोड़कर खेल को और गतिमान बना दिया। 2000 ई. में इंटरनेशनल टेबल टेनिस फ़ेडरेशन ने नियमों में कुछ बदलाव स्थापित किया, इसमें गेंद का व्यास 38 मिमी. से बढ़ाकर 40 मिमी. कर दिया। इस बदलाव से हवा का घर्षण बढ़ गया और प्रभावी रूप से खेल थोड़ा धीमा हो गया, जिससे दूरदर्शन पर दर्शक के लिए अनुसरण आसान हो गया। हालाँकि इस क़दम से कुछ विवाद उत्पन्न हुए। चीन की राष्ट्रीय टीम ने तर्क दिया, कि इनका इरादा सिर्फ़ ग़ैर चीनी खिलाड़ियों को जीतने का अवसर देना है! आज, आधिकारिक तौर पर गेंद का व्यास 40 मिमी., द्रव्यमान 2.7 ग्राम, अधिक उछाल देने वाला, हवा से भरा, प्लास्टिक का बना सफ़ेद या नारंगी रंग का होता है। हाल के दिनों में टेबल टेनिस का बड़ा गेंद, 44 मिमी. व्यास वाला भी बहुत लोकप्रिय हो रहा है क्योंकि यह खेल को थोड़ा और धीमा कर देता है।

विद्युत पंखा

न्यू ओरलीन के इंजीनियर शुइलर व्हीलर ने 1882 ई. और 1886 ई. के बीच विद्युत पंखा का आविष्कार किया था। इसमें दो पत्तियाँ (ब्लेड्स) इलेक्ट्रिक मोटर से जुड़े थे, लेकिन कोई सुरक्षा बक्स नहीं था। क्रोकर & कर्टिस इलेक्ट्रिक मोटर कम्पनी ने इस उत्पाद का व्यावसायिक बाज़ार किया। जर्मन अमेरिकन खोजी फ़िलिप एच डिह्ल & कम्पनी ने विद्युत सीलिंग पंखे से परिचित कराया। डिह्ल जर्मन प्रवासी था जो सिंगर सिलाई मशीन कम्पनी में कार्यरत था। 1882 ई. में उन्होंने पंखे के ब्लेड को सिलाई मशीन के मोटर से जोड़कर उसे छत (सीलिंग) में स्थित (फ़िक्स) कर दिया। इस तरह सीलिंग पंखे की खोज हो गयी। जिसे 1887 ई. में इन्होंने पेटेंट कराया। कालान्तर में डिह्ल कम्पनी के अध्यक्ष के रूप में छत के पंखों में बल्ब/

प्रकाश इकाई को जोड़ा। 1904 ई. में उन्होंने स्प्लिट बॉल जॉइंट को जोड़ा, जो हवा के बहाव की दिशा को बदलने की अनुमति देता है; तीन साल बाद यह पहला दोलन करने वाला पंखा बना।

प्रारम्भिक विद्युत पंखे बहुत महँगे होते थे, इसलिए इसका उपयोग केवल कार्यालयों तथा अमीर घरानों में होता था। लगभग 1890 ई. के उत्तरार्द्ध से 1920 ई. के पूर्वार्द्ध में आम जन की पहुँच के अन्दर सस्ता पंखा बनने लगा। अधिकतर पंखों में पीतल का ब्लेड और पिंजरा/बक्स बना होता था, सच कहा जाये तो पिंजरा उपयोगकर्ता को नहीं बल्कि महँगे ब्लेड्स को सुरक्षा प्रदान करता था। असल में उसमें इतना खुला रहता था, कि बच्चे अपना हाथ अन्दर डाल देते थे, और चोट लग ही जाती थी।

पीतल की आवश्यकता प्रथम विश्व युद्ध में युद्ध की सामग्री बनाने में (गोला बारूद निर्माण में भी) हो रही थी, फलस्वरूप इसकी अनुपलब्धता के कारण पंखा निर्माताओं ने स्टील का बक्स बनाना शुरू किया। 1920 ई. के उत्तरार्द्ध में जेनरल इलेक्ट्रिक ने एक-दूसरे को ढकते (overlapping) हुए एल्युमिनियम के ब्लेड्स बनाये जो काफ़ी शान्ति से चलते थे। 1932 ई. में इमरसन ने सुन्दर सिल्वर स्वान पंखों का निर्माण किया जो आज भी कार्यात्मक है। एल्युमिनियम निर्मित इसके ब्लेड्स कलात्मक सुसज्जित और नौका प्रोपेलर की आकृति पर आधारित था। यह स्वान पंखा बहुत ही सफल रहा और सम्भवतः इमरसन को भी अवसाद से मुक्त कर दिया। 1950 ई. में AC की बढ़ती लोकप्रियता ने विद्युत पंखों की माँग को कम कर दिया, तब इसके निर्माताओं ने गुणवत्ता की क़ीमत पर इसके मूल्य को कम किया।

1998 ई. में अमेरिकन वाल्टर के बोयड ने HVLS (High Volume Low Speed) सीलिंग पंखा आविष्कृत किया। बोयड दुधारू पशुओं के लिए एक ठण्ढा रखने वाला संयन्त्र विकसित कर रहे थे, क्योंकि अधिक गर्मी में वो दूध कम देती थीं। उसने एक बहुत बड़ा विद्युत पंखा बनाया, जिसमें 8 फ़ीट के व्यास वाले 10 एल्युमिनियम ब्लेड्स का उपयोग किया। यह धीरे चलता था मगर बहुत उर्जायुक्त और धूल नहीं उड़ाता था। आज भी HVLS पंखे औद्योगिक गोदाम, कारख़ाना, और शॉपिंग माल में गर्मी कम करने और शीतलन के मूल्य को कम करने के लिए उपयोग में लायी जाती हैं। आज भाँति-भाँति के हल्के फ़ाइबर के रंगीन कलात्मक और टिकाऊ पंखे ज़मीन (पेडस्टल), टेबल, खड़ी दीवाल (रसोई घर, प्रसाधन) और छत (सीलिंग) के लिए उपलब्ध हैं।

सीट बेल्ट

19वीं शती के पूर्वार्द्ध में प्रसिद्ध हवाबाज़ अंग्रेज़ इंजीनियर सर जॉर्ज केले ने अपने ग्लाइडर के लिए सीट बेल्ट का उपयोग किया था, जो बेल्ट का पहला अवतरण था। न्यूयॉर्क के ऐडवर्ड जे क्लेगहॉर्न ने भले ही सीट बेल्ट का पहला पेटेंट 1885 ई. में प्राप्त किया, पर उनकी खोज मोटरगाड़ी वालों के लिए नहीं अपितु आग बुझाने वाले और पेंट करने वाले लोगों के लिए थी। 1911 ई. में अमेरिकन हवाबाज़ बेंजमिन फौलुईस ने राइट फ़्लायर संकेत कोर 1 हवाई जहाज़ के सीट के लिए कवच निर्मित किया। वो चाहते थे कि सीट उसे मज़बूती से पकड़े रहे, जिससे जहाज़ पर वह बेहतर नियन्त्रण रख सके, और ऊबड़-खाबड़ ज़मीन पर भी जहाज़ को उतार सके, और उड़ान भी भर सके। हालाँकि, द्वितीय विश्व युद्ध तक, सीट बेल्ट सेना के हवाई जहाज़ का मानक नहीं था।

1930 ई. के दौरान, बहुत से अमेरिकन चिकित्सक दो बिन्दु वाले 'लेप बेल्ट' से अपने कार की सीट को सुसज्जित किये और निर्माताओं से आग्रह किये, कि सारी नयी कारों में इसे उपलब्ध करायें लेकिन इसमें बहुत थोड़ी सफलता मिली। हालाँकि, 1954 ई. में अमेरिका के तत्कालीन स्पोर्ट्स कार क्लब वर्तमान में NASCAR ने कार

रेस के सभी चालक प्रतिभागी के लिए लेप बेल्ट आवश्यक कर दिया। पासाडेना, कैलिफ़ोर्निया के डॉक्टर हंटर शेल्डेन ने एक वर्ष के उपरान्त, न केवल हर बार उपयोग में आने वाला सीट बेल्ट अपितु नियन्त्रित पहिया, मज़बूत छत, धातु की छड़, ताला युक्त दरवाज़ा और निष्क्रिय (अप्रतिरोधी) संयम जैसे हवा का बैग को शामिल करने का सुझाव दिया, और मोटर गाड़ी सुरक्षा को सुधार दिया। अनेक चिकित्सक, पुलिस, आटो उद्योग संघ, और उस समय का पूरा विश्व सीट बेल्ट की वकालत करने लगा। अमेरिकन कार निर्माता, नाश (1949), फ़ोर्ड (1955), क्रिसलर (1956), ने सीट बेल्ट को वैकल्पिक रूप से पेश किया, जबकि स्वीडिश साब ने 1958 ई. में मानक के तौर पर सीट बेल्ट को प्रस्तुत किया। उस समय के बहुत से फ़ोर्ड के विज्ञापनों में जीवन रक्षक सुरक्षा सुविधाओं में सीट बेल्ट को प्रमुखता से शामिल किया गया था। आधुनिक तीन बिन्दु 'लेप & शोलडर' सीट बेल्ट जो अधिकतम ग्राहकों की गाड़ियों में रहता है, उसे 1955 ई. में अमेरिका के रोज़र ग्रिसवोल्ड और हग डिहेवेन ने पेटेंट कराया था। यह मॉडल बाद में स्वीडिश आविष्कारक निल्स बोहलिन, वोलवो कार के निर्माता द्वारा संशोधित किया गया, और 1959 ई. में जिसे मानक सज्जा के रूप में मान लिया गया। त्री बिन्दु रचना के अलावा बोहलिन ने स्वीडन में 28,000 दुर्घटनाओं पर अध्ययन कर, बेल्ट के प्रभाव को प्रदर्शित किया। 1962 ई. में इस उपकरण के लिए यूएस से पेटेंट प्राप्त हुआ। 1970 ई. तक अधिकतर कार में इस तरह के बेल्ट मानक सुरक्षा उपकरण बन गये। 1963 ई. में यूएस कांग्रेस ने समस्त ओटोमोबाइल को नियत सुरक्षा मानक के अनुपालन के लिए क़ानून पारित किया। दुनिया में सर्वप्रथम सीट बेल्ट का क़ानून 1970 ई. ऑस्ट्रेलिया के विक्टोरिया में लागू हुआ, कार चालक और आगे के सीट के यात्री को बेल्ट लगाना आवश्यक था। आज दुनिया के अधिकतर भाग में इस तरह का नियम है। 2002 ई. में वोल्वो ने एक अनुमान लगाया कि 10 लाख से ज़्यादा ज़िन्दगी सीट बेल्ट बचा चुका है।

बाल पॉइंट पेन

बाल पॉइंट पेन में, पेन के अग्र भाग में एक छोटा-सा गोला स्थित होता है, जिसके घूर्णन (rolling) की प्रक्रिया से स्याही बाहर आता है, इसमें श्यान (viscous) स्याही का उपयोग होता है। गोल गेंद का व्यास अमूमन 0.5 मिमी. से लेकर 1.2 मिमी. तक होता है, यह पीतल, स्टील, टंगस्टन कार्बाइड या अन्य किसी टिकाऊ पदार्थ का बना हो सकता है।

बाल पॉइंट पेन के प्रारम्भिक संस्करण कई-कई बार पेटेंट हुए, लेकिन एक भी व्यावसायिक रूप से सफल नहीं हुए। एक चर्म शोधक जॉन लाउड को 30 अक्टूबर 1888 ई. को पहला पेटेंट प्राप्त हुआ। लाउड के मन में यह विचार तब आया जब अपने उत्पाद पर वो कुछ लिखना चाहते थे, और बहुत प्रयास के बाद भी किसी भी फ़ाउंटेन पेन द्वारा चमड़े पर लिख नहीं पाये। उनकी क़लम में एक छोटा घूर्णन करने वाला स्टील बाल, एक सोकेट द्वारा पेन के अग्र भाग में स्थापित किया जाता था। यह क़लम कभी निर्मित नहीं हो सका, और ना ही अगले 50 वर्षों में प्राप्त 350 पेटेंट में से कोई अन्य। असली समस्या स्याही की थी, पतली करें तो लीक करने लगती थी, और गाढ़ा करें, तो थक्का जम जाता था, स्याही निकलती ही नहीं थी। ताप पर निर्भर होने के कारण कभी-कभी दोनों होने लगता था। हंगरी

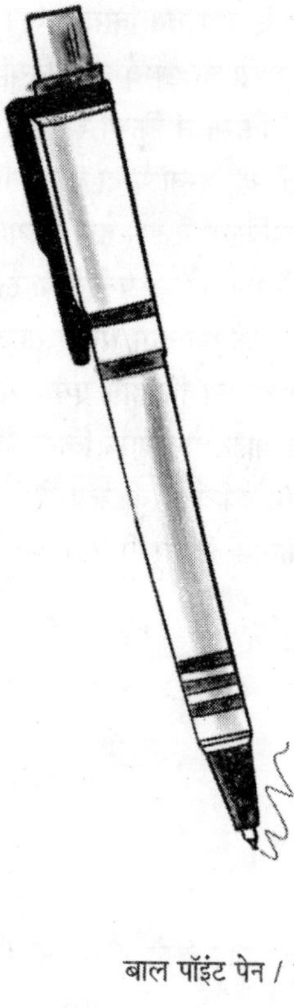

के समाचार-पत्र के सम्पादक लेजलो बीरो, फ़ाउंटेन पेन में बार-बार स्याही भरने के कारण समय की बर्बादी से तथा पन्नों पर लगे धब्बे को साफ़ करते-करते परेशान हो गये थे। उन्होंने ध्यान दिया कि समाचार पत्रों को छापने के लिए उपयोग में लाया गया स्याही तुरन्त सूख जाता है, जो पन्नों को साफ़-सुथरा और धब्बा रहित रखता है, फिर तो उन्होंने एक ऐसा क़लम बनाने का निर्णय लिया, जिसमें इसी स्याही का उपयोग हो। हालाँकि श्यान स्याही का प्रवाह फ़ाउंटेन पेन की निब से नहीं हो पाया, तो बीरो ने अपने भाई जीयोर्जी की मदद से पुनः शोध कर बाल पॉइंट पेन को 1938 ई. में पेटेंट कराया। प्रारम्भिक क़लमें बाल तक स्याही को पहुँचाने के लिए गुरुत्व पर निर्भर थीं, जिस कारण क़लम को सीधा रखना आवश्यक था, अन्यथा स्याही के प्रवाह में मुश्किलें आ जाती थीं। बीरो ने अपनी क़लम में, केपिलरी क्रिया का उपयोग कर और पिस्टन से स्याही के स्तम्भ में दबाव उत्पन्न कर इस समस्या का समाधान कर दिया। अंग्रेज़ों ने पाया कि फ़ाउंटेन पेन के विपरीत उच्च अल्टिट्यूड (अधिक ऊँचाई) पर भी यह लीक नहीं कर रहा था। इसलिए इस नयी रचना को लाइसेंस दिया और बीरो बाल पॉइंट पेन जल्दी ही रॉयल एयर फ़ोर्स के लिए वृहद् मात्रा में उत्पादित किया गया।

शीघ्र ही अन्य कम्पनियाँ भी बाल पॉइंट पेन का निर्माण करने लगीं। लेकिन सभी, किसी न किसी समस्या का सामना कर रही थीं। कभी कोई पेन लीक करने लगती थी, पन्ना गन्दा कर देती थी या कभी लगातार स्मूथ नहीं लिखती थीं। अन्ततः दो व्यक्तियों ने इसे हल किया। प्रथम, 1949 ई. में पेट्रिक जे फ्रोले जुनियर नामक अमेरिकन की कम्पनी ने पहला 'पेपर मेट' बाल पॉइंट पेन को प्रारम्भ किया जिसके बिकने कारण दाग/धब्बा रहित स्याही था। द्वितीय, 1952 ई. में मारसेल बिच, एक फ्रेंच व्यक्ति जिन्होंने एक स्पष्ट पीपे सा, चिकना चलने वाला, लीकप्रूफ़, सस्ता बाल पॉइंट पेन शुरू किया जिसे उन्होंने बाल पॉइंट बिक कहा। अन्ततोगत्वा यह क़लम व्यावहारिक रूप से लिखने वाला यन्त्र बन गया। आज नये-नये रूप रंग में ये क़लमें बाज़ार में उपलब्ध है।

एल्युमिनियम पत्तर (फायल)

एल्युमिनियम की वह चादर जिसकी मोटाई 0.2 मिमी. से कम होती है, उसे एल्युमिनियम फायल कहते हैं। घरेलू उपयोग का पत्तर और भी पतला होता है, विशेषकर 0.016 मिमी. या 0.024 मिमी.। लगभग 75% एल्युमिनियम पन्नी खाद्य पदार्थों, प्रसाधन और रसायन उत्पाद की पैकिंग में उपयोग होता है। शेष का उपयोग औद्योगिक अनुप्रयोगों में किया जाता है। उत्तरी अमेरिका में अग्रणी उत्पादक, रेनोल्ड्स मेटल्स द्वारा एल्युमिनियम पत्तर/पत्र को लोकप्रिय बनाया गया।

1888 ई. में एल्युमिनियम धातु वृहद् मात्रा में उपलब्ध होने लगा 1903 ई. में गोटेंशविल, स्विट्ज़रलैंड के अल्फ्रेड गौटशी ने पहली बार चिर परिचित पैक रोलिंग प्रक्रिया से एल्युमिनियम पत्तर बनाया। गौटशी ने भारी लोहे के सिलिंडर के बीच एल्युमिनियम शीट को डाला और सिलिंडर को घूर्णन (रोल) कराया। सिलिंडर के बीच की दूरी को कम करते हुए इस प्रक्रिया को बारम्बार, वांछित पत्तर की मोटाई प्राप्त होने तक दोहराया जाता था। क्रयुजलिंगन, स्विट्ज़रलैंड स्थित एक अन्य उत्पादक 'डॉक्टर लाओबर, नेहर & साई' प्लांट ने इसका उत्पादन वैकल्पिक प्रक्रिया से किया। लगातार रोलिंग प्रक्रिया से निर्मित एल्युमिनियम पत्र का उपयोग, खाद्य पदार्थों को एक-दूसरे में मिलने से बचाने के लिए सुरक्षात्मक कवच के रूप में किया।

19वीं शती के उत्तरार्द्ध से टिन व्यावसायिक उपयोग के लिए उपलब्ध था। परन्तु यह बहुत लचीला नहीं था और खाद्य पदार्थों को इसमें थोड़ी देर रखने के बाद थोड़ा धात्विक स्वाद आ जाता था। इसलिए नये पदार्थ ने जल्दी ही इसको विस्थापित कर दिया। 1911 ई. में स्विट्ज़रलैंड आधारित कन्फेक्शनरी फ़र्म टोबलर ने अपने चॉकलेट को एल्युमिनियम पत्तर में लपेटना प्रारम्भ किया, जिसमें उनका विशिष्ट त्रिकोण चॉकलेट बार टोबलर वन भी शामिल था। चॉकलेट में एल्युमिनियम पत्र

का उपयोग, पूर्णरूपेण तात्कालिक सफलता थी, क्योंकि यह नमी से सुरक्षा देता था और स्वाद-सुगन्ध को बरकरार रखता था। 1912 ई. से मेग्गी, आज की नेस्ले मेग्गी ने भी इनका उपयोग सूप और खाद्य भण्डार को पैक करने के लिए करना शुरू कर दिया। 1913 ई. में एल्युमिनियम पत्तर का व्यावसायिक उत्पादन यूएस में प्रारम्भ हो गया। मूल बाज़ार बहुत ही छोटा था, रेसिंग कबूतर की पहचान के लिए पैर में बैंड लगाने जैसा। लेकिन जल्दी ही इसके बहुत से उपयोग, जैसे चॉकलेट, चाय, जीवन रक्षक मिंट, केंडी बार, और च्युइंगम आदि को लपेट कर पैक करने के काम आता था। 1921 ई. में पहला फ़ोल्डिंग कार्टन एल्युमिनियम पत्तर से लेमिनेट कर उत्पादित किया गया। दुग्ध उद्योग ने इसे बहुत जल्दी अपना लिया, क्योंकि चीज़ से सम्पर्क के बाद भी ये काला नहीं पड़ता था और टिन पत्तर से लगभग 20% सस्ता भी था। घरेलू पत्तर 1920 ई. के उत्तरार्द्ध में पहली बार बाज़ार में आया। एल्युमिनियम पत्तर द्वितीय विश्व युद्ध के दौरान प्रमुख पैकिंग पदार्थ बन गया था। युद्ध के बाद इसका उपयोग कई गुना बढ़ गया, जैसे 1948 ई. में पहली बार इसकी शुरुआत खाद्य पदार्थ के बर्तन के रूप में हुई। आजकल एल्युमिनियम पत्तर चमकते रंग में, छापेदार, उभरा हुआ या लेमिनेटेड हर जगह उपलब्ध है।

गोंद के गेंद (गम बॉल्स)

किंवदन्ती है कि गोंद की गेंद का आविष्कार लगभग 20वीं शती के प्रारम्भिक काल में न्यूयॉर्क में किसी गुमनाम जर्मन पंसारी ने किया था। गोंद के ब्लोक्स के बिक्री न होने के कारण परेशान होकर उसने उसका टुकड़े-टुकड़े गुच्छे बनाकर दुकान के बाहर फेंक दिया। गोंद के कुछ गुच्छे शक्कर के बैरल/पीपा में गिर गया और एक नया झलकदार रूप में दिखने लगा। पंसारी ने अपने दोस्त को अपनी यह खोज दिखायी, जिससे उसने मोमफली वेंडिंग मशीन उधार लिया था, उसने उसकी क्रियाविधि में थोड़ा-सा बदलाव किया और उसी मशीन द्वारा गोंद के गेंद वितरित करने लगा। इस कहानी में कितनी सच्चाई है पता नहीं, परन्तु, यह निर्विवाद है कि, 1888 ई. के प्रारम्भ में गोंद को छड़ी या ब्लोक की आकृति में गोंद को वितरित करने वाला व्यापारिक (वेंडिंग) मशीन था। 1897 ई. में, पुल्वर उत्पाद कम्पनी ने आकर्षित करने के लिए मशीन में ऐसा सुधार किया जिससे सजीव चित्रों वाली आकृति में गोंद के गेंद वितरित हो सकते थे। हालाँकि पहला मशीन जो वास्तविक गोंद के गेंद को रख सकता था, वो 1907 ई. में देखा गया, सम्भवत: यूएस के थॉमस आदम्स गम कम्पनी द्वारा जारी किया गया था। अमेरिकन उद्यमी फ्रेंक हेनरी फ्लीर च्युइंगम के अग्रणी

अग्रदूतों में से एक थे। उनकी प्रारम्भिक योजनाओं में केंडी (शक्कर) लेपित गोंद बनाना था, उनकी खोज 'चिकलेट' आज भी व्यापक रूप से लोकप्रिय है। फ्लीर थोड़ा और इलास्टिक गम बनाना चाहते थे, उनकी पहली, हद दर्जे का चिपचिपा, गन्दा व्यवहार करने वाला गम, बहुत प्रयास के बाद अन्ततः बबलगम के रूप में तैयार हुआ। विचित्र किन्तु सत्य, उनके मुनीम, वाल्टर डाइमर जिन्हें गम को आवश्यकतानुसार इलास्टिक बनाने हेतु सामग्रियों का उचित अनुपात खोजने का श्रेय दिया जाता है, इतना इलास्टिक कि फूँकने से जो बुलबुला बने वो हमारे चमड़े पर से तारपीन के तेल को लगाये बिना ही हटाया जा सके, जैसा फ्लीर ने पहले चिकलेट में किया था। उसने पारम्परिक गुलाबी रंग का उपयोग किया, क्योंकि जब वह अपनी मनगढ़ंत कहानी बना रहा था उस समय अलमीरा में केवल यही रंग बचा था। उसकी 1928 ई. की खोज, डबल बबल, पहला व्यावसायिक रूप से सफल बबलगम था। मूल रूप से यह गोंद के गेंद (गमबॉल्स) की तरह जिसकी केंडी परत पर नाम का मुहर छाप कर बेचते थे, बाद में छोटे-छोटे ब्लोक कोमिक रेपर में बेचने लगे जो आज भी लोकप्रिय है।

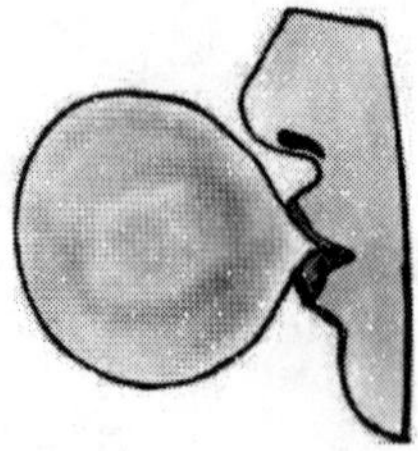

1923 ई. में नोर्रिस उत्पादन कम्पनी ने इसे पेटेंट कराया, और 1930 ई. के दौरान क्रोम रंग की गमबॉल्स की मास्टर मशीन की पंक्ति उत्पादित की। ये मशीन सिर्फ़ पेनी या निकल (5 सेंट का सिक्का) ही स्वीकार करता था।

दूसरे प्रारम्भिक गम या गमबॉल्स मशीन के उत्पादक, 1934 ई. में, ऐकरोन, न्यूयॉर्क में फ़ोर्ड गम & मशीन कम्पनी थी। फ़ोर्ड ब्रांड की गमबॉल की मशीन भी चमकदार क्रोम रंग की थी। आज गमबॉल या उसकी मशीन देशव्यापी हर जगह उपलब्ध है, नाई की दुकान से लेकर, ड्राईक्लीनर, किराने की दुकान और यहाँ तक कि कुछ कार्यकारी स्थलों पर भी उपलब्ध है।

सेलोफिन

सेलोफिन एक पतला पारदर्शी चादर (शीट), जो सेलुलोज के पुनः निर्माण से बनता है, ग्लुकोज़ के एक प्राकृतिक पोलिमर, जो लकड़ी की लुग्दी या कपास रुई से बहुतायत में प्राप्त होता है। यह शत प्रतिशत जैविक रूप से नष्ट होने योग्य तथा हवा, तेल, ग्रीस, बैक्टीरिया और पानी के प्रति पारगम्यता कम होने के कारण यह खाद्य पदार्थों की पैकिंग में बहुत उपयोगी है।

सेलोफिन की उत्पत्ति क्रमिक प्रयासों के उपरान्त, 19वीं शताब्दी के उत्तरार्द्ध में सेलुलोज के रसायनिक परिवर्तन द्वारा कृत्रिम पदार्थ, सेलोफिन तैयार किया गया। 1892 ई. में अंग्रेज़ रसायनशास्त्री चार्ल्स एफ क्रॉस और एडवर्ड जे बिवान ने सेलुलोज के विलयन को, कास्टिक सोडा और कार्बन डाई सल्फ़ाइड से शोधित किया और विसकोस नाम से उसे पेटेंट कराया।

स्विस रसायनशास्त्री जेक्स एडविन ब्रांडेनबर्ग़र द्वारा सेलोफिन का आविष्कार किया गया। 1900 ई. में एक बार वो रेस्टोरेंट में बैठे थे तभी एक ग्राहक ने शराब को मेज़पोश पर गिरा दिया। वेटर ने तो मेज़पोश को बदल दिया, परन्तु, उसी समय उन्होंने निश्चय किया कि एक ऐसा लचीला पारदर्शी परत खोजेंगे जिसे कपड़े पर चढ़ाकर जलरोधी (वाटर प्रूफ़) बनाया जा सके। उनका पहला विचार था कि कपड़े पर फुहार कर वाटरप्रूफ़ परत चढ़ा देना, इसके लिए उन्होंने विसकोस को पसन्द किया। परत चढ़ाने के बाद कपड़ा बहुत कठोर (स्टिफ) हो गया, और पारदर्शी परत सरलता से कपड़े से अलग हो रहा था, अतः उसने अपने मूल विचार को स्थगित कर दिया, क्योंकि वह नये तत्त्व की सम्भावना के लिए स्पष्ट था। उन्हें सर्वोत्कृष्ट परत (फ़िल्म) बनाने में तक़रीबन 10 वर्ष लग गये, जिसका नाम उन्होंने सेलोफिन रखा, सेलुलोज के पूर्व से आधा शब्द लिया, और शेष आधा डायफ़िन (पारदर्शी) के अन्त से लिया। उनका मुख्य अन्वेषण ग्लिसरीन का मिलाना था जिससे पदार्थ

मुलायम बन गया। 1912 ई. तक उन्होंने सेलोफिन के निर्माण के लिए एक मशीन बनायी और इसको पेटेंट करा लिया। सेलोफिन की पहले बहुत सीमित बिक्री हुई, क्योंकि यह जलरोधी तो था पर नमीरोधी नहीं था, यह पानी को तो रोक लेता था लेकिन जलवाष्प पारगम्य था। इसका तात्पर्य यह था कि नमी से ख़राब होने वाले उत्पाद की पैकिंग के लिए यह अनुपयुक्त था। अमेरिका की एक कम्पनी ड्यु पोंट ने रसायनशास्त्री विलियम हेल चार्च को नियुक्त किया, जिन्होंने तीन वर्ष के अथक प्रयास के बाद नाइट्रोसेलुलोज लैकर विकसित किया, जिसे सेलोफिन पर लगा देने से वो नमीरोधी बन जाता है। 1927 ई. में इस (नमीरोधी) परिचय को पाते ही 1928 ई. से 1930 ई. के बीच सेलोफिन की बिक्री तीन गुना हो गयी। सेलोफिन के कारण ड्यु पोंट्स की 10% बिक्री पर 25% फ़ायदा होने लगा।

सेलुलोज परत/फ़िल्म 1930 ई. के मध्य से ही लगातार निर्मित हो रही है, और आज भी इसका उपयोग होता है। खाद्य पदार्थ पैकेजिंग के अतिरिक्त इसके बहुत से औद्योगिक उपयोग हैं, जैसे स्वत: चिपकने वाले टेप का आधार, विशिष्ट बैटरियों में प्रयुक्त पारभासी झिल्ली, डायलिसिस के नलितंत्र में, विसकिंग नलितंत्र, फ़ाइबर ग्लास तथा रबर उत्पाद में प्रदर्शन अभिकर्ता के रूप में उपयोग होता है। आजकल, फूलों-गुलदस्तों को शोभायमान करने और उसका जीवनकाल बढ़ाने हेतु भी उपयोग होता है।

थर्मस फ़्लास्क

वैक्यूम फ़्लास्क, दिवार फ़्लास्क, दिवार बोतल या थरमोस ये सारे नाम थर्मस फ़्लास्क के ही नाम हैं। 1892 ई. में स्कॉटिश भौतिकविद् और रसायनज्ञ सर जेम्स दिवार ने इसकी खोज की थी। दिवार की खोज मुख्य रूप से द्रवित गैसों को संरक्षित रखने के लिए थी जैसे द्रवित नाइट्रोजन और हाइड्रोजन, क्योंकि ये आसपास की ऊष्मा के स्थानान्तरण को रोकता था। गले से जुड़े दो फ़्लास्क, एक के अन्दर दूसरा, दोनों फ़्लास्क के बीच के ख़ाली स्थान में लगभग निर्वात (वैक्यूम) जो ऊष्मा को संचालन या संवहन द्वारा स्थानान्तरित होने से रोक सके, और उसके सतह पर परावर्तक पदार्थ की परत लगी होती थी, जो विकिरण द्वारा ऊष्मा के आदान-प्रदान को अवरुद्ध कर देती थी। 1904 ई. में जर्मनी की एक कम्पनी थरमोस GmbH ने पहला व्यावसायिक थर्मस दो ग्लास ब्लोअर द्वारा स्थापित किया। अपने उत्पाद का उचित नाम देने के लिए उन्होंने समाचार पत्र में एक प्रतियोगिता आयोजित की, एक

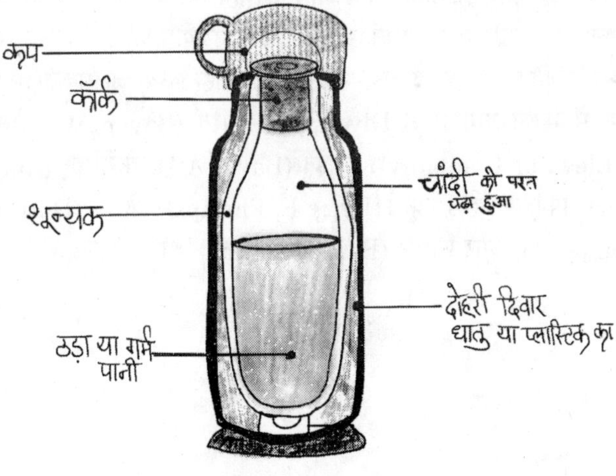

म्यूनिख वासी ने 'थरमोस' नाम दिया, जिसे ग्रीक शब्द 'थर्म' से लिया जिसका अर्थ ऊष्मा होता है। दिवार अपने खोज का नामांकन कर पेटेंट कराने में नाकामयाब रहे, और बाद में थरमोस ने इसे पेटेंट करा लिया, और दिवार कोर्ट केस हार गये। 1907 ई. में थरमोस GmbH ने थरमोस ट्रेडमार्क का अधिकार तीन स्वतन्त्र कम्पनियों को बेच दिया। उन्होंने वैक्यूम फ़्लास्क विकसित किया, जिसे बहुत से प्रसिद्ध अभियान में ले जाया गया, जिसमें अरनेस्ट शेकलेटन की अंटार्टिक यात्रा, 1909 ई. में रॉबर्ट पियरे की आर्कटिक यात्रा, 1909 ई. में अमेरिकन प्रेसिडेंट थेओडोर रूज़वेल्ट की अफ्रीकन सफ़ारी भी शामिल थी। जब राइट ब्रदर्स अपने हवाई जहाज़ में इसे ले गये तो वह हवाई यात्रा भी कर लिया, काउंट फर्डिनंड वोन जेप्पेलिन, अपने समुद्री जहाज़ में भी उसे ले गया।

1911 ई. में पहला मशीन से बना ग्लास फ़िलर का उपयोग थर्मस फ़्लास्क में कुचालक की तरह किया गया, और इसकी लोकप्रियता में उछाल आ गया। 1913 ई. में अमेरिकन भौतिकविद् विलियम स्टेनले जूनियर ने पूरा स्टील का वैक्यूम बोतल आविष्कृत किया, और स्टेनले नामक कम्पनी की स्थापना की। जो आज भी बाज़ार में थर्मस के सबसे ज़्यादा लोकप्रिय ब्रांडों में से एक है। द्वितीय विश्व युद्ध के दौरान प्रत्येक बड़े छापे पर 10000 से अधिक थेरमोस या स्टेनले वैक्यूम फ़्लास्क, सम्बद्ध बोम्बर क्रू के साथ जाता था। थरमोस कुछ देशों में पंजीकृत ट्रेडमार्क था, परन्तु यूएस के लिए यह 1963 ई. में फ़्लास्क के लिए सामान्य नाम घोषित हो गया था, और यह वैक्यूम फ़्लास्क का पर्याय बन गया था। यह ट्रेडमार्क क्षरण का उदाहरण है, ऐसा तब होता है जब कोई ट्रेडमार्क इतना आम हो जाये कि उस वस्तु को ही उसी नाम से पहचाना जाये, और मूल कम्पनी इसके नाम के उपयोग को रोकने में असफल हो जाये। इस स्थिति में यह शब्द अब और पंजीकृत नहीं किया जा सकता। अमेरिकन उदाहरण में ऐक्वा लंग (US Divers), ऐसपीरिन (Bayer AG), ऐसकलेटर (Otis Elevator Company), हेरोईन (Bayer AG), केरोसिन (Abraham Gesner), फ़िलिप्स-हेड स्क्रू (Henry F. Phillips), यो-यो (Duncan Yo-Yo Company), और जिप्पर (B. F. Goodrich) काफ़ी प्रसिद्ध हैं।

रिमोट कंट्रोल

सुप्रसिद्ध सर्बियन अमेरिकन आविष्कारक निकोला टेस्ला ने आधुनिक रिमोट कंट्रोल का प्राथमिक उदाहरण विकसित किया था। 1898 ई. में मेडिसन स्क्वैर, न्यूयॉर्क पर एक प्रदर्शनी के दौरान, उन्होंने रेडियो नियन्त्रित नाव का प्रदर्शन किया था। उसके बाद ही स्पेनिश इंजीनियर लियोनार्डो टोर्रेस क्यूवेडो ने बेतार (wireless) रिमोट कंट्रोल विकसित किया जिसे उसने 'टेलिकिनो' नाम दिया। 1906 ई. में स्पेन के राजा और अन्य बहुत से लोगों के समक्ष टोर्रेस ने बीबाओ बन्दरगाह के तट से एक मील दूर इंजिन से चलने वाले नाव को सफलतापूर्वक कंट्रोल किया।

पहला टेलीविज़न का रिमोट शिकागो की जेनिथ इलेक्ट्रॉनिक्स कॉर्पोरेशन द्वारा 1950 ई. में विकसित किया गया। जेनिथ के अध्यक्ष एक ऐसा यन्त्र विकसित करना चाहते थे जिससे बेकार के विज्ञापनों को अनसुना कर सके। 'लेजी बोन्स' नामक उनका पहला रिमोट तार द्वारा TV से जोड़ा गया जिस कारण वह बार-बार ट्रिप कर रहा था। तब जेनिथ ने 'फ़्लेशमेटिक' बेतार का रिमोट कंट्रोल बनाया। TV में चार

फोटोईलेक्ट्रिक सेल लगा रहता था, जिस पर प्रकाश की किरण डालने से कंट्रोल होता था। परन्तु अधिकांश लोग यह भूल जाते थे कि कौन-सा सेल क्या कंट्रोल करता है, तथा उसपर किसी भी प्रकाश स्रोत का उपयोग करने लगते थे।

1956 ई. में ऑस्ट्रियन अमेरिकन खोजी डॉक्टर रॉबर्ट ऐडलर ने जेनिथ स्पेस कमांड को विकसित कर इन समस्याओं का समाधान कर दिया। उन्होंने TV को सन्देश संचारित करने के लिए अल्ट्रासोनिक तरंग का उपयोग किया था। उनका मूल मॉडल यान्त्रिक था, चार एल्युमिनियम रोड अल्ट्रासाउंड तरंग उत्पन्न करते थे। जब भी बटन दबाया जाता था, इस प्रक्रिया में एक सुनने योग्य क्लिक भी उत्पन्न होता था, जिस वजह से इसका आधुनिक नाम क्लिकर भी हो गया।

पहला स्पेस कमांड इकाई बहुत महँगा था, क्योंकि उसके रिसीवर में 6 वैक्यूम ट्यूब का उपयोग होता था, जिससे TV का मूल्य 30% बढ़ गया था। 1960 ई. के प्रारम्भिक दौर में रिमोट में ट्रांजिस्टर का उपयोग होने से यह दाम में सस्ता और आकार में छोटा हो गया। जेनिथ ने अल्ट्रासोनिक तरंग उत्पन्न करने के लिए एल्युमिनियम के स्थान पर पिजोइलेक्ट्रिक क्रिस्टल का उपयोग कर, छोटी बैटरी से चालित रिमोट कंट्रोल बनाना शुरू किया। ऐडलर की रचना पर आधारित अल्ट्रासोनिक रिमोट कंट्रोल अगले 25 वर्षों तक लोकप्रिय बना रहा। परन्तु वो कभी भी बहुत आदर्श नहीं रहा। कोई भी प्राकृतिक रूप से उत्पन्न ध्वनि, रिसीवर को अकस्मात् शुरू कर देती थी, पालतू जानवर भी अल्ट्रासोनिक संकेतों को सुनकर परेशान होते थे। 1980 ई. में व्यूस्टार नामक केनेडियन कम्पनी ने अल्ट्रासाउंड के स्थान पर इंफ्रारेड तरंगों का उपयोग कर रिमोट कंट्रोल बनाया। इसे तत्काल सफलता मिली और इंफ्रारेड रिमोट के लिए व्यूस्टार, जेनिथ तथा अन्य कम्पनियाँ जल्दी ही बाज़ार में छा गयीं।

2000 ई. के आरम्भिक दौर से ही ज़्यादातर घरों पर अनेक इलेक्ट्रॉनिक संयन्त्र, और प्रत्येक के साथ रिमोट होते ही हैं। आजकल तो यहाँ तक कि टॉयलेट के लिए भी रिमोट कंट्रोल (Kohler C 3) आ गया है।

वैक्यूम क्लीनर

वैक्यूम क्लीनर के विकास में बहुत लोगों के हाथ हैं। 19वीं शती के दौरान, बहुत से क्लीनर, हाथ से संचालित, कार्पेट साफ़ करने वाले उपकरण को पेटेंट कराया गया। 1899 ई. में, सेंट लुइस, मिस्सौरी, के जॉन थरमन ने कंप्रेस्ड हवा से चलने वाले कार्पेट के जीर्णोद्धार के लिए एक यन्त्र की रचना की। हालाँकि, थरमन का मशीन वैक्यूम क्लीनर नहीं था, वो धूल को अपने में शोषित करने के स्थान पर एक कंटेनर में उड़ा देता था। अंग्रेज़ इंजीनियर हबर्ट बूथ ने मोटर युक्त वैक्यूम क्लीनर का आविष्कार किया, सबसे मज़बूत दावा उन्हीं का था। 1901 ई. में, लन्दन के एम्पायर म्यूज़िक भवन में सम्भवत: थरमन 'अन्वेषक के साथ अमेरिकन मशीन की प्रदर्शनी' में सम्मिलित हुए। प्रदर्शनी में बूथ ने यन्त्र से कुर्सी के धूल को उड़ाते देखकर, सोचा कि, यदि यह धूल को शोषित कर लेता तो अधिक बेहतर होता। उसने पफ़िंग बिल्लि उपनाम से एक बड़ा यन्त्र बनाया, जो पहले आयल इंजिन से, बाद

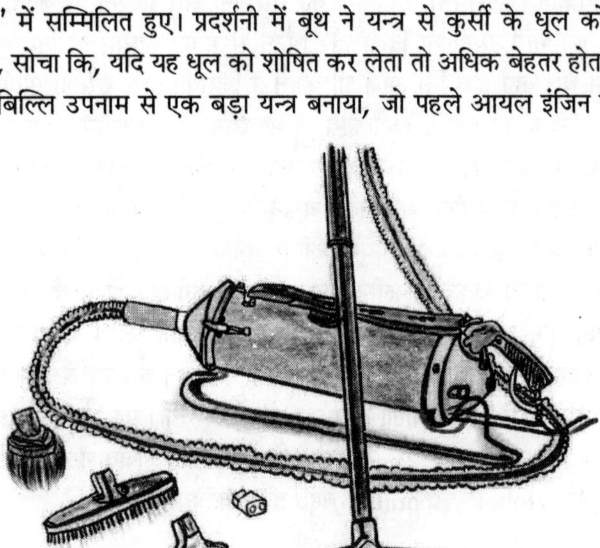

में इलेक्ट्रिक मोटर से संचालित होता था। वैक्यूम पम्प और मोटर एक घोड़ा गाड़ी में रखा जाता था, उससे जुड़ा एक सर्पनुमा लम्बा नली घरों तक पहुँचता था, मोटर चलाने के बाद नली के अन्तिम छोर पर रखे धूल कणों को अवशोषित कर लेता था। बूथ ने ब्रिटिश वैक्यूम क्लीनिंग कम्पनी (BVCC) को शुरू किया तथा अगले कुछ दशक में अपनी खोज में बहुत संशोधन किया। वैक्यूम सफ़ाई में इतनी नवीनता थी कि इंग्लैंड में सोसाइटी की महिलाएँ अपनी दोस्तों को वैक्यूम पार्टी पर आमन्त्रित करती थी।

1907 ई. में केंटन, ओहियो के जेम्स स्पेंगलेर नामक दरबान ने पहला व्यावहारिक वहनीय (पोर्टेबल) इलेक्ट्रिक वैक्यूम क्लीनर का अन्वेषण किया। स्पेंगलेर अपने कार्यस्थल पर पुराने कार्पेट को साफ़ कर बढ़िया बनाने का प्रयास कर रहा था, उसने पुराने विद्युत पंखे के मोटर को सोपबॉक्स से जोड़ा जिसे झाड़ू में स्टेपल किया था, और धूल इकट्ठा करने के लिए तकियाखोल का इस्तेमाल किया। उसने एक कम्पनी अपनी खोज को बेचने के लिए शुरू की, लेकिन जल्दी ही एक व्यापारी विलियम हूवर को अपनी खोज बेच दी। 1908 ई. में हूवर ने स्पेंगलेर की मशीन को पुनः निर्मित कर 'मॉडल O' प्रारम्भ किया। व्यापार का अभिनव प्रयोग, जिसमें 10 दिन तक परीक्षण के लिए घरों पर मशीन को फ्री में छोड़ना, घर-घर जाकर विक्रेता (सेल्समेन) का लोगों को समझाना और प्रदर्शन, ने जल्दी ही हूवर कम्पनी को भारी सफलता दिला दी। ब्रिटेन में हूवर, वैक्यूम क्लीनर का पर्याय बन गया था। यहाँ तक कि आज भी कहते हैं जिसका हूवर उसका कार्पेट। अन्य निर्माता, जैसे यूरेका और इलेक्ट्रोलक्स, ने भी हूवर के साथ प्रतिस्पर्धा शुरू कर दी। 1978 ई. से 1993 ई. के बीच ब्रिटिश उद्यमी डिज़ाइनर, जेम्स डायसन ने अपने बैग विहीन वैक्यूम क्लीनर को आदर्श बनाने के पूर्व ही चक्रवात विभाजन सिद्धान्त पर कार्य करने वाले 5000 वैक्यूम क्लीनर बनाये। किसी भी वितरक या निर्माता ने डायसन की द्वि चक्रवात क्लीनर को हाथ नहीं लगाया क्योंकि वो धूल बैग को विस्थापित कर, बने बनाये बढ़िया मूल्यवान बाज़ार को ध्वस्त करना नहीं चाहते थे। अन्ततोगत्वा वह ख़ुद ही अपने उत्पादों के सूची पत्र बनाकर बेचने लगा, और यह सबसे तेज़ी से बिकने वाला वैक्यूम क्लीनर बन गया। मई 2001 ई. तक मूल्य के आधार पर, बाज़ार पर 52% डायसन की पकड़ थी। आजकल रोबोटिक वैक्यूम क्लीनर जैसे iRobot's Roomba, बहुत ही लोकप्रिय है।

1900 ई. के बाद के अविष्कार

टेडी बियर

यूएस के 26वें राष्ट्रपति थियोडोर रूज़वेल्ट को बेहतर रूप से टेडी रूज़वेल्ट के नाम से जाना जाता था, यही वो महोदय हैं, जिनकी वजह से टेडी बियर को यह नाम मिला। रूज़वेल्ट, लुसियाना और मिसिसिपी राज्य की सीमा-विवाद को सुलझाने में सहायता कर रहे थे। 14 नवम्बर 1902 ई. को मिसिसिपी में भालू के शिकार के लिए गये, जब उनके कुछ परिचारक ने, अमेरिकन काले भालू को, जिसका कुत्ते पीछा करते-करते थका दिये थे, और उसके बाद उसे पकड़ कर एक विलो के पेड़ में बाँध दिया था, रूज़वेल्ट ने उस घायल भालू को शूट करने से यह कहते हुए इनकार कर दिया कि यह खेलभावना के विरुद्ध है, लेकिन आदेश दिया कि इसके दु:ख को दूर करने के लिए इसे मार दिया जाये। दो दिन बाद वाशिंगटन पोस्ट समाचार पत्र में एक राजनीतिक कार्टूनिस्ट क्लिफ़र्ड के बेर्रिमेन द्वारा बनाये गये सम्पादकीय कार्टून में कहा 'मिसिसिपी में एक रेखा की रचना करते हैं', यह राज्य की सीमा रेखा विवाद और भालू का शिकार दोनों स्थितियों को दर्शा रहा था। कार्टून और यह कहानी बहुत लोकप्रिय हो गयी, और एक वर्ष के अन्दर ही टेडी बियर खिलौना सामने आया।

वस्तुतः कोई भी निश्चित नहीं कि पहला टेडी बियर किसने बनाया। इससे सम्बन्धित एक मज़ेदार वाक़या मोर्रिस मिचटम से सम्बन्धित है, जिनका न्यूयॉर्क के ब्रूकलिन में नोवेल्टी और केंडी स्टोर था। एक दिन उनकी पत्नी रोज़ ने एक छोटा-सा भालू का बच्चा रेशम के कतरन को भर कर बनाया और आँख के स्थान पर काला शू बटन लगाया। कुछ समय बाद ही, जब मिचटम ने बेर्रिमन के कार्टून के बारे में सुना तब अपनी दुकान की खिड़की पर उस खिलौने भालू को प्रदर्शनी के लिए रख दिया। बहुत से ग्राहक उसे ख़रीदने के लिए पूछताछ करने लगे। इसे उत्तम व्यापारिक अवसर समझ, मिचटम ने एक भालू रूज़वेल्ट के पास भेजा, और उनके नाम का उपयोग करने की अनुमति माँगी, और टेडी बियर को बेचना शुरू कर दिया। खिलौने को तुरन्त सफलता मिली। एक वर्ष के अन्दर ही मिचटम ने आइडियल नोवेल्टी & टॉय कम्पनी की स्थापना कर लिया। जो विश्व में खिलौने की सबसे बड़ी कम्पनी बन गयी।

लगभग उसी दौरान जीयंजेन, जर्मनी के रिचर्ड स्टिफ द्वारा बनाया गया, भरा हुआ भालू स्टिफ फ़र्म ने उत्पादित किया। मार्च 1903 ई. में लिपजिग के खिलौने मेले में प्रदर्शित किये गये। वहाँ, एक अमेरिकन खिलौने की कम्पनी के ख़रीदार हर्रमन्न बर्ग ने उसे देखा और तत्काल 3000 खिलौनों को अमेरिका में भेजने का आदेश दिया। 1904 ई. में, सेंट लुइस वर्ड्स मेले में, इन भरे हुए भालुओं को 12000 की संख्या में बेचकर स्टिफ ने उस मेले का सर्वोत्कृष्ट सम्मान, स्वर्ण पदक प्राप्त किया। इस प्रकार का खिलौना भालू राष्ट्रपति रूज़वेल्ट से सम्बन्धित कहानियों से जुड़ा रहा, और टेडी नाम से जाना जाने लगा।

1906 ई. तक मिचटम और स्टिफ के अतिरिक्त अन्य निर्माता भी इसके निर्माण में जुड़ गये, रूज़वेल्ट भालू के प्रति लोग ऐसे बावले हो गये कि महिलाएँ हर जगह उसे लेकर जाने लगीं, बच्चे उसके साथ फ़ोटो खिचाने लगे, और रूज़वेल्ट ने ख़ुद इसे अपने चुनाव के लिए शुभंकर के रूप में उपयोग किया।

विंडशील्ड वाइपर (कार के शीशे का वाइपर)

1903 ई. में बर्मिंघम, अलाबामा के मेरी ऐंडरसन को पहला क्रियाशील कार के शीशे का वाइपर खोजने का श्रेय दिया जाता है। 1900 ई. के लगभग, एक जमा देने वाली ठिठुरती ठण्ड के दिन ऐंडरसन स्ट्रीट कार से न्यूयॉर्क शहर घूमने के लिए जा रही थी, तभी उन्होंने ध्यान दिया कि ओले के साथ वर्षा की एक पपड़ी सामने के शीशे पर जम जाने के कारण चालक को सामने कुछ स्पष्ट देखना मुश्किल था। ट्रॉली के सामने की खिड़की दो भागों में विभाजित होती थी, ताकि चालक इसे खोलकर सामने देखने में बाधा उत्पन्न करने वाले पदार्थों, बर्फ़ या बारिश के जल की सफ़ाई कर सके, लेकिन इस प्रणाली का परिणाम बहुत ख़राब था। चालक को खुले चेहरे से ख़राब मौसम का सामना करना पड़ता था, सामने बैठे यात्रियों की चर्चा करना व्यर्थ था, उस संरचना में ख़राब मौसम में चालक का सामने देखने की

क्षमता में सुधार करना नामुमकिन था, किसी भी तरह, उसे पता ही नहीं चलता था, कि वह किधर जा रहा है।

ऐंडरसन ने स्ट्रिटकार में ही वाइपर संयन्त्र के लिए रेखांकन करना शुरू कर दिया। रेखांकन अनेक बेकार शुरुआत के बाद एक आदर्श रूप के साथ आया, जो कार्य कर सकता था, लकड़ी और रबर से, पोंछने वाले हाथ के रूप में बना कर, चालक के स्टीयरिंग के पास लीवर से जोड़ दिया। जब चालक लीवर को खींचता था, स्प्रिंग से जुड़ा पोंछने वाला हाथ (वाइपर) खिड़की पर एक सिरे से दूसरी तरफ़ जाकर बर्फ़ कण, वर्षा बिन्दु या अन्य मलवा को साफ़ करते हुए फिर वापस आ जाता था।

ऐंडरसन ने अपने बनाये मॉडल को निर्मित किया और पेटेंट के लिए आवेदन किया, 10 नवम्बर 1903 ई. को उन्हें पेटेंट (US 743801) प्राप्त हुआ। ऐंडरसन ने अपनी खोज को विद्युत कार और अन्य गाड़ियों के लिए 'खिड़की साफ़ करने वाला उपकरण' का नाम दिया। उसने अपने उपकरण के उत्पादन के लिए कई कम्पनियों को आकर्षित करने का प्रयास किया। दुर्भाग्य से लोगों ने उसकी खोज का मज़ाक़ उड़ाया, और कहा कि वाइपर की गति से चालक का ध्यान विचलित होने के कारण दुर्घटना हो सकता है और अन्ततः पेटेंट को समाप्त कर दिया गया। 1917 ई. में अमेरिका के जॉन आर ओईशे ने ट्राई कंटिनेंटल कॉर्पोरेशन बनाया। जिसने पहला विंडशील्ड वाइपर, 'रेन रबर' बनाया, जो दो भाग में विंडशील्ड पर खाँचे में स्थित था, उस समय की अधिकतर ओटोमोबाइल में उपस्थित था। ये प्रारम्भिक यान्त्रिक विंडशील्ड वाइपर हाथ से ही संचालित किया जाता था। चालक या यात्री दोनों में से कोई एक वाइपर को उसकी धुरी पर हाथ से ही आगे-पीछे करता था। आविष्कारक विलियम ऐम फोलबर्थ ने 1919 ई. में स्वचालित विंडशील्ड वाइपर को पेटेंट करने के लिए आवेदन दिया, जो 1922 ई. में प्राप्त हुआ। वायु इंजन द्वारा संचालित इसको एक नलिका द्वारा कार के मोटर के प्रवेश नली से जोड़ देते थे। नया वैक्यूम संचालित प्रणाली जल्दी ही ओटोमोबाइल का मानक उपकरण बन गया, और 1960 ई. तक उपयोग में आता रहा। आधुनिक विद्युत वाइपर विंडशील्ड के ऊपर तक जुड़ा रहता है, जिसे बोस्क ने 1926 ई. के पूर्वार्ध में खोजा, मूलतः यह आरामदायक मॉडल्स के लिए ही संरक्षित था। पर आजकल यह आवश्यक मानक है, महँगी गाड़ियों में, सामने के साथ-साथ पिछले विंडशील्ड पर भी यह लगा रहता है।

टी बैग

1903 ई. में चाय की पत्ती के छोटे थैले (टी बैग) के लिए मिलवाउकी, विस्कोंसिन के रॉबर्टा लोसन और मेरी मेक्लारेन को टी लीफ़ होल्डर नाम से पहला पेटेंट प्राप्त हुआ। उनकी खोज में जालीनुमा कपड़े से बना एक छोटा-सा खुला थैला था, जो आजकल के बैग के समान ही दिखता था, पर अफ़सोस, वह कभी भी उत्पादित नहीं हुआ। लगभग 1904 ई. में व्यावसायिक टी बैग दिखा अवश्य, लेकिन न्यूयॉर्क से चाय कॉफ़ी के व्यापारी थॉमस सुल्लिवन ने पहली बार इसका व्यापार सफलता से किया। बीसवीं शती के मोड़ पर चाय आज से कहीं अधिक महँगा था, और जो इसे वहन कर सकते थे, वो भी इसे अत्यधिक क़ीमती बताते थे। न्यूयॉर्क में, भारत या चीन से जाने वाले प्रत्येक नये मालवाहक जहाज़ का ग्राहक बेसब्री से इन्तज़ार

करते थे। जैसे ही कोई नवीनतम नौवहन बन्दरगाह पर पहुँचता था चाय के व्यापारी जैसे सुल्लिवन, चाय को छोटे-छोटे टिन के डिब्बों में रखकर सैम्पल भेजते थे। किंवदन्ती है कि जून 1908 ई. में टिन के बढ़ते दामों से परेशान होकर उसकी जगह पर सुल्लिवन ने रेशम का छोटा-छोटा थैली हाथ से सिलकर बनाया। ग्राहकों को थैली खोलकर चाय की पत्ती का उपयोग करना था, परन्तु कुछ को यह आसान लगा कि खौलते पानी में मात्र बैग डालकर चाय बना लें। लोगों ने समझा, कि इस बैग से चाय बनाना कितना सरल है, सुल्लिवन को बहुत आश्चर्य हुआ, जब ग्राहकों ने इसी पैकिंग में आगे भी चाय की पत्ती देने का अनुरोध किया। उन्हें एक शिकायत थी कि थैली का रेशम बहुत पतला था। जवाब में सुल्लिवन ने गोज के पाउच बनाये, जो पहला प्रायोजित टी बैग था। दुर्भाग्यवश सुल्लिवन अपनी खोज को पेटेंट कराने में असफल रहे, बाद में उनका और उनकी कम्पनी का क्या हुआ? कुछ पता नहीं? अन्य लोगों ने इसके व्यावसायिक महत्त्व को समझा, और दूसरे तरह के पदार्थों पर प्रयोग करना प्रारम्भ किया, जिसमें सेलोफिन, जाली वाले कपड़े, पंच किया हुआ काग़ज़ भी शामिल था। टी बैग को हाथ से सिलने के स्थान पर मशीनें भी खोज ली गयीं। 1920 ई. के दौरान टी बैग का वृहद् उत्पादन शुरू हुआ और यूएस में इसकी लोकप्रियता बढ़ने लगी। आजकल अधिकतर टी बैग रेशेदार काग़ज़ से बनता है। वो विलियम हरमेन्सन थे, बोस्टन के टेक्निकल पेपर्स कॉर्पोरेशन के संस्थापकों में से एक, जिन्होंने ऊष्मा रोधी रेशेदार टी बैग की खोज की। 1930 ई. में हरमेन्सन ने अपने पेटेंट को सलाडा टी कम्पनी को बेच दिया। 1944 ई. तक चौकोर टी बैग का खोज नहीं हुई थी। इसके पहले टी बैग बँधा हुआ छोटा-सा बोरा जैसा लगता था। वो टेटली ही था, जिसने 1953 ई. में ब्रिटेन में टी बैग प्रारम्भ किया जिसे जल्दी ही अन्य कम्पनियों ने भी अपना लिया। 2007 ई. तक टी बैग ने चाय के ब्रिटिश बाज़ार में अपनी 96% भागीदारी बना ली।

आज भारत में भी अधिकतर नौकरीपेशा अविवाहित लड़के टी बैग से बनी चाय का ही आनन्द लेते हैं।

मोनोपोली

बीसवीं शती के पूर्वार्ध तक वापस चलें, तो मोनोपोली के इतिहास में उसकी उत्पत्ति तक पहुँच जायेंगे। प्रारम्भिक ज्ञात रचना, सर्वप्रथम ऐलिज़ाबेथ मैगी नामक एक अमेरिकन महिला ने दी। 1904 ई. में उसने 'लैंड लॉर्ड्स गेम' नाम से पेटेंट कराया। इस शैक्षणिक खेल का मुख्य उद्देश्य यह दिखाना था, कि किराया मकान मालिकों को और समृद्ध बनाती है, तथा किरायेदारों को और ग़रीब। मैगी ने अपनी खोज को, खेल कम्पनी पार्कर ब्रदर्स को लगभग 1910 ई. में जमा किया, परन्तु उन्होंने इसे प्रकाशित करने से मना कर दिया। मैगी के इस खेल का छोटा संस्करण 'ओक्शन मोनोपोली' 1910 ई. के दौरान बहुत प्रचलित हुआ। वर्षों तक यह घरों में कई घरेलू संस्करण के रूप में मौखिक प्रचार द्वारा बहुत खेला गया। 1924 ई. में, मैगी ने ख़ुद इसमें सड़कों के नाम शामिल कर परिष्कृत संस्करण के रूप में पेटेंट कराया। 1932 ई. में डेनियल लायमन ने 'द फ़ेसिनेटिंग गेम ऑफ़ फ़ाइनेंस' के नाम से एक

संस्करण को बेचना शुरू किया, जिसे बाद में फ़ाइनेंस/व्यापार के नाम से जाना गया। रूथ होसकिंस ने इस खेल को लायमन से सीखा, और नया बोर्ड अटलांटिक शहर और सड़कों के नाम के साथ विकसित किया। जर्मनटाउन, 1924 ई. वाला मैगी के पेटेंट को ख़रीदा, और विभिन्न प्रकार के व्यावसायिक खेलों जैसे फ़ाइनेंस, इंफ़्लेशन, बिग बिज़नेस, ईज़ी मनी, और फ़ोर्च्यून नाम से सर्वाधिकार लिया। 1935 ई. में, पहली बार, वृहद् तौर पर, मोनोपोली का, पार्कर ब्रदर्स द्वारा व्यापार किया गया। कुछ नियमों को बदल कर, जैसे खेल का आकार छोटा कर, और समय सीमा को कम कर, इस खेल के लिए, एक महीने में बीस हज़ार प्रतियाँ उत्पादित की थीं। जल्दी ही यह अमेरिका का, फिर विश्व का सबसे पसन्दीदा खेल बन गया। अब तक लगभग दो हज़ार लाख मोनोपोली खेल बेचा जा चुका है।

क्या आप जानते हैं ?

द्वितीय विश्व युद्ध के दौरान, ब्रिटिश सीक्रेट सर्विस ने नाज़ियों द्वारा पकड़े गये युद्ध बन्दियों के लिए मोनोपोली का विशेष संस्करण सृजित किया गया था। इस खेल में गुप्त रूप से मानचित्र, चुम्बकीय सूई, असली रुपये, और भागने के लिए अन्य सामग्री थी। नक़ली सेवा समूहों द्वारा इस विशिष्ट खेल को बन्दियों के बीच बँटवाया जाता था।

सम्मिश्रक (ब्लेंडर)

1919 ई. में स्टिवेंस इलेक्ट्रिक कम्पनी के मालिक स्टीफ़ेन जे पोप्लावस्की का अर्नोल्ड इलेक्ट्रिक कम्पनी के साथ पेय मिक्सर बनाने के लिए करार था। इस दौरान वो एक नये रचना के साथ आये, जो प्रारम्भ में सोडा वितरण स्थल/सोडा फ़ाउंटेन पर, जौ युक्त होर्लिक्स मिलाकर मिल्क शेक बनाने में उपयोग आता था। 1922 ई. में इसके लिए उन्हें पेटेंट प्राप्त हुआ। लगभग उसी समय वह तरलीकरण सम्मिश्रक के लिए भी अपनी नयी रचना पेय सम्मिश्रक को लाये।

1930 ई. में अमेरिका के फ्रेड ओसियस ने पोप्लावस्की की रचना में सुधार कर नये प्रकार का ब्लेंडर बनाया। 1933 ई. में उन्होंने लोकप्रिय संगीतज्ञ, फ्रेड वारिंग से अपनी रचना 'द मिरेकल मिक्सर' को आर्थिक मदद देने और बढ़ावा देने के लिए सम्पर्क किया। 1937 ई. में फ्रेड वारिंग ने चाकू के अक्ष को परिष्कृत कर नये सिरे से इसे अपने संस्करण 'द वारिंग ब्लेंडर' को जार में बन्द कर प्रस्तुत किया। जल्दी ही यह अस्पताल और क्लिनिक का विशिष्ट डाइट फ़ूड और मूलभूत

वैज्ञानिक शोध कार्य के लिए अपरिहार्य उपकरण बन गया था। बीसवीं शती की महान चिकित्सकीय सफलताओं में से एक, पहला मुख द्वारा दिया जाने वाला (ओरल) पोलियो वैक्सीन को, डॉक्टर जॉनस साल्क द्वारा इसी ब्लेंडर का उपयोग कर इस वैक्सीन को विकसित किया गया था। 1937 ई. में विटामिक्स के डब्लू जी बरनार्ड ने एक नयापन और जोड़ते हुए स्टील के जार का उपयोग किया, जबकि वरिंग्स ब्लेंडर में पायरेक्स ग्लास का उपयोग होता था। 1946 ई. में, ओस्टर बार्बर इक्विपमेंट कम्पनी के जॉन ओस्टर ने पोप्लावस्की की स्टिवेंस इलेक्ट्रिक कम्पनी को ख़रीदा, और ओस्टराइज़र नाम से उसने अपना ब्लेंडर बनाया, जिसे 1960 ई. में सनबीम प्रोडक्ट्स ने अधिगृहीत कर लिया। पारम्परिक ओस्टराइज़र ब्लेंडर अभी भी और आज भी बिकते हैं। लगभग उसी काल में यूरोप और ब्राज़ील के आविष्कारकों ने अपने अनुसार बदलाव कर नया ब्लेंडर लाया। 1943 ई. में, एक स्विस नागरिक, ट्रोगोट ओईरेटली ने, वारिंग ब्लेंडर की रचना पर आधारित एक ब्लेंडर टर्मिक्स स्टेंडमिक्सचर बनाया। ओईरेटली ने एक और उपकरण टर्मिक्स जूसर बना लिया जो फल तथा सब्ज़ियों का रस भी निकालता था। उन्होंने टर्मिक्स ब्लेंडर के साथ ऐसेसरी के रूप में बेचना शुरू कर दिया। 1944 ई. में ब्राज़ील के वल्दिमार क्लिमेंटे, जो वालिटा इलेक्ट्रिक ऐपलायेंस कम्पनी के मालिक थे, उन्होंने टर्मिक्स स्टेंडमिक्सचर पर आधारित वल्टिया न्यूट्रोन ब्लेंडर को बनाया। क्लिमेंटे को लिक्विडिफिकेटर बनाने का भी श्रेय दिया जाता है, आज भी ब्राज़ील में लोग ब्लेंडर को इसी नाम से जानते हैं। 1950 ई. के प्रारम्भ में क्लिमेंटे ने टर्मिक्स ब्लेंडर & जूसर के पेटेंट को ब्राज़ील में ख़रीद लिया, और 10 लाख से ज़्यादा ब्लेंडर बेचने के लिए टर्मिक्स की यूरोपियन बाज़ार रणनीति को अपनाया। उसी दौरान, वाल्टिया ने फ़िलिप्स, सीयर्स, सीमेंस, टर्मिक्स और अन्य कम्पनियों के लिए ब्लेंडर का निर्माण शुरू किया। 1971 ई. में रॉयल फ़िलिप्स कम्पनी ने वाल्टिया को अधिगृहीत कर लिया, जो फ़िलिप्स के किचन उपकरण प्रभाग का हिस्सा बन गया। आज दुनिया में किसी भी स्थान पर ब्लेंडर, किचन का आवश्यक उपकरण है।

Q- टिप्स (ईयर बड)

कान साफ़ करने के लिए रुई का फाहा (कॉटन स्वेब), कॉटन बड्स, अधिकतर लकड़ी, रोल किये हुए काग़ज़ या प्लास्टिक के छोटे स्टिक के एक सिरे या दोनों सिरे पर रुई का फाहा लपेट कर बनाया जाता है। 1920 ई. में पोलिश में पैदा हुए अमेरिका के न्यूयॉर्क शहर के वासी लियो जरस्टेंजेंगने ने कॉटन स्वेब को खोजा था। उसने अपनी पत्नी को देखा कि टूथपिक में रुई के फ़ाहे को लपेट कर, कान के अन्दर जहाँ साफ़ करना मुश्किल होता था, उस भाग को साफ़ करती थीं, उनके इस प्रयास को देखकर, Q-टिप कम्पनी के मूल संस्थापक जरस्टेंजेंगने को, तुरन्त उपयोग में लाने योग्य एक स्टिक पर रुई लपेट कर एक इकाई निर्मित करने का विचार आया। 1923 ई. में उसने लियो जरस्टेंजेंगने इन्फेंट नोवल्टी कम्पनी की स्थापना की, एक फ़र्म जिसने शिशु पालन से सम्बन्धित सामग्रियों का बाज़ार किया। उसका उत्पाद जिसका नाम उसने बेबी गायज़ जो बाद में Q-टिप्स बेबी गायज़ हो गया, सर्वाधिक बिकने वाला ब्रांड नाम हो गया, Q-टिप्स में Q से तात्पर्य क्वालिटी (गुणवत्ता) से था। बेबी गायज़ नाम क्यों पड़ा यह स्पष्ट नहीं है। 1958 ई. में, Q-टिप्स कम्पनी ने इंग्लैंड के पेपर स्टिक्स लिमिटेड, जो मिठाई के व्यापार के

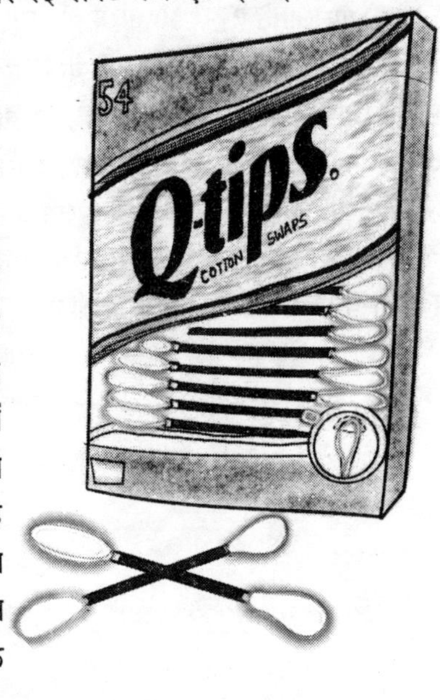

लिए पेपर बनाती थी, उसे ख़रीद लिया। इस मशीनरी को बाद में यूएस लाया गया और Q टिप के लिए पेपर निर्मित करना प्रारम्भ किया। इस कारण कान साफ़ करने के लिए लकड़ी तथा पेपर दोनों में रुई के फ़ाहे उपलब्ध हो गये। अन्ततोगत्वा 1980 ई. में लकड़ी का स्टिक बन्द हो गया। 1998 ई. में ऐंटीमाइक्रोबियल Q-टिप्स शुरू किया गया। नवीनतम प्रयास में उत्पाद को पर्यावरण के अनुकूल बनाया गया, जैसे कि प्लास्टिक के स्थान पर PET (पोली ईथिलिन टेराफथलेट) का उपयोग किया गया, जिससे शीतल पेय बोतल भी बनाया जाता है। नवम्बर 2011 ई. में नये Q-टिप्स जैविक रूप से अपघटित होने वाले पदार्थ से ही बनाना निश्चित हुआ। कॉटन स्वेब के प्रजातिगत नाम के लिए Q-टिप शब्द का उपयोग होने लगा। आजकल 26 अरब Q-टिप्स प्रति वर्ष उत्पादित किये जा रहे हैं। लेकिन अब ये मात्र शिशुओं के उपयोग के लिए नहीं रहा, क्राफ़्ट प्रोजेक्ट में गोंद लगाने के लिए, इलेक्ट्रॉनिक उपकरणों की सफ़ाई करने के लिए, सौन्दर्य प्रसाधन हटाने के लिए, कम्प्यूटर की बोर्ड साफ़ करने के लिए, और जहाँ हमारा हाथ नहीं पहुँच सकता उन सब मुश्किल कोनों को साफ़ करने के लिए, कुत्ते, बिल्ली के कान का मैल निकालने के लिए, मलहम लगाने के लिए, मॉडल को पेंट करने के लिए और, और बहुत से इसके उपयोग लोग आवश्यकतानुसार करते हैं।

क्या आप जानते हैं?

कान की नलिका को साफ़ करने के लिए कॉटन बड्स के उपयोग का सम्बन्ध किसी भी चिकित्सकीय लाभ से नहीं है, निश्चित रूप से यह जोख़िम भरा है। कान खोदने से बाहरी ओटिटिस हो सकता है, जिसे स्विम्मर्स इयर भी कहते हैं, जिसमें बाहरी कान या कान की नलिका में सूजन के कारण दर्द होता है। कान के पर्दे में छेद होने के अनेक कारणों में सबसे सामान्य कारण भी यही है, इसे ठीक करने के लिए कभी-कभी सर्जरी भी करनी पड़ती है।

सेलो टेप & स्कोच टेप

स्कोच टेप, 3M कम्पनी का ब्रांड नाम, 1930 ई. में, मिन्नापोलिस, मिन्नीसोटा के एक अमेरिकन खोजी रिचर्ड गुर्ली ड्रीउ द्वारा विकसित किया गया। ड्रीउ, 1923 ई. में 3M से जुड़े, जो मुख्य रूप से बालू काग़ज़ (सेंड पेपर), और अन्य कूटने-पीसने वाली वस्तुओं का उत्पादन करती थी। एक दोपहर में, युवा ड्रीउ, जो उस समय प्रयोगशाला सहायक थे वो सेंट पाल, मिन्नीसोटा, में ऑटो बॉडी शॉप में बालू काग़ज़ के नये उत्पाद का परीक्षण करने गये थे। वहाँ उन्होंने कुछ कार्यकर्ताओं को बहुत परेशान होते देखा। उन दिनों मोटर पर दो रंग का पेंट बहुत लोकप्रिय था। कुछ भाग को दूसरे रंग से पेंट करते समय शेष भाग को पुराने अख़बार और तगड़े गोंद वाले टेप से ढकना होता था। पेंट सूखने के बाद टेप को निकालना पड़ता था, ऐसे में अक्सर पहले लगाया गया नया पेंट भी निकल आता था।

ड्रीउ ने यह महसूस किया कि कम गोंद वाले टेप का बाज़ार उपलब्ध है, तो वह तत्त्वों के सही मेल की तलाश में लग गये जो काफ़ी लम्बा और निराशाजनक

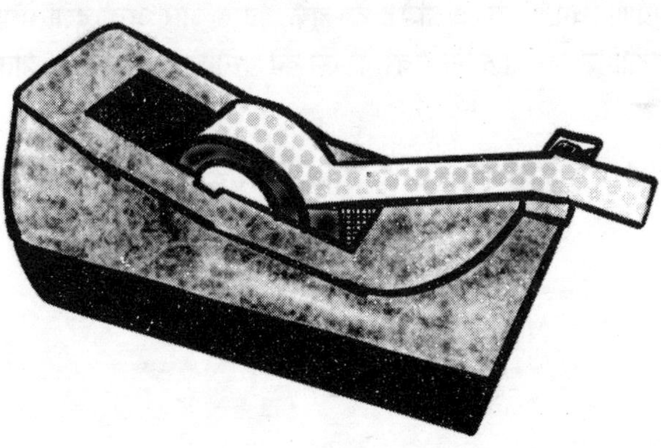

रहा। वो दो वर्षों तक, एक सूत्र विकसित करने के लिए, जो क्रेप पेपर के पीछे, ग्लिसरीन में मिलाकर लगाने से स्टिकी बना रहे इसी पर प्रयोग किये। अन्ततः 1925 ई. में 3M ने छद्मावरण टेप का शुभारम्भ किया। मूल टेप की रचना में गोंद किनारों पर ही लगा रहता था, बीच में नहीं था। इसके पहले ही परीक्षण में वह कार पर से गिर गया और ऑटो पेंटर निराश होकर ड्रीउ पर भुनभुनाने लगे 'इस टेप को अपने स्कोच (कृपण) मालिक को वापस कर दो!' यहाँ स्कोच से मतलब कंजूस से था, और यही उपनाम चिपक गया। बेचारा ड्रीउ शर्मिन्दा होकर फिर से अपने काम पर वापस आ गया और रेलरोड कार के लिए जलरोधी आवरण को विकसित करने लगा। एक दिन 3M के सहकर्मी शोधकर्ता ड्यु पॉइंट से बात करने गये, जिसने 3M पैकेजिंग को ढकने के लिए टेप रोल में अन्दर सेलोफिन लगाकर नमीरोधी बनाया। ड्रीउ आश्चर्यचकित रह गया! उसे लगा उसने क्यों नहीं सेलोफिन पर गोंद लगाकर रेलरोड कार के लिए सीलिंग टेप बनाया?

जून 1929 ई. में ड्रीउ ने अपने प्रयोग करने के लिए 100 गज़ लम्बा सेलोफिन मँगाया। जल्दी ही उसने ऐसे उत्पाद का नमूना बनाया जो हर तरह के उत्पाद की पैकेजिंग के लिए संकल्पित था। लेकिन सेलोफिन पर समान रूप से गोंद की परत लगाना मुश्किल था, मशीन से सेलोफिन पर परत चढ़ाते समय आसानी से फैल जाता था। इस समस्या का समाधान करने में क़रीब एक साल लग गया, और अन्ततः 1930 ई. तक 3M ने स्कोच सेलोटेप शुरू किया। 3M के इतिहास में यह सर्वाधिक प्रसिद्ध उत्पादों में से एक, चौतरफ़ा उपयोग में लाया जाने वाला उत्पाद बन गया। इसकी सफलता ने कम्पनी को विविधता प्रदान की, और मन्दी के दौर में भी पनपने में सहायक बना। 1937 ई. में एक अंग्रेज़ कोलिन किनिनमंथ और जॉर्ज ग्रे ने अग्रणी चिपकने वाला ब्रांडेड टेप यूके, भारत और अन्य देशों में शुरू किया। इसमें सेलोफिन पर प्राकृतिक रबर के रस की परत चढ़ाकर बनाया जाता था।

डिब्बा बन्द शीतल पेय (केंड बिविरेजेस)

1930 ई. से ही बीयर और शीतल पेय डिब्बे में बन्द किये जाते थे। ये काँच की बोतल से अधिक मज़बूत और परिवहन तथा रखने में आसान होता था। प्रारम्भिक डिब्बा बन्द पेय फैक्ट्री में सील होते थे, जिसे खोलने के लिए विशेष खोलने वाले उपकरण की आवश्यकता होती थी। लोहे या टिन के बने इन बेलनाकार (सिलिंड्रिकल) डिब्बों का तल तथा शीर्ष समतल होता था। 1930 ई. के मध्य में शीर्ष कोन वाले डिब्बों को विकसित किया गया, जिसे बोतल की तरह से खोला और शीतल पेय को निकाला जा सकता था। यह मुकुटनुमा तिकोना ढक्कन 1950 ई. तक उत्पादित होता रहा।

पहला डिब्बा बन्द शीतल पेय 1938 ई. में क्लिको क्लब जिंजर अले ने शुरू किया। इसने कंटिनेंटल केन कम्पनी द्वारा उत्पादित तिकोने शीर्ष वाले डिब्बे का उपयोग किया, जो कभी-कभी बहने लगता (लीक करता) था, तो कभी धात्विक स्वाद आ जाता था। इसी समस्या ने शीतल पेय पर इसकी पकड़ को कमज़ोर कर दिया। द्वितीय विश्व युद्ध के समय डिब्बा बन्द पेय का बाज़ार कुल पेय का मात्र 10% था।

इसकी ख़ामियों को दूर करने में कई वर्ष लगे। 1948 ई. में अन्ततः कंटिनेंटल केन ने परिष्कृत रूप में पेप्सी कोला को पहले मुख्य शीतल पेय के रूप में पेश किया। 1950 ई. के पूर्वार्द्ध में, कोरियन युद्ध के दौरान, धातु की कमी के कारण इसकी लोकप्रियता में थोड़ी देरी हो गयी, लेकिन 1960 ई. तक पेप्सी और रॉयल क्राउन डिब्बा बन्द शीतल पेय, बहुतायत में बेचे गये। प्रतिस्पर्धा से प्रेरित होकर कोकाकोला ने भी डिब्बा बन्द शीतल पेय का बहुतायत में व्यापार किया।

1959 ई. में अमेरिकन इरमल फ्रेज ने खींच कर खोलने वाले शीर्ष युक्त डिब्बे का आविष्कार किया। अलग से डिब्बा खोलने वाले यन्त्र की आवश्यकता को इसने समाप्त कर दिया। एक बार पिकनिक पर फ्रेज खोलने वाले यन्त्र को ले जाना भूल गये थे, और वह कार के बम्पर से डिब्बा खोलने के लिए मजबूर हो गये थे। एक रात वो इस घटना को याद कर, स्वतः खुलने वाले डिब्बे पर कार्य करना शुरू कर दिये। कुछ अन्य ने भी इसी प्रकार का डिब्बा बनाने का प्रयास किये, परन्तु उनकी कोशिशें नाकामयाब हुईं, या तो वह ग़लत ढंग से कार्य करती थीं, या टूट जा रही थीं। फ्रेज ने इस समस्या को सुलझाया, उसकी खोज ने डिब्बा बन्द शीतल पेय को और लोकप्रिय बनाया। 1965 ई. तक लगभग 75% यूएस के शीतल पेय इसका उपयोग करते थे। हालाँकि लोग पेय पीने के बाद ख़ाली डिब्बे को कहीं भी फेंक देते थे, जो कचरे की बड़ी समस्या उत्पन्न कर रहा था। जल्दी ही टिन या स्टील का स्थान एल्युमिनियम ने ले लिया, जिसके कई लाभ थे जैसे–हल्का, सस्ता, जंगरोधी, टिकाऊ और पुनः चक्रित हो सकता था। 1963 ई. में रेनोल्ड मेटल कम्पनी ने पहली बार शीतल पेय में एल्युमिनियम डिब्बे का उत्पादन स्लेंडरेल्ला नामक डायट कोला के लिए किया। रॉयल क्राउन ने 1964 ई. में एल्युमिनियम को अपनाया और 1967 ई. तक पेप्सी और कोक ने भी उसका अनुसरण किया। 1977 ई. में फ्रेज ने पहला न हटने वाला, पत्ती को दबाकर फिर पीछे मोड़कर खोलने वाला पोप टेब पेटेंट कराया। इसने, खींचने वाले टेब से उत्पन्न कचरे की समस्या को हल कर दिया। 1985 ई. तक एल्युमिनियम पोप टेब डिब्बा ने बाज़ार में अपना वर्चस्व क़ायम कर लिया।

पत्रावरणबद्ध पुस्तक (पेपरबैक बुक्स)

पत्रावरणबद्ध पुस्तक को अजिल्द या मुलायम आवरण के नाम से भी जाना जाता है, इसकी विशेषता है, कि इसको सिलने या स्टेपल करने के स्थान पर किताबों के पन्नों को इकट्ठा कर, एक मोटे काग़ज़ या पेपर बोर्ड में गोंद लगाकर चिपका दिया जाता है, जो कवर और पन्नों, दोनों को एकसाथ पकड़े रहता है। 19वीं शताब्दी में ही काग़ज़ के जिल्द वाली सस्ती किताबों का अस्तित्व, पर्चों (Pamphlets), येलोबैक (सस्ते उपन्यास), रोमांचकारी सस्ते उपन्यास (dime novels), रोमांस से भरपूर उपन्यासों के साथ आया। अधिकतर आधुनिक पेपरबैक बुक्स का एक बड़ा भाग, बड़े पैमाने पर 'मास मार्केट' के नाम से उपलब्ध था, जिसे पॉकेट में भी रखा जा सकता था, जिसका अक्षर भी छोटा होता था और पन्ने भी साधारण होते थे, दूसरे भाग में जिसे 'ट्रेड' कहते थे, जिसके काग़ज़, छपाई सब कुछ उच्च गुणवत्ता वाला, अच्छे आकार का होता था। जर्मन प्रकाशक, अलबट्रोसस बुक्स ने 20वीं शती में मास मार्केट अजिल्द प्रारूप का पहल 1931 ई. में किया, लेकिन द्वितीय विश्व युद्ध ने इन प्रयोगों को कम कर दिया। 1935 ई. में ब्रिटिश प्रकाशक ऐलेन लेन ने पेंग्विन बुक्स में छपाई, टाइटिल सहित दस प्रति, छाप कर शुरू किया। अलबट्रोसस के कई शोधों को जैसे विशिष्ट प्रतीक चिह्न, विभिन्न शैलियों के लिए सांकेतिक रंग आवरण (जैसे यात्रा के लिए हरा रंग, फ़िक्शन ले लिए नारंगी रंग) को छापने के लिए अपनाया, जिसे तुरन्त आर्थिक सफलता मिली। पेंग्विन की पुस्तकों ने आंग्ल भाषा के पुस्तक बाज़ार में अनिवार्य रूप से अजिल्द किताबों के कारण क्रान्ति ला दी। 1935 ई. में पेंग्विन के पुस्तकों की सबसे पहली सूची में नम्बर एक पर शैली के जीवन पर आधारित अंड्रे मोरियस रचित 'ऐरियल' था।

लेन सस्ती किताबें उत्पादित करना चाहते थे। उन्होंने अजिल्द पुस्तकों के अधिकार को, प्रकाशक से ख़रीद लिया, और अधिक संख्या में कुछ 20,000 प्रतियाँ

छापना शुरू किया। और अपारम्परिक खुदरे स्थानों को देखते हुए उनके लिए इकाई क़ीमतों को कम रखा। पुस्तक विक्रेता प्रारम्भ में उसकी पुस्तकों को ख़रीदने के लिए अनिच्छुक थे, लेकिन जब वूलवार्थ ने बड़ा आदेश दिया तब किताबों की बिक्री ने रफ़्तार पकड़ ली। इस प्रारम्भिक सफलता के बाद पुस्तक विक्रेता अजिल्द पुस्तकों का भण्डारण करने लगे।

1939 ई. में यूएस के रॉबर्ट डी ग्राफ़ अपने सहयोगी साइमन & शुस्चर के साथ मिलकर पॉकेट बुक्स स्तर को निर्मित किये। उत्तरी अमेरिका के अंग्रेज़ी भाषियों के लिए जल्दी ही पॉकेट बुक्स शब्द अजिल्द पुस्तक का पर्याय बन गया था। डी ग्राफ़ भी लेन की तरह अन्य प्रकाशकों के पत्रावरणबद्ध अधिकार को प्राप्त किये। लेन से अधिक बड़ा बाज़ार प्राप्त करने के लिए उन्होंने समाचारपत्र और पत्रिका वितरकों के जाल का उपयोग किया, बड़ा जन सम्पर्क प्राप्त करने का इसका लम्बा इतिहास है। 'मास मार्केट' अजिल्द पुस्तकों की शुरुआत यहीं से हुई। लगभग उसी समय 'ट्रेड' अजिल्द शुरू हुआ, जो थोक विक्रेता और वितरकों को वितरित करता था।

जेम्स हिल्टन की 'लॉस्ट होरिज़ोन' को पहली अमेरिकन अजिल्द पुस्तक के रूप में सन्दर्भित किया जाता है, क्योंकि वो पॉकेट संस्करण की लम्बी फ़ेहरिस्त में पहले नम्बर पर था। लेकिन यूएस में छपने वाला पहला मास मार्केट, पॉकेट आकार, अजिल्द पुस्तक पर्ल बक द्वारा लिखा उपन्यास 'द गुड अर्थ', पॉकेट बुक द्वारा अवधारणा के सबूत (proof of concept) के रूप में उत्पादित किया गया और न्यूयॉर्क शहर में 1938 में बेचा गया। 1960 ई. में अजिल्द पुस्तकों की बिक्री पहली बार सजिल्द पुस्तकों से अधिक होने लगी।

स्क्रेबल

इसकी कहानी लगभग 1931 ई. में बड़े अवसाद काल में शुरू हुई, जब पौग़क्रीपसी, न्यूयॉर्क, के वास्तुशास्त्री, अल्फ्रेड मोशर बट्ट्स ने बेरोज़गारी के दौरान एक बोर्ड खेल खोजने का निर्णय किया। अन्य बोर्ड खेल की विवेचना करने पर उन्होंने पाया कि ये खेल तीन तरह के हैं : पहला नम्बर का खेल जैसे पासा (डाइस) या बिंगो, दूसरा चाल चलने वाले खेल जैसे शतरंज और चेकर्स, तीसरा शब्द खेल जैसे विपर्यय (ऐनाग्रम्स)। वो एक ऐसा खेल बनाने का प्रयास कर रहे थे जिसमें भाग्य

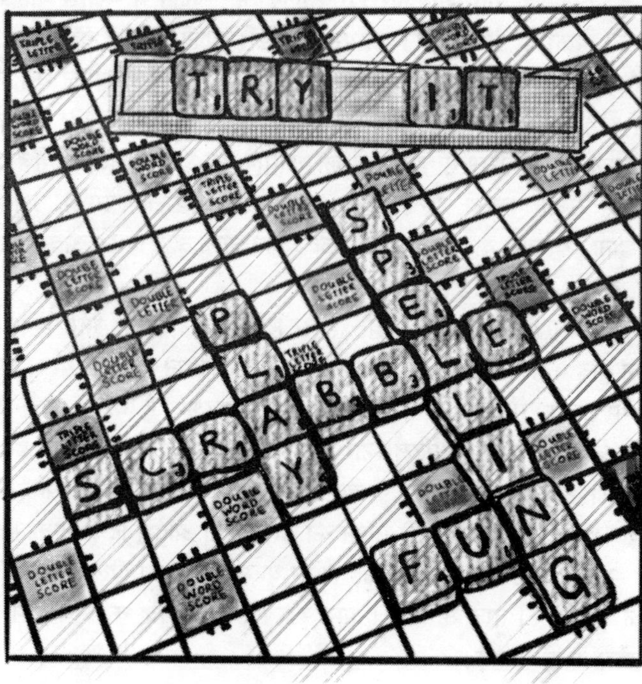

और युक्ति/कौशल दोनों का उपयोग हो, बट्ट्स ने विपर्यय और क्रॉस वर्ड पहेली की विशेषताओं को संयुक्त किया। पहले उसे लेक्सिको नाम दिया, बाद में उसे क्रिस क्रॉस वर्ड्स कहा गया। अक्षर वितरण पर निर्णय लेने के लिए उन्होंने लोकप्रिय समाचार पत्रों जैसे द न्यूयॉर्क टाइम्स, द न्यूयॉर्क हेरल्ड ट्रिब्यून और द सेटरडे ईवनिंग पोस्ट के मुखपृष्ठ को बड़े ध्यान से मन्थन किया था और अक्षरों की आवृति के लिए श्रमसाध्य गणना की थी। बट्ट्स की आंग्ल भाषा में सांकेतिक (क्रिप्टोग्राफ़िक) विश्लेषण और टाइल्स के मूल वितरण तभी से मान्य है।

1938 ई. तक बट्ट्स ने क्रिस क्रॉस शब्द के लिए बुनियादी विकास कर लिया। एक दशक से अधिक समय तक व्यावसायिक प्रयोजक को आकर्षित करने के लिए उसने नियमों को घुमा-फिरा कर पेश किया परन्तु लगातार नाकामयाब होता रहा। यहाँ तक कि यूएस के पेटेंट कार्यालय ने एक नहीं दो-दो बार उसके आवेदन को अस्वीकार कर दिया। अन्त में, न्यूटाउन, कनेक्टिकट के खेल प्रेमी उद्योगपति जेम्स ब्रूनोट ने बट्ट्स से सम्पर्क किया, जो मूल क्रिस क्रॉस शब्द सेट के मालिकों में से एक था। ब्रूनोट ने सोचा कि इस खेल का व्यापार होना चाहिए। उसने उस खेल के निर्माण के सारे अधिकार ख़रीद लिए और बदले में बट्ट्स को प्रत्येक इकाई की बिक्री पर रॉयल्टी देने का प्रस्ताव रखा। हालाँकि उसने बहुत सारे खेलों को बिल्कुल वैसा ही रहने दिया (जिसमें अक्षरों का वितरण भी शामिल था), ब्रूनोट ने बस थोड़ा-सा बोर्ड के प्रीमियम वर्ग को पुनर्व्यवस्थित किया, और नियमों का सरलीकरण किया। उसने उत्कृष्ट रंगों को शामिल कर उसके लिए भी योजना बना ली, उसमें पेस्टल गुलाबी, हल्का नीला, गाढ़ा नीला, सुर्ख़ लाल रंग थे, उसने कुल सातों खानों (टाइल्स) का उपयोग कर शब्द बनाने वालों के लिए 50 अंक (पॉइंट्स) बोनस के रूप में निर्धारित किये थे।

सबसे प्रमुख बात, ब्रूनोट SCRABBLE शब्द को लाया, और 1948 ई. में स्क्रेबल ब्रांड क्रॉस वर्ड खेल का व्यापार चिह्न बनाया। इसने धीरे-धीरे परन्तु लगातार मुट्ठी भर ग्राहकों में लोकप्रियता हासिल की। एक दन्तकथा है कि 1952 ई. में जैक स्ट्रॉस ने जो मेसी के डिपार्टमेंटल स्टोर के अध्यक्ष थे, छुट्टी मनाते समय इस खेल को खोजा। कार्य पर वापस आते ही वह आश्चर्यचकित रह गया कि उसके स्टोर में यह खेल था ही नहीं, तुरन्त उसे मँगाने का उसने बड़ा आदेश दिया। एक साल के अन्दर सभी के पास एक था, सच कहें तो पूरे यूएस में स्क्रेबल खेल दुकानों पर प्रति दिन के आहार की तरह रहता था। आज स्क्रेबल पूरी दुनिया का सबसे लोकप्रिय बोर्ड खेलों में से एक है।

कॉकटेल छाता

कॉकटेल छाता एक छोटी छतरी या छत्र है जो काग़ज़, पेपर बोर्ड और टूथपिक से बना कर कॉकटेल, मिठाई या अन्य भोज्य अथवा पेय पदार्थ लेते समय माहौल को अलंकृत या सुसज्जित करने के काम आता है। छतरी काग़ज़ से ही बनाया जाता है, इसके ढाँचे या पसलियों को कार्डबोर्ड से तैयार करते हैं, ताकि इसका लचीलापन बरकरार रहे और सामान्य छाता की तरह यह खुल सके और बन्द हो सके। एक छोटा प्लास्टिक का छल्ला और टूथपिक, तने की ख़ूबसूरती को बढ़ाता है और छतरी को उसी क्षण बन्द होने से रोकता है। समाचार पत्रों को मोड़कर कॉलर के नीचे बाँहों की तरह लगाते हैं जो अन्तरालक का कार्य करता है। ये अख़बार जापानी,

चीनी, या भारतीय भाषा के होते हैं जो सम्भवतः इसकी उत्पत्ति का सन्देश देते हैं। असल में कॉकटेल छतरी टिकी बार या मद्यपान स्थल का महत्त्वपूर्ण अंग है। प्रशान्त द्वीप के हवाई में, लोग मद्यपान स्थल को बहुत ही सलीके से सजाते थे, जिसे टिकी पन्थ कहते हैं। इसमें मधुशाला की प्रशंसा (गुण-दोष विवेचना) निहित है, इसे पोलिनेशिया बार के नाम से भी जाना जाता है। इस मधुशाला की विशेषता, इसकी सजावट, विदेशी भोजन, उष्णकटिबन्धीय पेय और कॉकटेल छतरी तथा अन्य काल्पनिक साज-सज्जा सर्वोपरि होती थी। 60 वर्षों से अधिक समय तक टिकी ने महत्त्वपूर्ण भूमिका निभायी जबकि पश्चिमी संस्कृति इसे हेय दृष्टि से देखती थी। टिकी बार में इस छतरी के उपयोग के पहले, यह माना जाता है कि चीन के भोजनालयों में भी उपलब्ध था, यह सूचित करता है कि पेय स्थल पर छतरी लगाने का विचार चीन-अमेरिका का आविष्कार है। यह सम्भव है कि मूलतः पेय में पड़े बर्फ़ को धूप से सुरक्षित रखने के लिए छतरी का निर्माण हुआ हो। हालाँकि इस सिद्धान्त की पुष्टि के प्रयास में चीन या चीन-अमेरिका की कम्पनियाँ आज छतरी बेचने में असफल रहीं। माना जाता है कि 1932 ई. के प्रारम्भ में कॉकटेल छतरी टिकी बार परिदृश्य में परिलक्षित हुआ, यह सेन फ्रांसिस्को स्थित, व्यापारी विक्टर जे बरगरोन के सौजन्य से उपलब्ध हुआ। सेन फ्रांसिस्को आधारित व्यापारी विक्टर का पोलिनेशियन स्टाइल के बहुत बड़े भोजनालय (रेस्टोरेंट) की पूरी श्रृंखला था। 1940 ई. के शुरुआत में विक के रेस्टोरेंट में पेय पदार्थ कॉकटेल छतरी के साथ पेश किया जाना बाधित हो गया था, क्योंकि द्वितीय विश्व युद्ध के कारण छोटी छतरियों का आयात नहीं हो रहा था। डोन द बीचकोंबर रेस्टोरेंट की श्रृंखला (अब अस्तित्व में नहीं है), जिसने यूएस में सबसे पहले पोलिनेशियन स्टाइल का रात्रिभोज प्रारम्भ किया था, उससे प्रेरणा लेकर बरगरोन ने अपने प्रशासन में छतरी को प्रारम्भ किया था। इस दौर में छतरी बहुत असाधारण मानी जाती थी, जैसा कि प्रशान्त द्वीप के किनारे बसे शहरों में होता था। संयोग से बरगरोन ने बहुत से विश्व प्रसिद्ध रम को विभिन्न फ़्लेवर के पेय में खोजा, जैसे मिशनरीज़ रिवेंज, सफ़फ़रीन बास्टर्ड और माई ताई जिसका अर्थ तहितीयन में अनुपम है।

क्लिंग रेप (पारदर्शी चिपकने वाली पन्नी)

पतली प्लास्टिक परत (फ़िल्म) जो भोज्य पदार्थों को उसके पात्र में ही सील कर देती है, जिससे लम्बे समय तक ताज़गी बरकरार रहती है, ख़ूबसूरत-सा दिखता है, साथ ही धूल, मक्खी से सुरक्षित भी रखता है। ये परत (ढकने वाला) बहुत चिकनी सतह पर भी चिपक जाता है, जिस कारण पात्र के खुले भाग को बिना किसी गोंद के, किसी भी यन्त्र की मदद न लेते हुए, पूरी तरह से वायुरोधी (एयर टाइट) बना देता है। ऑस्ट्रेलिया और न्यूज़ीलैंड में यह ग्लेड रेप तथा उत्तरी अमेरिका में सरन रेप के नाम से लोकप्रिय है। मूलत: यह पोलिविनाइलिडिन क्लोराइड (PVDC) से बना होता है। यह परत ऑक्सीजन, नमी, रसायन, और ऊष्मा के लिए बाधक है, अत: भोज्य पदार्थों को सुरक्षित रखने के लिए, तथा उसी तरह ग्राहकों और औद्योगिक उत्पादों के लिए भी आदर्श है।

1933 ई. में रेल्फ विले, एक कॉलेज का विद्यार्थी, जो प्रयोगशाला सहायक के रूप में डो केमिकल्स में कार्यरत था, एक छोटी शीशी जिसे वह पूरी तरह साफ़ नहीं कर सका था, उसका तरल पदार्थ गिर कर शीशी पर एक परत बना लिया था। उसको देखकर उसे लगा कि अकस्मात् एक खोज हो गयी। उसने लिटिल ऑरफेन ऐन्नी कॉमिक स्ट्रिप में अविनाशी द्रव्य के नाम पर इसको भी इयोनाइट कहा। डो के शोधकर्ताओं ने रेल्फ के इयोनाइट को चिकना गहरे हरे रंग के परत में बदला और उसे सरन नाम दिया। डो ने बाद में उसके अप्रिय गन्ध और हरे रंग से भी निजात पाया। सरन की खोज के तुरन्त बाद यह सेना के उपयोग में आता था, लड़ाकू जहाज़ों पर इसका स्प्रे होता था, जिससे समुद्री नमकीन जल के छींटों से उसकी सुरक्षा हो सके, और कार बनाने वाले उसे सजाने में इसका उपयोग करते थे। 1956 ई. में अमेरिका की FDA (फ़ूड & ड्रग एडमिनिस्ट्रेशन) ने PVDC को विशिष्ट भोज्य पदार्थों के सम्पर्क में रखने और उसकी पैकिंग के लिए मान्यता प्रदान की।

इसके अलावा यह भी साफ़ कर दिया कि PVDC को भोज्य पदार्थों के सम्पर्क सतह पर आधार के रूप में लगाकर, या खाद्य पदार्थों की पैकिंग में सूखा होने पर सीधे सम्पर्क के द्वारा तथा तैलीय या तरल होने पर पेपर बोर्ड पर इसकी कोटिंग कर, उपयोग में लाया जा सकता है। अब एस सी जॉनसन ने सरन रेप ब्रांड की प्लास्टिक परत का व्यापार किया। जुलाई, 2004, में मूल नाम सरन से बदलकर सरन प्रीमियम रखा और उसके सूत्रीकरण में हल्के घनत्व का पोलिथिलिन (LDPE) का उपयोग किया, जो सुरक्षित और पर्यावरण के अधिक अनुकूल है। LDPE आधारित कई क्लिंगरेप ब्रांड्स जैसे यूनियन कार्बाइड कॉर्पोरेशन से ग्लेडरेप, हेंडिरेप आंदि उपलब्ध हैं।

क्या आपको पता है ?

एक गीत क्लिंगरेप जिसे ऑस्ट्रेलियन गायक, गीत लेखक सैम स्पैरो ने लिखा, जिसके बोल (अनुवादित) :

तुमने अवश्य सोचा होगा कि मैं तुम्हारा कलेवा (नाश्ता) हूँ,
क्योंकि तुम क्लिंगरेप की तरह मेरे सम्पर्क में रहोगे।
ओह! क्योंकि तुम मुझे प्यार करते हो।
तुम इतने पागल कब हुए ?
तुम मेरे सम्पर्क में हो, समीप हो, मेरे क़रीब हो,
और तुम क्लिंगरेप की तरह हो।

नॉनस्टिक पात्र

नॉनस्टिक (न चिपकने वाला) भोजन बनाने के पात्र की तकनीक रेफ्रिजेटर पर शोध के साथ ही शुरू हो गया था। अमेरिकन रसायनशास्त्री डॉक्टर रॉय प्लंकेट, डूपोंट की सहायक कम्पनी के गतिज रसायन संयन्त्र में, एक ऐसे रेफ्रिजरेंट की खोज में लगे हुए थे जो कम विषाक्त रसायन हो। 1938 ई. में प्लंकेट ने एक ऐसा मिश्रण, इस मतलब से बनाया कि वो निम्न ताप और अधिक दाब पर, टेट्राफ़्लोरोऐथिलिन गैस उत्पादित करेगा, इसी मंशा से रात भर के लिए छोड़ दिया। अगली सुबह वो गैस प्राप्त करने की उम्मीद में कार्यस्थल पर पहुँचे, लेकिन गैस के स्थान पर उन्होंने सफ़ेद मोम जैसा पदार्थ पाया, नया पदार्थ पोलिमर था, पोलीटेट्राफ़्लोरोऐथिलिन (PTFE)। जल्दी ही पता चला कि नया पदार्थ असाधारण रूप से चिकना और रसायनिक रूप से निष्क्रिय है। 1945 ई. में डूपोंट ने नये रसायन को टेफलॉन कहा, और इसे अपने व्यापार का प्रतीक चिह्न बनाया।

1951 ई. तक डूपोंट ने टेफलॉन का व्यावसायिक उपयोग ब्रेड बिस्किट बनाने वाले बाज़ार में किया। लेकिन आम ग्राहकों के पकाने के पात्र के बाज़ार को इसलिए टाल देते थे क्योंकि बनाते समय थोड़ा-सा विषाक्त गैस निकलता था। फ्रेंच इंजीनियर मार्क ग्रेगोईरी ने PTFE का अनुबन्ध एल्युमिनियम से कराने का रास्ता खोजा, और पहले नॉनस्टिक खाना पकाने वाले पात्र को बना दिया। ग्रेगोईरी ने मछली पकड़ने वाले जाल पर टेफलॉन की कोटिंग करना शुरू किया जिससे उलझे हुए जाल को शीघ्रता से सुलझा ले। उसकी पत्नी कोलेट्टे ने सुझाव दिया कि उसके खाना बनाने वाले पेन पर भी उसी प्रक्रिया से कोटिंग कर दो। कोलेट्टे के विचार को तत्काल सफलता मिली और 1954 ई. में इस प्रक्रिया के लिए फ्रांस का पेटेंट प्राप्त हुआ। 1955 ई. में ग्रेगोईरी ने नॉनस्टिक पात्रों को अपनी रसोई से बाहर निकालकर बनाना और बेचना प्रारम्भ कर दिया। यह इतना लोकप्रिय हो गया कि 1956 ई. में उसने टेफलॉन का 'टेफ' लिया तथा एल्युमिनियम का 'अल' लिया और टेफल कॉर्पोरेशन की स्थापना कर दी। कुछ सालों बाद थॉमस हार्डी नामक एक अमेरिकन, ग्रेगोईरी से एक व्यापारिक यात्रा पर मिले। वह भोजन बनाने वाले नॉनस्टिक पात्र से बहुत प्रभावित हुआ और डूपोंट को यूएस में आयात करने के लिए राज़ी कर लिया। लेकिन डूपोंट ने उसे टेफल का नाम बदलकर टी-फल (T-Fal) रखने पर ज़ोर दिया क्योंकि टेफल, टेफलॉन से मिलता-जुलता था। खुदरा विक्रेताओं के बहुत प्रयास के बाद हार्डी अन्ततोगत्वा मान जाता है, और न्यूयॉर्क सिटी में मेसी डिपार्टमेंटल स्टोर के लिए टी-फल पेन को मँगाने का आदेश दिया। 15 दिसम्बर 1960 ई. को $ 6.94 में बेचना निर्धारित किया, सभी को चकित करते हुए भारी बर्फ़बारी के बीच सारे के सारे नॉनस्टिक तत्काल बिक गये। असल में, नॉनस्टिक पात्र इतना सफल हुआ, कि जितनी माँग थी उतना उत्पादन नहीं था। उत्पादन बहुत तेज़ी से बढ़ाने पर भी माँग पूरा करना नामुमकिन हो गया था। 1961 ई. तक टी-फल की बिक्री दस लाख से अधिक अकेले यूएस में ही पहुँच गयी। दूसरे उत्पादक जल्दी ही इस बाज़ार से जुड़े जैसे वियरऐवर, आलक्लेड, फ़ेबरवेयर, वाईकिंग, सरकुलोन आदि। अन्य कई पदार्थ भी नॉनस्टिक परत के लिए खोजे गये परन्तु वो टेफलॉन ही है जो बाज़ार में छाया रहा।

फ्रिस्बी

ब्रिजपोर्ट, कनेक्टिकट स्थित फ्रिस्बी बेकिंग कम्पनी, एक अमेरिकन व्यापारी विलियम रसेल फ्रिस्बी द्वारा शुरू की गयी थीं। पाई को बेचने के लिए उसे हल्के टिन पात्र में रखा जाता था, जिसके तल पर फ्रिस्बी का मोहर लगा रहता था। अन्ततोगत्वा पता चला कि सम्भवतः 1940 ई. में न्यू इंग्लैंड के हंगरी कॉलेज के विद्यार्थी, पाई के ख़ाली टिन या उसके ढक्कन को उछालते, पकड़ते, और एक-दूसरे की ओर बार-बार वापस भेजते थे, इस तरह फ्रिस्बी के संग घण्टों मस्ती करते थे, इस खेल को उन्होंने फ्रिस्बी-इंग कहा। इसी बीच लॉस ऐंजल्स के वाल्टर

फ्रेड्रिक मोर्रिसन नामक इंस्पेक्टर ने 1938 ई. में आधुनिक उड़ाने वाले डिस्क, और उसके बाज़ार को ढूँढ़ा, जब उनको और उनकी होने वाली पत्नी ल्यूसिलि को एक केक पेन के लिए 25 सेंट देना पड़ा, कैलिफ़ोर्निया के सेंटा मोनिका बीच पर उस पेन को एक-दूसरे की तरफ़ उछाल कर, फेंक कर, पकड़ कर खेलते रहे, तभी उन्हें एक नया विचार आया। 2007 ई. में मोर्रिसन ने कहा, कि ल्यूसिलि के साथ खेलते हुए उन्होंने सोचा कि यदि 5 सेंट में एक केक पेन ख़रीदें और लोग यहाँ चारगुना अधिक देने के लिए भी तैयार हैं, तो निश्चित रूप से यह एक अच्छा व्यापार होगा। द्वितीय विश्व युद्ध के बाद मोर्रिसन ने वायुगतिकी के अनुरूप डिस्क को परिष्कृत कर नया संरचना दी, और उसे वर्लो वे (Whirlo-Way) कहा। 1948 ई. में मोर्रिसन और उसके सहयोगी वार्रेन फ्रेंसीयोनि ने प्लास्टिक संकरण को तैयार किया जो बेहतर तरीक़े से अधिक दूरी तक उड़ते हुए जाता था, जिसका नाम रखा फ़्लाईन सोसर (Flyin-Saucer)। 1955 ई. में मोर्रिसन ने उसमें और सुधार किया, लोगों के बीच उड़नतश्तरी (UFO) की बढ़ती लोकप्रियता को भुनाने के लिए नये डिस्क का नाम रखा प्लूटो प्लेट्टर। यही प्लूटो प्लेट्टर सभी प्रकार की फ्रिस्बी के लिए आधारभूत रचना बन गया।

'व्हेम ओ' खेल कम्पनी के मालिक रिचर्ड नेर्र और आर्थर के स्मेलिन (उपनाम, 'स्पड') ने 1948 ई. में सेन गेबरीयल, कैलिफ़ोर्निया, में जिसे गेराज में शुरू किया था, उन लोगों ने 1957 ई. में मोर्रिसन से उनकी रचना को बेचने का अधिकार ख़रीद लिया और प्लूटो प्लेटर्स का उत्पादन करने लगे। नेर्र भी अपनी बिक्री को बढ़ाने के लिए आकर्षक नया ब्रांड नाम ढूँढ रहे थे। उन्होंने इसके मूल नाम 'फ्रिस्बी' और कॉलेज़ विद्यार्थियों द्वारा रखा नाम 'फ्रिस्बी-इंग' के बारे में सुन रखा था। इन्हीं दो शब्दों से पंजीकृत व्यापारिक चिह्न फ्रिस्बी बना दिया।

फ्रिस्बी की सफलता के पीछे, अमेरिकन खोजी एडवर्ड ई हेडरिक (उपनाम, स्टडी एड), भी एक मुख्य व्यक्ति थे, जो व्हेम ओ के लिए कार्य करते थे। हेडरिक ने प्लूटो प्लेट्टर को पुनः निर्मित कर अधिक नियन्त्रित रूप से खरा-खरा अपने लक्ष्य तक फेंकने लायक़ बना दिया। नयी रचना, आधुनिक फ्रिस्बी का आधार बन गया, और बिक्री आसमान छूने लगी। हेडरिक ने बाद में फ्रीस्टाइल फ्रेस्बी, और फ्रेस्बी गल्फ़ का भी मार्ग दिखाया। 1967 ई. में मेपलवुड, न्यू जर्सी, के हाई स्कूल के विद्यार्थियों ने अन्तिम परम (ultimate) फ्रिस्बी को खोजा। आज कम-से-कम 42 देशों में यह खेल खेला जाता है।

सुधार द्रव (करेक्शन फ्लुइड)

ग़लती होना मानव स्वभाव है, पहले काग़ज़ पर कुछ ग़लत लिख जाता था, तो उसे सुधारने के लिए उस पर सफ़ेद रंग की स्याही लगा दी जाती थी, जो काग़ज़ के रंग से अलग़ दिखती थी, सूखने में समय लेती थी और फिर उस पर लिखना कठिन होता था। सबसे उत्तम आधुनिक सुधार द्रव की खोज 1951 ई. में डालस, टेक्सस में कार्यरत सचिव बिट्टे नेसमिथ ग्राहम ने की। द्वितीय विश्व युद्ध के तुरन्त बाद ग्राहम ने कार्यकारी सचिव के रूप में कार्य करना शुरू किया। अपनी टाइपिंग की ग़लतियों को सुधारने के लिए बेहतर रास्ता ढूँढ़ने का निर्णय किया। एक दिन उसने अपने काग़ज़ से मेल खाते पानी आधारित थोड़ा-सा टेम्प्रा पेंट को एक बोतल में रखा और वाटर कलर ब्रश को अपने कार्यस्थल पर लायी। वो इसका उपयोग अपने टाइपिंग में हुई ग़लतियों पर करती थी, और उसके अधिकारी कभी समझ नहीं पाये। जल्दी ही दूसरे सचिव ने उसकी इस नयी खोज को देखा, तो थोड़ा अपने लिए भी माँगा। ग्राहम ने घर से हरे रंग का बोतल लिया, उसमें पेंट को रखा, 'मिस्टेक आउट' का लेबल उस पर चिपका दिया, और अपनी दोस्त को दे दिया। शीघ्र ही उस इमारत में कार्यरत सभी सेक्रेटरी इसकी माँग करने लगे। 1956 ई. में ग्राहम ने 'मिस्टेक आउट' कम्पनी की स्थापना अपने उत्तरी डालस के घर में ही की, जिसका नाम बाद में बदल कर 'लिक्विड पेपर' कर दिया था।

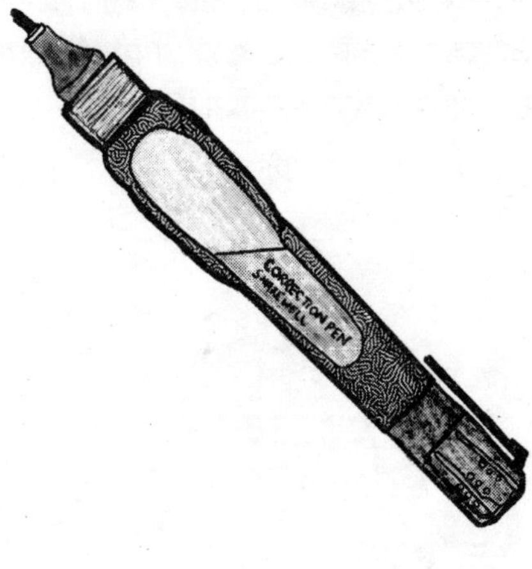

उसने अपनी रसोई को ही प्रयोगशाला बना दिया था, अपने उत्पाद को थोड़ा संशोधित कर ब्लेंडर में ही मिला देती थी। उसके बेटे माइकल नेसमिथ जो बाद में 1960 ई. के लोकप्रिय बैंड 'द मंकीज' में सुप्रसिद्ध गायक/गिटार वादक थे, वो और उनके मित्र ग्राहकों के लिए बोतल में द्रव को भरते थे। आरम्भ में ग्राहम, ग्राहकों की माँग को पूरा करने के लिए, रात भर और सप्ताह के अन्त में काम करने के बाद भी बहुत थोड़ी कमाई कर पाती थी। एक दिन उसने कार्यस्थल पर टाइपिंग में ऐसी ग़लती कर दी, जिसे मिस्टेक़ आउट भी दूर नहीं कर सका, फलतः वह नौकरी से हाथ धो बैठी। तब उसने अपना पूरा समय अपनी कम्पनी को समर्पित करने का निर्णय लिया, और व्यापार में जल्दी ही उछाल आ गया। 1967 ई. तक लिक्विड पेपर ने लाखों डॉलर का व्यापार किया। करेक्शन द्रव का एक और मुख्य ब्रांड 'वाइट आउट' था, जो अब BIC कॉर्पोरेशन द्वारा निर्मित होता है। इसका इतिहास 1966 ई. से शुरू हुआ, जब एक बीमा कम्पनी के बाबू जॉर्जक्लूस्टरहाउस ने ध्यान दिया कि तत्कालीन सुधार द्रव से प्रतिलिपि (फ़ोटो कोपी) पर स्याही का धब्बा आ जाता था। क्लूस्टरहाउस ने एक रसायनशास्त्री एडविन जोहंनेच के साथ मिलकर 'वाइट-आउट WO-1 इरेजिंग लिक्विड' को तैयार किया जो विशेष रूप से फ़ोटो कॉपी के लिए था, 1971 ई. में वाइट आउट उत्पाद बिकने लगा था।

प्रारम्भ में 1981 ई. तक सुधार द्रव, जल में घुलनशील जल आधारित था, इसे साफ़ करना सरल था, लेकिन सूखने में बहुत समय लेता था, इसलिए टाइप किये दस्तावेज़ पर अच्छे से कार्य नहीं करता था। कम्पनी जब इन समस्याओं से अवगत हुई, तब जल्दी से सूखने वाला विलयन आधारित, 'फ़ोर ऐवरीथिंग' करेक्शन द्रव 1990 ई. में शुरू किया। आज, उत्तरी अमेरिका, ऑस्ट्रेलिया, और ब्राज़ील में लिक्विड पेपर और राइट आउट सबसे लोकप्रिय ब्रांडेड करेक्शन द्रव हैं जबकि टिप एक्स यूरोप में बहुत लोकप्रिय है।

तुरन्ता (इंस्टेंट) नूडल्स

मोमोफुकु ऐंडू ताइवान-जापान के व्यापारी ने तुरन्ता नूडल्स को खोजा था। 1958 ई. में, उसने ओसाका, जापान में 'निस्सिन फूड' की स्थापना की। द्वितीय विश्व युद्ध के अन्त में, कई वर्षों तक लगातार खाद्य पदार्थ की कमी जापान में थी, ऐंडू एक बैंक के अध्यक्ष, इस निष्कर्ष पर पहुँचे, कि भूख ही उस समय का प्रमुख वैश्विक मुद्दा था। 1957 ई. में उनका बैंक विफ़ल हो गया, तत्कालीन समस्या के समाधान के लिए बहुतायत में सूखा नूडल्स सूप (रमेन) विकसित करना शुरू किया।

पहले वर्ष में, ऐंडू को कोई सफलता नहीं मिली। अधिकतर पकाने के बाद नूडल्स का बनावट सुन्दर नहीं दिखता था। एक दिन ऐंडू ने थोड़े से नूडल्स, रात्रि भोज बनाने के लिए उनकी पत्नी ने टेम्पूरा तेल गरम किया था, उसी में डाल दिया।

उसने देखा कि तलने से नूडल्स का निर्जलन हो गया था, जिस कारण वो अलमारी में अधिक समय तक रखा जा सकता था। इतना ही नहीं, यहाँ तक कि नूडल्स में छोटे-छोटे छेद (पोरस) बनाया जिससे वो कम समय में पक जाता था। इस तरह नूडल्स का जन्म हो गया, 48 वर्ष की उम्र में ऐंड्रू ने 'मिस्टर नूडल्स' के रूप में अपना व्यवसाय सँवार लिया। 25 अगस्त 1958 ई. में, जापान में पहली बार इंस्टेंट नूडल्स का 'चिकिन रमेन' (जिसका अर्थ चिकन का सूप), ब्रांड नाम से व्यापार किया गया। घर पर सरलता से बनने के कारण, ग्राहकों ने बहुत जल्दी इसे अपना लिया। जापान में यह जल्दी ही अन्य ब्रांड जैसे नेस्ले मैगी की तरह प्रमुख भोजन के रूप में बाज़ार में प्रवेश किया। इसके बाद ऐंड्रू ने अन्तरराष्ट्रीय बाज़ार की ओर रुख़ किया। अगला नया बड़ा विचार, ऐंडू के मन में 1966 ई. में यूएस के व्यापारिक यात्रा पर आया। लॉस ऐंजल्स के सुपर मार्केट के कार्यपालकों को उसने देखा कि वो रमेन सूप के लिए स्टाइरोफ़ोम कॉफ़ी कप का उपयोग करते थे। नये उत्पाद में, रुचि बनाये रखने के लिए ऐंड्रू ने अस्थायी पात्र का प्रतिरूप बनाया। 1971 ई. में निस्सिन ने आकर्षक कप नूडल्स प्रारम्भ किया–जलरोधी, ऊष्मारोधी, पोलीस्टाइरिन कप में इंस्टेंट नूडल्स रखा, बस उबलता पानी डालिए और भोजन तैयार। कप नूडल्स बहुत ही सफल रहा, ख़ासकर समुद्रपार जहाँ कटोरा, काँटा और चम्मच अमूमन उपलब्ध नहीं थे।

यहाँ तक कि इंस्टेंट नूडल्स को अन्तरिक्ष यात्रा का भी सौभाग्य मिला। 2005 ई. में डिस्कवरी स्पेस शटल की यात्रा पर जापानी ऐस्ट्रोनॉट सोईचि नोगचिस के लिए ऐंडू ने विशेष रूप से वायुरोधी इंस्टेंट स्पेस रेम बनाया था।

2000 ई. में जापान में एक मतदान के अनुसार 'जापानी विश्वास करते हैं कि 20वीं शती का सर्वोत्तम आविष्कार इंस्टेंट नूडल्स था।' 2010 ई. तक लगभग 95 अरब इंस्टेंट नूडल्स पूरी दुनिया में प्रतिवर्ष खाया जा रहा है। यानी प्रति व्यक्ति 14 बार !

मोमोफुकु ऐंड्रू, जो बाद में जापान के राष्ट्रीय अभिनेता बन गये, कहा–'मानव जाति 'नूडल जाति है।'

लेज़र सूचक (लेज़र पॉइंटर)

लेज़र सूचक का इतिहास, लेज़र के इतिहास के बहुत निकट है। 20वीं शती के प्रारम्भ में अलबर्ट आइंस्टाइन ने ही लेज़र के सिद्धान्त का प्रतिपादन किया था। पहले कार्यकारी लेज़र के लिए किसे श्रेय दिया जाये यह कहना थोड़ा मुश्किल है, लेकिन 1960 ई. में पहला लेज़र बनाने के लिए अधिकांश लोग थेओडोरे मेमन का ही नाम लेते हैं, तीन अन्य वैज्ञानिक–चार्ल्स टाउन्स, आर्थर शाओलो और गोर्डन गौल्ड भी समान गौरव के हक़दार हैं। गौल्ड को अपनी खोज के लिए पेटेंट 1977 ई. में उनके मूल कार्य के 20 वर्ष बाद मिला, और तब तक तो उसकी खोज का उपयोग बहुत से लोग कर रहे थे। 1962 ई. में, यूएस के दो समूह को अर्द्धचालक (सेमिकंडक्टर) लेज़र की खोज का श्रेय दिया जाता है, पहला जेनरल इलेक्ट्रिक रिसर्च सेंटर में कार्यरत रॉबर्ट ऐन हाल के सरंक्षण में, और दूसरा मार्शल नथान के नेतृत्व में IBM टी जे वाटसन रिसर्च सेंटर के समूह को। लेकिन लेज़र सूचक 1970 ई. में ही प्रयोग में आया। इसके लिए भी धन्यवाद के हक़दार यूएस के हरबर्ट क्रोइमर और सोवियत यूनियन के जोरेस ऐल्फ़ेरोव तथा

उनके सहयोगी हैं। 2000 ई. में क्रोइमर और ऐल्फ़ेरोव को उनकी खोज के लिए संयुक्त रूप से नोबल पुरस्कार से नवाज़ा गया था। सेमिकंडक्टर लेज़र एक विशेष सेमिकंडक्टर डायोड है जिसे डायोड लेज़र भी कहते हैं। डायोड एक दिशा में धारा प्रवाहित करने की क्षमता रखते हैं, और लेज़र डायोड में जब धारा प्रवाहित करते हैं तो सरलता से प्रकाश उत्पादित किया जा सकता है। ऐसे डायोड्स को अधिक विद्युत शक्ति और ताप से सुरक्षित रखना पड़ता है, इसलिए एक शक्ति नियन्त्रण पथ (पावर कंट्रोल सर्किट) का उपयोग करते हैं, जो बहुत अधिक या बहुत कम पावर को नियन्त्रित रखता है, प्लास्टिक कवच, ताप के व्यतिक्रम (टेंपरेचर वेरियेशन) से सुरक्षा प्रदान करता है।

लेजिंग माध्यम सृजित करने के लिए, सेमिकंडक्टर लेज़र में उन्हीं यौगिक तत्त्वों का उपयोग करते हैं जिनसे ट्रांजिस्टर या IC (इंटिग्रेटेड सर्किट) बनता है। 1950 ई. में प्रारम्भिक सेमिकंडक्टर लेज़र केवल अदृश्य इंफ्रा रेड विकिरण ही उत्सर्जित कर सकती थी। तदोपरान्त सेमिकंडक्टर इलेक्ट्रॉनिक्स पर बहुत शोध हुए और इसी के कारण लेज़र डायोड बहुत छोटे आकार के, बहुत कम वोल्टेज या ऊर्जा पर कार्य करने वाले, बहुत सस्ते और कई रंग के प्रकाश को उत्सर्जित करने वाले, बाज़ार में उपलब्ध हैं। लाल रंग की प्रकाश वाला सेमिकंडक्टर डायोड सबसे सस्ता, और नीला, बैगनी, तथा हरे रंग के थोड़ा महँगा और अलग-अलग मूल्य के हैं। परिणामस्वरूप 1980 ई. तक सेमिकंडक्टर लेज़र इतने सस्ते हो गये कि इलेक्ट्रॉनिक उपकरण, जैसे लेज़र सूचक सामान्य ग्राहक के लिए भी सुलभ हो गया।

प्रौद्योगिकी में भारी सुधार और अत्यधिक माँग के कारण लेज़र सूचक का दाम सैकड़ों डॉलर से घटकर पाँच डॉलर हो गया। इसी कारण बहुत से उत्पाद जैसे बच्चों के खिलौने, बन्दूक़, और प्रोजेक्टर जिसके साथ लेज़र सूचक, सर्वसुलभ और बजट के अन्दर उपलब्ध हैं।

कार सेफ़्टी सीट

कार सेफ़्टी सीट, जो शिशु सुरक्षा सीट के रूप में भी सन्दर्भित है, ये वो सीट है, जिसकी रचना मूलत: मोटर गाड़ी के टक्कर के दौरान बच्चों को चोट और मौत से बचाव के लिए की गयी थी। उन दिनों गाड़ियों की दुर्घटना ही, बच्चों की मौत के कारणों में अग्रणी थी। अधिकतर दुर्घटनाएँ इसलिए होती थी, क्योंकि सीट की बनावट बच्चों के योग्य, सटीक और सुरक्षित नहीं होती थी। 1898 ई. में प्रारम्भिक सुरक्षा सीट एक थैले से थोड़ा बड़ा था, और खींचने वाली डोरी जिसे कार की सीट से बाँधा जा सकता था। वो सिर्फ़ इसलिए बने थे कि जब कार गति में रहे तब बच्चे को उठने और गिरने से रोक सके, असल में इसकी प्राथमिकता सिर्फ़ बच्चे को

सुरक्षा देना नहीं था। तभी से, अनेक सुधार व समायोजन, मोटर गाड़ी के चालक, सवार, बच्चे और बड़े सभी की सुरक्षा के लिए क्रियान्वित किये गये।

1962 ई. में डेनवर, कोलोरेडो में बच्चों के खिलौने और फ़र्नीचर की दुकान 'गाइज़ & डॉल्स' के सहमालिक लीयोनोर्ड रिवकिन ने पहली, बच्चे को सुरक्षा प्रदान करने वाली, कार की सीट को बनाया था। उस समय आगे की सीट सामने पलट सके ऐसे बनावट के साथ होती थी, जिससे टक्कर में बच्चे विंडशील्ड में पहुँच सकते थे। रिवकिन ने धातु की सीट फ्रेम को ऐसा बनाया कि वो अपने स्थान पर नियत रहे, पलटे नहीं, जिससे यात्री को पलटने से रोका जा सके।

1962 ई. में ब्रिटिश आविष्कारक जीन एम्स ने भी बच्चों की सुरक्षा को ध्यान में रख कर प्राथमिक सीट बनायी। इनकी रचना में पीछे की गद्दीदार सीट पर Y आकृति की पट्टियाँ होती थीं जो सीट में पीछे की तरफ़ से बँधी रहती थी, इस Y कवच के बीच बच्चे को बैठा दिया जाता था, दोनों पैर पट्टी से दो तरफ़ निकाल दिये जाते थे। सिर और कन्धा ऊपर सुरक्षित रहता था।

1960 ई. के उत्तरार्द्ध में स्वीडन के मोटरगाड़ी के रचनाकार ने बच्चों के लिए पहली बार पिछली सुरक्षित सीट बनाये, जो दुर्घटना में शिशु को चोट लगने से बचाती थी। यह सवारी के उतरने के सिद्धान्त पर आधारित है, अर्थात् टक्कर के दौरान गाड़ी के सापेक्ष त्वरण को न्यूनतम कर दे, इस बनावट को बनाने में कई वर्ष लगे और बहुत सारा परीक्षण करना पड़ा, परन्तु अन्त में उन्होंने एक बहुत महत्त्वपूर्ण सुरक्षा व्यवस्था को विकसित किया और मोटरगाड़ी में जोड़ दिया। हालाँकि, इस दौरान, बहुत सजग अभिभावक ही सुरक्षित शिशु सीट ख़रीदते थे। 1970 ई. में, बच्चों के लिए सुरक्षा यन्त्रों पर कार्य करने वाले, आम लोगों को यह समझाने में विफल थे कि बच्चों की सुरक्षा के लिए यह सब आवश्यक है, उन्होंने पारम्परिक बेल्ट से बच्चों को होने वाले ख़तरों से आगाह कराया। टेंनेससी, यूएस का पहला राज्य था जिसने छोटे बच्चों के लिए सुरक्षित सीट की आवश्यकता को महसूस करते हुए नियम बना दिया। 1978 ई. से 1985 ई. के बीच प्रत्येक यूएस वासी को नियम का पालन करना होता था। आज, अधिकतर देशों में इस तरह के नियम लागू किये गये हैं।

कम्पेक्ट डिस्क (CD)

1974 ई. में नीदरलैंड के ऐंधोवेन में स्थित एक इलेक्ट्रॉनिक कम्पनी फ़िलिप्स ने, एक ऑप्टिकल ओडियो डिस्क विकसित करना शुरू किया, जिसमें ध्वनि की गुणवत्ता विनाइल रिकॉर्ड से बेहतर थी। जल्दी ही उन्होंने इसका डिजिटल प्रारूप बनाने का निर्णय किया। 1977 ई. में फ़िलिप्स ने अपनी तकनीकी के व्यावसायीकरण करने के लिए प्रयोगशाला स्थापित की। उन्होंने इसका नाम कम्पेक्ट डिस्क रखा, जिसका आकार 11.5 सेमी., फ़िलिप्स के दूसरे उत्पाद कम्पेक्ट कैसेट के आकार के अनुरूप बनाया।

इसी बीच सितम्बर 1976 ई. में, जापान में स्थित सोनी ने सार्वजनिक रूप से ऑप्टिकल डिजिटल ओडियो डिस्क का प्रदर्शन किया। 1978 ई. में उन्होंने एक डिस्क को विकसित किया जिसकी विशेषता आज के आधुनिक CD के समान थी। 1979 ई. में दोनों कम्पनियों ने निर्णय लिया कि संयुक्त रूप से सम्पूर्ण तकनीकी के

विकास के लिए मिलकर प्रयास करें। एक साल के बाद कार्यकारी दल ने रेड बुक CD स्टैंडर्ड उत्पादित किया जो आज भी चल रहा है। फ़िलिप्स का योगदान सामान्य उत्पादन क्रिया, जो पुरानी लेज़र डिस्क, और ध्वनि मॉडुलेशन तकनीक पर आधारित था, जबकि सोनी का योगदान अलगोरिथम में त्रुटि सुधार करना था। विश्व मंच पर CD का स्वागत नहीं हुआ। असल में, मुख्यतः अमेरिकन रिकॉर्ड लेबल–CBS, वार्नर, और RCA की दादागिरी थी, वो अपने ही विनाइल रिकॉर्ड को बेचना चाहते थे। हालाँकि तब भी सब लोग विनाइल रिकॉर्ड्स को पसन्द नहीं करते थे। प्रसिद्ध संचालक हर्बट वोन करजन ने नये CD की जम कर तरफ़दारी और समर्थन किया।

जर्मनी में हन्नोवेर के निकट प्रेस्ड CD का पहला परीक्षण पोलीडोर द्वारा किया गया, वोन करजन द्वारा संचालित कार्यक्रम में रिचर्ड स्ट्रोस के ऐल्बम 'इने अल्पेंसिनफोनी' में उन्हीं के द्वारा रचित गीत 'ऐन ऐलपाइन सिम्फनी' को बर्लिन फ़िल्हरमोनिक ने गाया था। अगस्त 1982 ई. में पोलीग्राम ने पहला व्यावसायिक CD-ABBA'S 1981, ऐल्बम–'द विज़िटर्स' बनाया। 2 मार्च 1983 ई. में CD प्लेयर्स यूएस और अन्य बाज़ार में उपलब्ध हो गया था। CD के संवेदनशील सतह को सुरक्षित रखने के लिए एक विकसित आवरण की आवश्यकता थी, जिसमें एक पुस्तिका भी रखी जा सके, और स्वचालन द्वारा स्वतः संकलित हो सके। जर्मनी और नीदरलैंड में पोलीग्राम की टीम ने एक उपयुक्त तीन परत वाला प्लास्टिक (पोलीस्टाइरिन) का आवरण बनाया। यह आदर्श पैकेजिंग पूर्णतः दोषरहित था, इसीलिए इसका उपनाम ज्यूवेल केस रखा गया, और विश्व में CD पैकेजिंग का यही मानक बना हुआ है। आज CD गीत और आँकड़ा (डाटा) भण्डारण के लिए उपयोग में लाया जाता है। नये विडियो प्रारूप जैसे DVD और ब्लू रे की भौतिक संरचना भी CD के समान ही है। MP3 की लोकप्रियता ने CD की बिक्री को कम कर दिया। आज यू ट्यूब सहित मोबाइल के बहुतेरे नये नये ऐप इन सबका स्थान लेते जा रहे हैं।

सूक्ष्म पाट्य सन्देश/SMS

आज 36 अरब से अधिक लोग या मोबाइल का उपयोग करने वाले 78% लोग SMS का उपयोग करते हैं, हालाँकि यह एक आकस्मिक सफलता थी जिसने मोबाइल उद्योग में लगभग सभी को आश्चर्यचकित कर दिया। कहानी का प्रारम्भ 1980 ई. के पूर्वार्द्ध में हुआ, जब 'ग्लोबल सिस्टम फ़ोर मोबाइल कम्यूनिकेशन' (GSM) मोबाइल संचार के लिए वैश्विक प्रणाली का निर्माण हो रहा था। एक फ़िन्निश इंजीनियर मेट्टी मेक्कोनेन ने GSM के विकास के क्रम में प्रारम्भिक SMS की संरचना को प्रस्तुत किया। उसका इरादा इतना सरल सन्देश प्रणाली बनाने का था, कि यदि यन्त्र बन्द हो अथवा कवरेज क्षेत्र के बाहर हो तब भी सन्देश स्वीकार्य हो। 1948 ई. में फ्रायडहेल्म हिल्लेब्रांड और बरनार्ड घिल्लेबायर्ट द्वारा फ्रांस और जर्मन के GSM कोलेबोरेशन के तहत SMS विचार को और आगे विकसित किया गया। उनका मुख्य विचार GSM नेटवर्क का पुनः उपयोग करना था, जिसे वॉयस कॉल के लिए अनुकूलित किया गया था, संकेतक (मेसेज) अन्तराल के दौरान ही वॉयस यातायात (ट्रेफ़िक) को नियन्त्रित करने की प्रणाली को विकसित किया। इस व्यवस्था ने कम लागत पर अप्रयुक्त संसाधनों के उपयोग की अनुमति दे दी।

1992 ई. में, सेमा समूह के नील पापवर्थ वो ख़ुशनसीब व्यक्ति थे, जिन्होंने यूके में वोडा फ़ोन GSM नेटवर्क पर कम्प्यूटर का उपयोग कर पहली बार SMS भेजा। वोडा फ़ोन के रिचर्ड जरविस वो भाग्यशाली

व्यक्ति, जिनको उनके पहले उपलब्ध GSM हैंडसेट–Orbital 901, पर पहला सन्देश 'मेरी क्रिसमस' प्राप्त हुआ था। पहले SMS सेवा ने उपभोक्ताओं को वॉयस मेल सन्देश के बारे में सूचित किया। सेलुलर प्रदाता यह सोच भी नहीं पाये कि लोग एक-दूसरे को पाठ्य सन्देश भेज सकेंगे, क्योंकि लोग उसे अब भी एक छपे हुए पन्ने की तरह देखते थे। पेज सेवा, जो कुछ समय के लिए ही थी, जिसमें एक मानव परिचालक, उपभोक्ताओं के कहने पर सेवा केन्द्र पर सन्देश तैयार कर भेजते थे। 1993 ई. में फ़िनलैंड में रेडियोलिंजा द्वारा पहला व्यावसायिक SMS सेवा, उपभोक्ताओं को बेचा, जिसमें एक व्यक्ति, दूसरे व्यक्ति को पाठ्य सन्देश भेज सकता था।

1995 ई. में GSM ग्राहकों के साथ, प्रारम्भ में SMS का विकास बहुत धीमा था, 0.4 सन्देश प्रति ग्राहक प्रति माह भेजता था। SMS की धीमी गति का एक कारण, परिचालकों का विशेष रूप से प्रीपेड ग्राहकों के लिए बिलिंग धोखाधड़ी को कम करने के लिए स्थापित चार्ज प्रणाली का धीमा होना था। यूके में ग्राहक जिस नेटवर्क का उपयोग करते थे उसी नेटवर्क धारक को सन्देश सम्प्रेषित कर सकते थे, 1999 ई. में यह प्रतिबन्ध उठा लिया गया।

2000 ई. के अन्त तक औसतन 35 सन्देश प्रति व्यक्ति प्रति माह भेजा जा सकता था, और 2006 ई. में केवल यूके में ही क्रिसमस के दिन 2050 लाख सन्देश भेजे गये। 2010 ई. में, 6.1 खरब सन्देश पूरे विश्व में भेजे गये, जो सिद्ध करता है कि 1,93,000 सन्देश प्रति सेकेंड भेजा जा रहा था। आज बहुत से ऐप बहुत तरह से सन्देश भेजने में सक्षम हैं।

❑❑